十清杳
Zhen Zingyang —
著

捉住太阳
Zhuozhu TaiYang

迎着太阳往前跑吧，不要回头，一直往前跑。

四川文艺出版社

图书在版编目（CIP）数据

捉住太阳 / 十清杳著 . —— 成都：四川文艺出版社，
2024.1
ISBN 978-7-5411-6860-4

Ⅰ . ①捉… Ⅱ . ①十… Ⅲ . ①长篇小说—中国—当代
Ⅳ . ① I247.5

中国国家版本馆 CIP 数据核字 (2024) 第 008552 号

ZHUO ZHU TAI YANG

捉住太阳

十清杳 著

出 品 人	谭清洁
策划出品	风炫文化
责任编辑	范菱薇
责任校对	段 敏

出版发行　四川文艺出版社（成都市锦江区三色路 238 号）
网　　址　www.scwys.com
电　　话　021-38970338（发行部）　　028-86361871（编辑部）

印　　刷	上海中华印刷有限公司			
成品尺寸	145mm×210mm	开　本	32 开	
印　张	10	字　数	320 千字	
版　次	2024 年 1 月第一版	印　次	2024 年 1 月第一次印刷	
书　号	ISBN 978-7-5411-6860-4			
定　价	45.00 元			

ZhaoZhu
TaiYang

十清杳

著

捉住太阳

Zhuo Zhu Tai Yang

四川文艺出版社

于自深渊而上，向着太阳奔跑。
他所说，我们互为彼此的太阳。

你说没人来接你，
所以我就来了。

目录

第一章 ▶
小太阳 ⅠⅠ

ZHUOZHU
TAIYANG

阴云重重，小雨淅淅沥沥地打在雨棚上。

巷子里时不时能看见积了水的水洼，来往匆匆的行人经过免不了带起一些水花，带起的积水浸湿了裤脚。

夏天的雨总是带来些闷热，不似秋雨，能带来阵阵凉爽。

沈栖戴着耳机，手机支在桌前，里面正放着最近很火的一首歌。

突然，手机里弹出一条短信：**来高井社区吃烧烤啊！**

是乔瞧找沈栖去烧烤摊吃饭，那边已经支起一个场子了。沈栖抬头看一眼窗户，见雨刚停，立马挑了一件亮色的裙子穿上，欢欢喜喜地去凑热闹了。

她一路上哼着小曲，不料半路下起了毛毛雨。

风裹挟着雨吹向她，没过一会儿，她的发尾就已经被淋湿，几缕头发贴在肩头。

就快到烧烤摊了，沈栖刚想跑起来，转眼间看见一个男生穿着白T恤、黑裤子，手中撑着一把黑伞，正朝她这个方向走来。

一瞬间，沈栖的注意力被他吸引了。

男生离她越来越近，随着伞往上仰了些，她看清了他的模样。

他的刘海有些凌乱地耷拉在额头上，鼻梁直挺，薄唇紧抿着，英挺剑眉下的眸子漆黑，看不出情绪，整个人看上去冷傲孤清。

他有一双和沈栖很像的桃花眼，这双桃花眼倒是让他英气的长相多了些柔和感。

他撑着伞走在闹市，与这布满各种摊位的街道显得格格不入。

沈栖觉得他有些熟悉，但一时又想不起来在哪儿见过。

雨突然大了，啪嗒啪嗒地打在雨棚上，发出的噪声隐隐盖过了耳机里的音乐声。沈栖索性抬手将耳机扯了下来，并将耳机线揉成一团，往口袋里一塞。

没有了耳机里的音乐，她的注意力散开，视线开始四处游荡，待看到不远处雨棚下站着的少年时，又微微停滞。

随着电闪雷鸣和暴雨的来袭，路上的行人即便打了伞也浑身湿透，都开始找雨棚避雨。少年也不知道何时收了伞，静静地站在雨棚下看着街头。他的脚边还有一只被淋湿了的流浪猫，那只猫胆大不怕人，正不停地用脑袋去蹭少年的裤脚，但少年仿佛一点没感受到脚边的动静，不管脚边的猫怎么示好，他都没有太多反应。

沈栖看了许久，就在她兴致缺缺准备收回视线时，站在那儿如同木头一般的少年在小猫不懈的努力下终于有了动静。

他微微侧过头，视线朝下一瞥。

沈栖和他隔得不远，这个位置正好能将他脸上的神色尽收眼底。就在她以为少年会蹲下身摸摸小猫的头时，他却只是轻瞄了一眼腿边的小猫，继而收回了视线，身体没有任何动作，对小猫的亲昵举动视若无睹。

沈栖微微一愣。

她看清了少年的神色，他并没什么情绪，看过小猫后眼底也没有一丝波澜。现在的他和刚刚走在雨中的时候一样，整个人仿佛没有情绪的起伏。

雨逐渐小了，沈栖不管三七二十一，还是往目的地跑去。

但她没看到的是，等她走后，那位冷淡的少年撑着伞跑去旁边的小卖部，买了几根火腿肠，放在了小猫的面前。

烧烤摊上青年们的嬉闹声在巷子里尤为突出，连雨声都被覆盖了。

沈栖赶到时，乔瞧看见好友淋成落汤鸡，不免觉得愧疚，从旁边的小卖部里买了干毛巾给沈栖擦头发，又把手机递给她，打算给她看看帅哥照片养养眼。

乔瞧翻出手机里的照片，献殷勤似的递到沈栖面前。

沈栖瞥了一眼，发现论长相，照片里的男生没一个比得上刚刚那个男生。

她兴致缺缺，目光也从手机上移至桌对面那群喝酒的青年身上。

嘈杂。沈栖心想。

雨水打在棚子上发出啪啪的响声。

沈栖看着看着就出了神，目光越过乌泱泱的人，落到巷子口那点光源处。

突然，巷子口的光源被挡住了，有人撑着伞走进来。

是刚刚那个男生。

沈栖也不知道自己怎么了，今天总是会情不自禁地去看那个男生。刚刚碰到的时候是，现在也是。

他去旁边的小卖部买了东西出来后，又往巷了的深处走去，直至再也看不到他的身影。

沈栖正看着他离去的方向发愣，突然，旁边的乔瞧拍了一下她的背，她吓得一抖。

乔瞧更是被吓了一跳："你怎么啦？"

沈栖缓了过来，摸着自己的胸口："我还想问你呢。"

"我轻轻拍了一下你，动作这么大？"乔瞧指了下刚刚那个男生离开的方向，问道，"刚刚那个帅哥你看到没有？"

沈栖"嗯"了声。

乔瞧说："好像是一中的，叫许梧黯。"

"一中的？"沈栖这下知道为什么会觉得那个男生眼熟了，之前她去一中报到，跟乔瞧顺便逛了逛校园，经过一面荣誉墙时，刚刚那少年的照片和名字出现了多次。

"对啊。"

乔瞧问："你觉得他咋样？是不是很帅？"

沈栖摸着下巴附和地应了声。

学习好，长相好，就是看起来太冷漠了。但沈栖转念一想，既然是能在一中荣誉墙上出现多次的人，感觉他应该不是冷漠，而是太傲了。

沈栖笑了两声，还是决定提醒一下自己的好姐妹："帅。但你有没有感觉到刚刚那个男生浑身散发着一种气息？"

"什么气息？"

"生人勿近。"

乔瞧愣了下："啊？"

沈栖一脸可惜地说："相信我，我看人眼光不会错的。这类男生一般只可远观，你懂吗？"

乔瞧呆呆地"哦"了声。

桌对面的讲话声越来越大，乔瞧突然撞了撞沈栖的肩膀："不过想来想去，那男生的颜值，也就我家七七的颜值是能与之匹配的。"说完，乔瞧又神神道道地开口，"栖姐，如果以后我们和人起冲突遇到麻烦了，你可一定要赶过来帮我们！"

沈栖莫名其妙地看了她一眼："干吗？"

乔瞧："你不来就没人用美人计了。"

沈栖："……"

桌子上一圈人听到乔瞧这话都笑得不行。

沈栖长得好看是大家公认的，她的长相极张扬，就像是一株艳丽的玫瑰。一双桃花眼天生会吸引人。

因为刚刚淋了雨，沈栖额前的碎发湿漉漉地贴在她巴掌大小的脸上，卧蚕处的那颗泪痣显得更加诱人。

沈栖闻言嗤笑了一声："我去给你们当炮灰是吗？还是靠颜值扰乱军心？"

乔瞧一拍掌："哎！这不是挺好的一个主意嘛！"

眼看着雨又有越下越大的趋势，乔瞧和沈栖继续聊着各自身边有趣的事。

突然，一阵尖锐的电话铃声响起。她侧头看了一眼来电显示，目光在触及屏幕的那一瞬间僵住。

"怎么了？"乔瞧好奇。

沈栖回过身，抬手不动声色地挂掉电话："没事。"

乔瞧跟沈栖十来年的朋友，沈栖一点点异样她都能察觉出来。见沈栖情绪忽然低落了不少，她了然："又是你妈？"

沈栖淡淡地"嗯"了声。

"她对你那样了，你还——"乔瞧的话戛然而止。

沈栖微微耸肩笑了一下："可她是我妈。"

乔瞧见沈栖这副样子，知道她不太想提及自己母亲，便没再说什么，转移了话题。

耳畔是乔瞧混杂着雨声的说话声，沈栖听着她讲趣事，嘴上时不时应和着，视线却穿过乔瞧落在外头的雨帘中，整个人有些心不在焉。

外头的雨愈来愈大，沈栖忽地从位子上站了起来。

乔瞧正喝着饮料，见着沈栖起身，顺口问了句："去哪儿？"

沈栖微弯腰拿起桌上的手机："算了，我回家了。"

"还是你妈妈？"

"嗯。"沈栖淡淡应了声。

乔瞧往她脸上瞧去，头顶的灯光照在沈栖神色平静的脸上。

她知道沈栖是在介意家里的事情，但不管她和沈栖玩得多好，对方的家事也是她不便插手的。

"那你把伞拿着吧，晚点我朋友送我回去。"乔瞧从腿边拿起雨伞递给沈栖。

沈栖也没跟乔瞧客气，挥手说了句"谢啦"，就撑开伞往回家路上走去。

老巷子里路灯少，设施陈旧，微弱的灯光使得巷里头的路在雨幕中更显昏暗。

走到巷子口时，沈栖的步子忽然停住，这里的路灯不知道什么时候坏了，巷子里一片漆黑。

她心里发怵，眼前漆黑的巷子就像是一个未知的黑洞。

沈栖在原地踌躇片刻，最终还是叹了口气，掉转方向，准备绕远路回去。

就在这时，巷子里忽然传来了一阵金属倒地的声音——

哐当。

沈栖顿住步子，偏头朝声源处看去。

声源处离她并不远，就在这条小巷里头。伴随着这声不算大的动静，夹杂着雨声的咒骂声也从同一个方向传来——

"啧，都到这里了还端着架子呢？你知不知道你这副样子很遭人嫌？"

"从宜安逃到俞峡这边，还真以为没人知道你的事情了。"

"……"

细碎的声音传入耳朵，沈栖眉头一皱，心里却猜得八九不离十了。

"许梧黯，你自己说说呗，我可是听说了你在宜安的那些破事。"

沈栖呼吸一顿，一下就捕捉到了一个她有些熟悉的名字。她往前走了两步，手扒上有些潮湿的墙沿，试图看清巷子里那些人的所在位置。

巷子里虽然漆黑一片，但她在这块待了许久，眼睛已经适应了黑暗，依稀可以看到一些场景，却没看到人。

沈栖依稀猜到他们可能在巷子里面转角的位置，建筑正好挡住了她的视线。她慢慢地将手伸进口袋，摸到了手机，给乔瞧发送了短信。

"算了，做一次'英雄救美'吧。"

沈栖小跑回刚刚进来的路口，把手机支起，靠墙放在窗台上，有屋檐挡着雨，手机也不会被淋湿。

她将手机音量按到最大，手机里警车的鸣笛声也由小到大。再加上有雨声的遮掩，乍一听还真有几分警车由远及近的意思。

沈栖一边注意着手机的音效，一边悄悄跑回刚刚偷听的位置侧头去听巷子里的动静。

果不其然，窗户里亮着灯的一些人家听到声响纷纷探头出来看

006

情况，而巷子里的人听到"警车鸣笛"的声音后顿时静了下来。随后，巷子里再次响起人声："我好像听到警车的声音了。"

"我也听到了。"

因为混杂着雨声，手机又和他们有一段距离，所以音效的声音并不是很清晰。

沈栖暗自松了一口气，还好有雨声遮掩，不然这个音效绝对露出破绽。

"别是许梧黯报的警吧？说不定是他来跟我们碰面之前报的警。"

"不可能吧？就他？我听他们跟我说，这么多年他可一次都没报过警。"

沈栖闻言稍稍皱了下眉。

"估计是来这边巡逻的，这附近不是有很多烧烤摊子吗？可能是有谁喝酒之后闹事了。"

"那我们走吧？反正他都成这个狼狈样了。浩哥你说呢？"

一时间，巷子里再次安静下来。所有人都在等。沈栖情不自禁屏住了呼吸，她没忍住，手撑住墙沿探头往巷子里看了一眼。

偏偏就是这么一眼，她的视线猝不及防和混混中的一人对上。

沈栖吓得立马回过头，脊背贴着墙根，心脏狂跳。

虽然只有那么一眼，但刚刚那人的眼神，好似就在等着她一样。

就在沈栖想着计划是不是泡汤了的时候，巷子里再次传来说话声。

"走吧。"

话音一落，那群人再次喧闹起来，他们开始朝着另一个方向走去。

沈栖松了一口气，还好这个计划成功了。

她拿起旁边收着的雨伞撑开，走进雨帘，顿时雨噼里啪啦地打在她的伞上。捏着伞柄的手紧了紧，沈栖快步朝刚刚的声源处走去。

走过拐角，借着旁边居民楼里的灯光，她看清了面前的场景——

周围的自行车倒了一地，少年狼狈地坐在中间地上。他的雨伞已经被扔到一旁的地面上了，额前的碎发也被雨水打湿，肩膀也湿了，湿透的短袖让他的上身变得隐约可见。

沈栖倒吸了一口气。

她小心问了句："你没事吧？"

少年慢吞吞地抬头瞥了她一眼，而后手臂向后，撑着身体似乎是想要站起来。沈栖连忙上前搭了把手，让他借着自己的力站了起来。

许梧黯低声说了一句"谢谢"。

沈栖瞬时抬起头，从她这个角度正好是直直向上对上许梧黯的眼睛。此刻两人距离很近，正好让沈栖清楚地看见了许梧黯的整张脸。

和远看没多大区别，近看许梧黯脸上也并没有什么瑕疵，反而皮肤好得不得了。五官刚毅，眉眼却不乏柔和。他额前的碎发被雨淋湿，水珠顺着发丝滑落，落了一滴在他的眉上，再从眉上滑到眼睛上。

沈栖突然注意到了他的眼睛，下意识开口："帅哥，你有一双跟我一样的桃花眼！"

许梧黯一愣。

沈栖说完有些后悔，但她很快调整好了心态，笑盈盈地看着许梧黯。

许梧黯抿着唇，和她对看了好半天，情绪有些波动。

半晌，他微微颔首，又说了一声"谢谢"，转身就要离开。

沈栖忙拉住他："等等。"

许梧黯止住步子，侧眸一言不发地看着她，像是在等她说话。

沈栖清了清嗓子，问："你还好吧？"

许梧黯沉默了一下，半天才道："嗯。你报的警？"

沈栖招招手："没有没有，那是手机音效，哈哈哈，我手机还放在那边呢！"

"那你手机不怕丢吗？"

"没事！我发短信给乔瞧了，这会儿她应该过来帮我收好手机了，再说大晚上人流量少，不会有什么问题的啦。"

许梧黯了然。

他哑声道："谢谢你。"

沈栖扬起笑，微微耸肩："没事。我是正义使者嘛。"

沈家。

眼前的人影不断变化，从妈妈、奶奶再到爸爸，他们的脸不断在她的眼前徘徊旋转。

他们各自张着嘴，说出的话似魔音绕耳。

"要是七丫头没救回来就好了。"

"小七，你要代替康康好好爱妈妈。"

…………

她嗫嚅着，艰难地说："可我也……失去了一个妈妈。"

"淑礼，让你选，七丫头和康康你要谁？"

沈栖紧张地望向妈妈，虽一句话没说，但心里一直在期待。

妈妈，要我，妈妈……

然而，陈淑礼只是麻木地看了一眼沈栖，嘴唇动了动："要沈康。"

沈栖一下惊醒了。

四周很亮堂，昨晚她忘记将窗帘拉上，阳光倾洒在房间的各个角落。

是噩梦，也是现实。

明明隔了这么长的时间，但她还是会梦到那时候的场景和对话。

她撑着床坐了起来，头发乱蓬蓬地垂在肩头，眼里的红血丝格外明显。

她没睡好。

沈栖倾身拿起床头柜上的手机看了下时间，早上九点半。

她发了一会儿愣才从床上爬起来，在镜子前将自己翘起的鬓发往下压了压，略微整理了下衣服才出了房间。

客厅里也亮堂堂的，屋内摆设整洁干净，一切都是十分令人舒服的模样，只是缺少了几分烟火味。

咔嗒——门口传来开锁的声音，沈栖顿时循声望去。

大门被打开，一个面容精致的女人拎着早餐走了进来。见到沈栖，她只是略略抬眸，清冷地问："醒了？"

沈栖"嗯"了一声，抬脚往洗手间走去。

"醒了去洗漱，等下过来吃早餐。"

"知道了。"

镜子里，沈栖张着嘴，嘴里都是泡沫。

她的眉眼与刚刚那女人有几分相像。

她记不清自己和妈妈以这种不冷不热的模式相处了多久。

沈栖突然嘲讽地笑了下，一口将嘴里的泡沫吐了出来。

矫情什么？两个人又不是刚开始这么相处，都以这种状态过了快十年了。

客厅里，周遭只有汤匙碰撞瓷碗发出的声音，方方正正的餐桌前，两人各坐一端，彼此之间也没有说话。

沈栖安静地吃着碗中的粥，没有抬头看对面的女人。

陈淑礼放下汤匙看了沈栖一眼，眉头一皱："我走了这么几天，你就弄了这样的发型？"

沈栖舀着粥的动作一顿，随后轻声道："这样好看。"

陈淑礼淡淡道，"剪短发吧！好打理，也适合你。"

沈栖一愣，蓦地放下汤匙，直视陈淑礼的眼睛："适合我？适合我还是……"

她突然停住，没有将后面的话说出口。

陈淑礼没听清："你说什么？适合你什么？"

沈栖的肩膀瞬间塌了下去，轻声道："没有，我说短发不适合我。"

陈淑礼皱着眉："七七，你以前很听话的。"

"你也说了那是从前。"说完，沈栖起身回了房间。

临近晌午，桌上的手机振动了许久，沈栖余光瞥到手机里弹出一条信息，看了一眼，随后木讷地收回视线。

妈妈：下午跟我去吃个饭，跟你陈叔叔见一面。

天色已经昏暗下来，街道两边的建筑物都染上了夕阳的颜色。

沈栖坐在公交车的最后一排听着歌，耳机里放着纯音乐。

叮咚——

"北苑一城到了，下车的乘客……"

有三四个乘客陆陆续续上车，沈栖捏在手里的手机振动了下，她抬手将耳机向下一扯，低下头去看手机。

妈妈：在南岸这边的餐馆，我发个定位给你。你陈叔叔已经到了，你乖一点。

沈栖盯着短信愣愣地看了一会儿，没回，直接熄了屏，然后将耳机重新戴上，周围一下安静了下来。

耳机里放的是一首很舒缓的钢琴曲，与她此时的情绪倒是相反的。

又不是第一次和陈淑礼出去吃饭，她也不知道自己为什么会想要反抗和逃避。

她觉得自己最近变得很奇怪，明明十多年都这么过来了。

她不想去南岸。

脑子里想着乱七八糟的事情时，她突然发现前座坐了一个人，她膝盖抵着的椅背往后靠了靠。

沈栖便坐到了旁边的位子上。

她偏头看向前座，映入眼帘的是一张十分好看的侧脸。

是许梧黯，那个被她在巷子里救下的少年。

沈栖的身子顿时绷紧了。窗外的风吹进来，沈栖闻到了他衣服上的皂角味——淡淡的，很清爽。

许梧黯微微侧着头，视线朝着窗外。

显然，他此刻的注意力全都在车窗外，他可能没注意到坐在他身后的沈栖。

沈栖也不介意，靠在椅背上，眼睛时不时偷偷看向许梧黯。

此时此刻，他在想什么呢？

沈栖本就不想去南岸，索性坐在公交车后座偷看了许梧黯一路。

坐到终点站，沈栖也跟着许梧黯下了车。

这边是城市的西城，算是郊区。沈栖想到这边有一处未开发的江岸，基本没什么人去。

刚出车站，沈栖就看到许梧黯往车站外的方向走去。沈栖记得那边是江边，人烟稀少，正适合她放松缓解一下此刻糟糕的情绪。

沈栖将耳机挂在自己纤细的脖颈上，离着几十米的距离不紧不慢地跟着许梧黯来到江边。

这里还没有被开发出来，四处杂草丛生，边缘的护栏破了个口子，蔓延出一道被踩出来的小路。

刚欣赏完四周的风景，沈栖就见许梧黯扯开护栏上的铁丝，长腿一跨，径直往江边走去。

沈栖愣了一下，赶紧快步跟了上去。

她走到护栏边缘时，许梧黯已经站在石滩上了。他静静地站在那儿，江风把他的衣摆轻轻吹起，黄昏下的江面衬得他的背影十分孤寂。

沈栖不知道他要做什么，自己也傻傻地站在那里。

她觉得，这个少年有秘密。

许久，许梧黯抬手摘下耳机，然后轻轻放在地上，自己默不作声地往江里走去。

刚踩入水面，周围的江水便立刻包裹过来，很快就将他的小腿包围住。

沈栖心下一惊。

他这是要干吗？玩水？还是其他？他不会是要轻生吧？

她想要拦住他，手刚碰上栏杆，口袋里的手机却响了起来。

音乐的响起在这寂静的郊野显得十分突兀，沈栖被吓得一激灵。

她胡乱挂掉电话，再抬头时就对上了男生的目光，两人隔着一道浅浅的石滩对望。

沈栖突然想到，这个场景如果不是时候不对，真像偶像剧里面的浪漫情景。

两人无声地对视着，最后还是许梧黯先垂了下眼眸，然后像是放弃了自己刚刚的行为，踩着湿漉漉的鞋子踏上江岸的石滩，印上了一个个湿湿的鞋印，他的裤脚那里还滴着水。

沈栖就那么傻愣愣地看着他离自己越来越近。他默不作声地朝她的方向走过来，经过她的时候也没有看她一眼。

沈栖忍不住开口喊了他一声："你没事吧？"

许梧黯的脚步停顿了一下。他摇了摇头，径直往前走去。

沈栖就站在原地看着，看着他的身影往车站的方向走去，直到再也看不见。

她走到许梧黯刚刚站立的位置，看了一会儿，刚准备上坡回车站，就看到一旁的石头上有一只蓝牙耳机。

沈栖走过去捡了起来，拿着耳机正看着，手里的手机又响了起来。

是陈淑礼。

她按下接听键："喂？"

陈淑礼的语气很冷："你去哪里了？刚刚为什么要挂断我的电话？"

沈栖往坡上走去，顺手将耳机塞到自己的口袋里："有点事。"

"有什么事情要挂掉电话？有什么事比我的话还重要？你看看现在都几点了，你怎么还没到？啊？你到底有没有在听？"

听到那边逐渐接近癫狂的声音，沈栖用手用力抓了抓裙角，低头看着脚下的石子路："我不想来了。"

那头的陈淑礼似乎有些错愕："什么？"

沈栖淡淡地重复："不来了，你们吃。"说完她就挂断了电话。

她是人，不是动物，为什么总是一直命令她什么时候该干什么、什么时候必须干什么？沈栖的心情此刻糟透了。

沈栖郁闷地坐在沙子上，用树枝乱涂乱画着，脑海中又浮现出刚刚许梧黯站在江边的场景。她不禁往许梧黯刚刚走的方向望去。她的眼里浮现挣扎之意，随后她垂头，慢慢地张开握紧的手，露出手心里躺着的那一只耳机。最终，她还是放心不下，一跺脚，朝许梧黯离开的方向追了过去。

沿路跑过一个大弯道，沈栖终于在一个堤岸下方找到了许梧黯的身影。

同刚刚一样，他静静地站在那儿，如同与她隔了一个世界。

沈栖跑上堤岸，没敢犹豫，失声喊了句"许梧黯"，生怕下一秒许梧黯就会义无反顾地走进江中。

听到声音，站在江边的许梧黯慢吞吞地转过身看向她。

沈栖忙绕到旁边的阶梯往堤岸下跑。从堤岸上到许梧黯站立的位置距离很近，但沈栖觉得这条路格外长。飞奔时，江风不断地从她的脸上刮过，她脑海中一片空白。

她跑到许梧黯身边，一把抓住了他的手腕："你干什么呢？"

没等许梧黯回答，她又道："你不会是想轻生吧？我跟你说，这江水是很冷很深的，里面可能还有吃人的鱼，很吓人的，你可别后悔。"

沈栖抓着许梧黯的手悖言乱辞，语速比平时快了几倍，如同倒豆子般一句接着一句，话里意思无一不是在说着这片江水有多恐怖。

许梧黯眉眼一动，注意力却在沈栖的话里："吃人的鱼？"

沈栖神色一僵。

什么吃人的鱼？这是重点吗？！

但面上，她还是强装着镇定，一本正经地说："例如鲨鱼之类的。"

许梧黯不再说话，但皱着的眉宇表达了他此刻的心情。

沈栖当然知道这片江里不可能会有什么鲨鱼，刚刚说那句话纯粹是没经过大脑只动了嘴皮，试图将许梧黯从"轻生"的念头里劝下来。

想起自己的目的，沈栖替自己原谅了刚刚那一句胡言乱语。就在她思考着自己的话时，原本被她拽着的许梧黯的手腕忽然往外抽离。

沈栖被吓了一跳，这种抽离有一种她这下放手，下一秒许梧黯就能跳进江里的感觉。被她这么添油加醋地一想，她心里忽然开始害怕，害怕真的会有一个生命在她的眼前逝去。几乎没敢再往下想，沈栖立马松开手，转了个方向紧紧地抱住了许梧黯的腰。

身子紧紧地贴着许梧黯的侧腰，环腰的手臂不断缩紧，她紧闭着眼大喊："不要冲动不要冲动！任何事情都还有余地，我也有很多烦恼的！比如吧……我成绩很不好可我一直在坚强地生活着！许梧黯你成绩又好人又帅又有光明的未来，不要因为一时的烦恼放弃自己啊！"

她自顾自地喊着，边喊还边缩紧自己的手臂，生怕一个不小心许梧黯就会从她的臂弯中挣脱出去。

不知过了多久，沈栖的声音渐渐轻了下去，蝉鸣声越来越大，最后甚至盖过了沈栖的劝告声。讲了那么多话，她也有些累了，臂弯松了一些，悄悄抬眼去看许梧黯的反应。

偏巧这一抬眼，她的视线直直地撞上许梧黯的眼睛。

他垂着头，不知道以这个姿势看了她多久，漆黑的眼眸中似乎掺杂了一些别样的情绪。

见沈栖终于不再说话，也抬起了头，许梧黯这才缓缓开口："我没有要轻生。然后，你怎么知道我成绩很好？你对我很熟悉？"

咯噔——

沈栖一愣。

他说什么？

她一下松开环住他的手，往后退了一步："没……没有！你年级第一的传说，大家都知道。不过这不是重点。那你一动不动地站在那里干什么？"

许梧黯收回视线，侧头去看江面："吹风，看水，缓解糟糕的情绪。"

沈栖："……"

耳边的蝉鸣声越发强烈，一声又一声，像是在嘲笑沈栖刚刚的行为。

她开始环顾四周，这块堤岸未经新城建设开发，江边芦苇矗立，江风使苇尖一下又一下地轻点江面。江面在晚霞的映衬下变成了橘黄色，偶有波涛翻滚使得水面变得波光粼粼。

这里的景色很美，但景色越美，越是坐实了许梧黯的话。

他大概是真的来看水散心的。

刚刚在前面的江边下水，他大概也是想下水玩一下吧？

想到这儿，沈栖脸上的神色开始变化。

这就好像在说，她刚刚的行为就是一个笑话。

但沈栖心理素质还是强大的，哪怕现在尴尬得不行，她明面上也不会表现出来。

她轻咳两声："那既然这样，我就勉为其难跟你一块儿看看这儿的景色吧！"

　　话这么说着，沈栖也就这么做了。她走到许梧黯身边，跟他并肩站在一块地方开始观赏起这里的景色："你看前面，这儿的景色确实不错。"

　　许梧黯："……"

　　他顿了半晌，转身往堤岸上走去："我回家了。"

　　沈栖连忙追了上去，跟在他侧边问："这么快就回去了？"

　　"嗯。"许梧黯不动神色地应了一声。

　　沈栖也没想继续留在这儿，就这么并肩跟许梧黯一起往公交车站走去。

　　也许是因为气氛有些安静，沈栖受不住这个氛围，开始自顾自地跟许梧黯说话："话说你这么大老远地跑西城这边来就为了吹吹风吗？你刚刚的样子真的很像对生活失去了兴趣准备轻生的人，我被你吓到了。"

　　许梧黯偏头睨了一眼沈栖，紧抿唇瓣没说话。

　　当时站在江边的时候，许梧黯看着眼前翻涌的江流，他的意识有点涣散。

　　那天所发生的一切都仿佛一块块碎玻璃，组装成一面巨大无比的镜子立在他眼前，就在他要伸手去触摸的时候，镜子又瞬间破碎，落入滔滔江水里。

　　他的脑海里突然又出现那个熟悉的声音，那个噩梦里的声音："许梧黯——"他变得痛苦，情绪开始不受控制，想上前去抓住那些碎片，双脚不自觉地开始往前走动。

　　等他被女生那一阵铃声弄回神的时候，他才惊醒，发现自己居然已经走下岸了，脚下是江水。

　　他惊于自己的举动，也不想面对别人的问询。上岸以后他没再看女生一眼，按摩了一下太阳穴，选择离开这里另寻一个安静的地方，却不想那女生又追了上来。

　　她似乎对之前看到的场景心有余悸，误以为他站在江边是想要轻生，立马冲上来跟他说了很多没头没尾的话。但明明对她来说，自己只是一个陌生人。

许梧黯一直记得她，不只是上一次在小巷、这一次在江边，还有几年前……他都感受到了这个女生的不一样之处——奋不顾身、勇敢、为人着想。她的性格和他也是全然不同的，他沉闷忧郁，她勇敢活泼。

他缓缓抬头，太阳西落，现在已经被山挡着看不到了。

"对了，我知道你，你还不知道我的名字吧？"沈栖忽然道。

她侧过头，目光对上许梧黯的眸子，眉眼弯起："我叫沈栖，栖息的栖。"

沈栖和许梧黯一起坐公交车回去，到北苑一城的时候，许梧黯下了车。临走时，沈栖轻声跟他说了一句"再见"，许梧黯也朝她点了点头。

车子开动，过了拐角，车窗外再也看不见许梧黯的身影。

沈栖收回视线，背靠在椅子上。

余晖照在她的脸上，沈栖慢慢闭上眼睛，让自己去享受这短暂的温暖时光。

耳机里传来的纯音乐倒是与这场景很相符。

不知不觉她又想到刚刚那个场景——少年义无反顾地往江水中间走去，没有一刻停顿，身影单薄孤寂，像是被所有人抛弃了一样。

他身上好像藏着什么秘密，不为人知的秘密。

沈栖在乔瞧家住了两天，陈淑礼只在第一天打电话过来时训了她几句，之后就没再过问她了。

第三天一早，沈栖接到旅行回来的小姑沈文锦打来的电话，邀请她过去玩。

沈栖从小就跟小姑玩得好，刚好也不想回去面对陈淑礼，果断应了下来。

一连下了几天的雨，天终于放晴了。

沈栖正躺在床上看着连续剧，沈文锦抱着一把吉他推门进来："小七？"

沈栖闻言应了声，看到沈文锦怀里的吉他，激动出声："啊，吉他！是给我的吗？"

"不然呢？"

"小姑，我爱死你了！你怎么想着给我买吉他了？"

"去年你不是说想跟我学吉他吗？前段时间我出差，路过琴行就给你买了把吉他。喏，你可以试试。"沈文锦说完放下吉他，揉了揉自己的肩膀，一脸痛苦的表情。

沈栖注意到细节，赶紧上前把沈文锦拉到沙发上给她按摩肩膀。

其实刚才听沈文锦这么一说，沈栖才想起来，去年年底她来沈文锦这儿玩时，正好碰上沈文锦的朋友来做客，她们聊起当年组乐队的那些事情，越聊兴致越高，最后甚至让沈栖当观众看了一场"演出"。

从小沈栖就有在台上演奏音乐的梦想，她之前知道沈文锦是玩音乐的，却不知道，原来沈文锦在弹琴时是那样亮眼。

她也想像小姑一样。

沈文锦"嗯"了一声，又道："今天小姑就免费给你上吉他课了。"

沈栖刚要应下来，视线却瞥到沈文锦扶在肩膀上的那只手："小姑，你的肩膀不舒服吧？能弹吗？"

沈文锦偏头瞥了一眼："贴个膏药就好了。"

沈栖却不依："没事小姑，又不差这一天。"

她扶着小姑往外走去："肩膀不舒服就早点去看医生，不要拖。走吧，我陪你一块儿去。"

"小七……"沈文锦一路被沈栖推着走，稀里糊涂地让她给自己穿了鞋子。

"快走吧，医院两点上班，现在去正好能赶上。"沈栖刚扭开门把手，大门还没向外推开就遭到了阻力。

沈栖一愣，探出头看了一眼门外，视线在触及门口站着的人的眼睛时瞬时顿住。

许梧黯穿着白T恤，身后背着一个大大的包，看形状似乎是琴包。

没等沈栖有什么反应，沈文锦从身侧推开她，打开房门："梧黯来啦？"

许梧黯微微颔首，喊了一声："沈老师。"

视线在许梧黯身上转了转，又落到沈栖身上，沈文锦问了句："你俩认识？"

"认识。"

"嗯。"

沈文锦吃惊："没想到啊！你们怎么认识的啊？"

"小姑，你想不到的事情多着呢，我交际圈很广。"

许梧黯却下意识地抿住唇，眉头稍稍动了动。

沈文锦被两人不同的反应弄迷糊了，视线在两人之间转了半晌。沈栖一脸骄傲，倒是许梧黯还是和之前没多大区别。想起两人性格迥异，她脑子里忽然涌出一个想法。

她侧过身，让许梧黯从门口进来："梧黯，这是我的侄女沈栖。七七，这是我的学生许梧黯，经常会来我这里写作业。你们俩正式认识一下。"

"我现在要去一趟医院，你就在家里写作业等我吧。在书房或者客厅都行，我很快就回来。"

许梧黯闻言点了点头。

沈文锦走出大门，侧身拦住沈栖："得了，你就在家好好休息吧，不要打扰梧黯。"

沈文锦走后，沈栖回过身，刚要扯点话跟许梧黯聊点什么。可她一转身，许梧黯已经换好鞋背着包径直往书房走去。

他没有跟她打招呼，也没留什么眼神，沈栖这么一个大活人仿佛在他眼里不存在。

沈栖忙上前拉住许梧黯："你去哪儿？"

许梧黯步子顿了下："去书房学习。"

他居然还真去学习。

沈栖无力地垂下自己的手，学习的光辉在前，她阻挡不了许梧黯前进的步伐。

许梧黯去书房学习，沈栖自然没有去打扰他的理由，只能放弃找许梧黯深入聊天的想法，转身回了房间。

沈栖在房间待了好半天，平板电脑里传来电视剧里角色们的笑声，沈栖却兴致缺缺。

她盯着屏幕看了半晌，最终抬手将平板电脑往床上一扔。

她翻身从床上爬起，起身拿起吉他走到客厅。

吉他是暗灰色的，整体设计看上去十分简单。

沈栖拿着吉他顺势坐到沙发上。

她没有弹过吉他，但她见沈文锦弹过，所以她照着记忆中沈文锦弹琴时的动作将琴搁在自己的腿上。

沈栖轻轻闭上眼，指尖划过琴弦，弹出一串串不成调的旋律。

曲不成调，她却觉得分外好听。

这是自己以前从未感受过的。

周遭很安静，沈文锦家所在楼层高，周围没有别的建筑物遮挡住阳光，阳光透过大大的落地窗倾洒在客厅里，整个房间都十分亮堂。

啪嗒——

开门声从她的身后传来，沈栖停下手中的动作往后看去。

许梧黯拉着门把手站在那里，眼角耷拉着，眼眸微垂，漆黑的眼睛与她的视线撞上。

沈栖吓得手一松，吉他险些掉在地上。

平时很会说话的嘴巴此刻却一句话也说不出来。

两人尴尬地对视了一会儿后，许梧黯径直往她的方向走来。

"对……对不起，是不是打扰你学习了？"其实小姑家隔音效果很好，但沈栖还是怕许梧黯此时出来是兴师问罪的。

等许梧黯走近，沈栖觉得尴尬，率先抬手递上吉他："这个你会吗？"

许梧黯愣了一下，随后微微颔首，从沈栖手中接过吉他坐下来。

他把吉他在自己的膝上架好，钩起琴弦，发出第一个音符。

沈栖顿时屏住呼吸，突然有点紧张。

第一个音落下，许梧黯指尖拨动琴弦的速度快了起来，一串串音符倾泻而出。明明他拨动琴弦的速度很快，但沈栖还是感觉旋律带着很强烈的情绪，透着一种凄凉感。

他的琴声很能带动人的情绪。

沈栖的情绪随着他弹出的琴声起伏。

等节奏慢慢地缓和下来，她才抬头看向许梧黯。

夕阳的余晖洒在他的身上，他的头发上像是染上了一层栗色。余光打在他的脸上，他的眉眼低垂着，原本那些透着冷意的五官都变得柔和了。

沈栖的脑海中突然冒出一个想法——他就像是所有小说中"少年感"的代名词。

曲毕，沈栖一脸崇拜："你弹了多久吉他啊？好厉害。"

许梧黯低着头没看她："去年才开始的。"

许梧黯说完，没有再多说其他话，场面瞬间安静下来。

沈栖不喜欢安静的气氛，大多数时候，面对许梧黯的不言不语她也有些尴尬，就想着用聊天的方式来缓解尴尬。

但许梧黯似乎不喜欢聊天，对于沈栖的问话他有问必答，但从不主动说话，就像是一个没有感情的智能机器人。

沈栖的性子也很傲，此刻见他没有想聊天的意思，她也闭嘴了。

他长得的确好看，但帅哥果然是只能远观。

沈栖家。

"我觉得许梧黯蛮特别的。"游戏打到一半，沈栖忽然出声说了一句。

没有任何预兆，突然提起的这个话题让乔瞧发蒙："啊？"

沈栖立马放下游戏机，转过身趴在床边面对乔瞧说："你还记得我们上次在高井巷里遇到的那个许梧黯吗？"

乔瞧应了声："记得啊，怎么了？"

"他是我小姑的学生，"沈栖放下撑着床沿的手，身子向后撑了撑，故作感叹道，"有时候缘分来了，真是挡也挡不住啊。"

听完沈栖的话，乔瞧立马扔下手中的游戏机，手脚并用地凑到沈栖身边，"但你上次不是说像他这样的男生只可远观吗？"

沈栖道："是这样，所以只能远远地看看，自己心里想想。"

"你俩有什么情况吗？"

"什么情况？"沈栖不解。

"比如，你俩发生了什么事情吗？"

事情？

沈栖想起那个雨天小巷的"英雄救美"和在西城江边发生的事情，这两件事都触及了许梧黯身上那不为人知的秘密。她与许梧黯就见了三次面，两次触及他人秘密的事她不能说，剩下一次是在小姑家里，这倒是能讲，但……

她确实时不时地就过去找许梧黯讲话，但对方的态度一直都很冷淡。虽会回应她，但他讲话惜字如金，"嗯""没有""还行"是他最常说的话。

想到这儿，沈栖顿时泄了气："没有，他很冷漠。"

乔瞧不以为意："那是跟你不熟，熟了就不冷漠了。这个世界上没有真正冷漠的人，只有不熟的人。"

"真的？"

"真的啊。"乔瞧问，"你不是说他特别吗？他有什么地方吸引到你了？"

这个问题将沈栖问住了。

其实她也说不上来许梧黯这人到底有什么特别的。性格比普通人冷，长相比普通人要帅很多，似乎学习也比普通人要好很多，他和普通人就不在一个高度。

但吸引沈栖的不是这些显而易见的东西。

她每一次见着许梧黯，视线就忍不住跟随他，他的身上有一种被其他闪光点掩盖住的东西，而这东西，才是吸引沈栖的"罪魁祸首"。不知道为什么，两次事情下来，沈栖觉得她与许梧黯……好像是同一种人——

藏着秘密的人。

见沈栖不开口，乔瞧便说道："行啦行啦，说不上来就别说了。"

她想了一会儿："我对许梧黯这人没什么其他的印象，只觉得他好帅，然后他好像成绩很好是吧？别的也没有了。不过你既然说他特别，那你肯定是和他有所共鸣吧？"

沈栖不懂乔瞧话里"共鸣"的意思，但她觉得应该算有的。

"你想试试吗？"乔瞧忽然问。

"试试什么？"沈栖的话音刚落，下一秒就反应过来乔瞧话里的意思，神情有些犹豫，"真的吗？"

乔瞧一脸肯定地点点头："和他做朋友啊！交个朋友又不是多难的事情。"

沈栖心里本就有这个打算，但一直在犹豫。今天突然被乔瞧这么一怂恿，她的心也开始蠢蠢欲动。重新拿起放在地上的游戏机后，她心里也做了一个决定。

许梧黯暑假期间一周中的双数日子都会来沈文锦家补课。补完课后有时间他就会待在这里跟沈文锦一起弹一会儿琴。

"刚开始练的都是指法，你得先……"沈文锦把沈栖的手放在吉他的琴弦上，正教她练最基本的手法。

许梧黯坐在另一张沙发上，将吉他靠着自己的腿放着，手指在琴弦处弹了弹。

然后他看了一眼谱子，指尖稍微在琴弦上试了一下，再拨动琴弦时就发出了一串有序的音符。

此起彼伏的旋律让沈栖的注意力飘了过去，全然忽略了面前正在孜孜教诲的沈文锦。

"哎！回神了。"沈文锦抬手在沈栖面前挥了挥。

沈栖一下收回目光，尴尬地笑了一下。

沈文锦笑道："我知道梧黯很帅，但你礼貌一点，别这么盯着人家看。"

沈栖："……"

果然，她用余光一看，许梧黯已经停下手中的动作，正往她们这个方向看过来。

算了，反正只要我不尴尬，尴尬的就是你。沈栖索性一不做二不休，抬起头冲许梧黯甜甜地笑了一下。

那笑容里包含的意思是——对，我就是在光明正大地看你。

沈栖原以为许梧黯就算不说话，最起码会给一个反应，但没想到他只是瞥了她一眼，然后淡然地回过头，当作没看到。

这么傲？

门铃声骤然响起，一下打断了沈栖的心理活动。

沈文锦站了起来："我去看看，小七，你等我一会儿啊。"

沈栖乖乖地应了声。

沈文锦一走，沈栖就将吉他放下，目光落在了弹吉他的许梧黯身上。

"谢谢了。"关门声音传来，沈文锦拎着一袋水果进来："我买了水果，等我去厨房给你们切一下。"

"小姑，我来帮你吧！"

沈栖刚要撑着身子站起来，就被沈文锦拦住："不用，一下子的事情。"

沈栖只能又坐回去。这时，一直没开口说话的许梧黯问了句："你指法学会了吗？"

沈栖一愣，许梧黯居然还会主动开口？

她讪讪地笑了下："还不太会。"

真的，因为她刚刚听沈文锦讲的时候看许梧黯弹琴看走神了。

说完这句话，她就开始琢磨许梧黯万一提出要教自己，自己应该说什么来拒绝他，毕竟之前他对自己那么冷淡，那自己也要冷漠一点回击。

然而许梧黯只是淡淡地点了下头，就继续低头看谱子了。

沈栖："……"

沈栖决定出门走走冷静一下，说了一句"我出门去买奶茶"，没等许梧黯有什么反应，站起来跑到玄关处穿上鞋就出门了。

一出单元门，感受到外面烈日的温度，沈栖就后悔了。

这还冷静什么？

小区附近只有一家奶茶店。

就这么一家奶茶店，生意还挺火爆。沈栖在柜台前看了一眼菜单，点了三杯杧果奶昔，等了半个小时才拎上自己点的奶昔回了小姑家。

刚扭开大门，沈栖就听见屋内传来的琴声。

沈栖换好鞋，从玄关处一眼看到坐在沙发上的许梧黯，他手里还是拿着一把吉他，也没弹，只是用指腹一下又一下地抚摸着。沈文锦坐在他旁边玩着手机。

沈栖深吸一口气，拎着奶昔走了进去。

许梧黯听到动静抬了一下头，但只看了一眼，就又低下头，继续摆弄起自己的吉他。

沈文锦倒是很高兴，欢欢喜喜地从她手中接过奶昔，还夸了她两句。

沈栖知道许梧黯的性格，便也没跟他计较，从袋子里拿出奶昔递到他跟前："给。"

她这可是特意为许梧黯选的奶昔，先前来小姑家的路上，她碰到了许梧黯，看到他一直盯着那家奶茶店门口的杧果奶昔宣传图。

许梧黯闻声抬头，看到面前的杧果奶昔，突然愣了一下。

沈栖却没看出他的异样，心里还暗自高兴：看吧，本小姐特意顶着大太阳给你买的，感动吗？

谁料她的内心戏还没演完，许梧黯直接垂眸拒绝道："不用了。"

沈栖以为他在介意她刚刚故意摆谱的事，又把奶昔往前推了一点："喝吧，我特意买的。"

"不需要。"

两人就这么一来一回推着这一杯奶昔。

沈栖执拗地认为许梧黯这是在故意跟她抬杠。她一直在被许梧黯拒绝，所以这次她一定要让许梧黯接受自己的好意。她情绪上头，忽视了许梧黯越来越难看的脸色，再一次固执地将奶昔递到许梧黯手边。

"我说了不需要。强人所难是你的爱好吗？"许梧黯的声音骤然冷下来，手下意识一挥，奶昔啪的一声掉在地上。

一时间，在场的三个人都愣在了原地。

沈文锦立马打圆场："哎，你俩这……"

听到许梧黯这么重的语气，沈栖心里并不好受，她的脸色也冷了下来："许梧黯，你这样就没必要了吧？"

沈栖说完转身就回了房间，房门随之砰的一声被关上。

她靠着门坐下，埋着头，屈起腿。

沈栖觉得自己很可笑。

她只是觉得他跟自己像是同一种人，想和他做朋友。觉得他的冷淡是他保护自己的尖刺，所以她一直都没有为此感到介意，反而想要帮助他收起尖刺。今天也是，她好心去给他买了他想喝的奶茶，结果对方还不领情。

现在她对许梧黯的态度，就跟小时候一样，她就是想要陈淑礼能够多看自己一眼。

可最后结果还是跟小时候一样，她输了第一次，也输了第二次。

暮色西沉。

等沈栖再从房间里走出来时，客厅里已经没有许梧黯的身影了，他那把吉他也不在了。

沈栖走到茶几旁，刚刚掉在地上的奶昔被人拾起来放在茶几上，孤零零的，竟有几分可怜的意味。不过奶茶盖是封了膜的，倒是一点没漏。

她弯腰，将奶昔拿在手里看了看，嘴角弯了弯，带着嘲讽意味。然后，她手一松，奶昔啪嗒一声落在了茶几旁的垃圾桶里。

不就应该这样吗？没人要的东西就要被丢掉。

沈文锦从厨房里走出来见到沈栖，笑着问了句："小七出来了啊？我在做晚饭，有油焖大虾，你还想吃点什么？"

"小姑，许梧黯走了吗？"沈栖问。

"是啊，他今天晚上的辅导班加课。"沈文锦似乎想起了下午的事情，又道，"小七，你和梧黯——"

"小姑，"沈栖打断她的话，转头朝她笑了一下，"晚上乔瞧找我出去玩，我就不在家里吃了。"

餐厅内。

"怎么样啊？告诉我你的进展呗。"

沈栖的心情不怎么样，乔瞧一找她出来，她就借着"让自己高兴一点"的理由跑到餐厅里来吃点好吃的。

沈栖懒洋洋地靠在椅子靠背上，双手撑开。

听到乔瞧问，沈栖伸出一根手指晃了晃："我不想搭理他了。"

乔瞧翻了一个白眼，并不相信。

沈栖之前的确想和许梧黯做朋友，但下午想了一通，她觉得以许梧黯那臭脾气，她才懒得伺候，于是假装漫不经心地说："腻了，我又不缺他那么一个朋友。"

"行吧。"见沈栖不想聊，乔瞧也没再提许梧黯，身子换了个方向跟另一侧的朋友聊起别的话题。

沈栖兴致缺缺的，平时喜欢吃的菜眼下吃进嘴里也如同嚼蜡。

"啊，怎么会发生这种事情？"

"谁知道，那边新开了一个清吧，可能是这个原因吧？"

听到耳边传来的聊天声，沈栖也好奇，问了句："怎么了？"

乔瞧说："高井社区最近多了很多不学无术的人在路边游荡。"

"对对，我刚才从那边经过，看到一群人在找一个男生麻烦。"

"啊，这么惨啊？"

"……"

话题没结束，但沈栖没什么心思往下听。她的注意力全放在了刚刚朋友的那一句"找一个男生麻烦"上。

她想起上一次在高井社区许梧黯被混混找麻烦的事情。之前的聊天中，她知道许梧黯从辅导班到家走近路就会经过那个高井巷。

虽然说着没兴趣，但她心里还是有点害怕许梧黯又遇到什么麻烦。可转念想到早前的奶昔事件，她躁动不安的心思就如同被一盆冷水扑灭。

过了一会儿，她把筷子往桌子上一搁，收拾着东西站了起来，跟大家招呼："你们继续吃，我先走了。"

"哎，你怎么回事啊？等等我。"乔瞧赶紧跟了出来，喘着气挥手。

此时，接近晚上十点，街道上几乎没人。

沈栖一路上兴致都不是很高，拉下一张脸，全然没有往日嬉笑的模样。她踢了一脚鞋尖前的小石头。

可是，沈栖又想，许梧黯好像也没做什么对不起自己的事情。

他除了不爱搭理人，似乎也没有别的不好了，奶昔的事情也不全是他的错，是她强求他在先，或许是她会错了他的意，他可能并不喜欢喝杧果奶昔。

"七七？"

一双手在沈栖的面前挥了挥，她一下被唤回神："啊？"

沈栖垂眸，轻轻咬着唇瓣，似乎有什么话说不出口。

"要我说，如果你有什么烦心事，要么跟我说说看，要么还是快点去解决比较好。"乔瞧站在沈栖面前，叉着腰说道。

沈栖一脸诧异地抬头看向乔瞧。

乔瞧看了她一眼："难道不是吗？你今天一整个晚上都萎靡不振的，这可不像你。"

沈栖犹豫了片刻，还是道："乔乔，许梧黯会不会被那群混混缠上啊？"

"他为什么会被混混缠上？"

沈栖没细说原因，只道："高井社区那边，很危险吧？"

乔瞧扑哧笑了声："虽然那边最近治安不好，但也不至于那么危险啦！混混也不至于随便拉个人就打劫吧？法治社会，你安心点啦！"

话是这么说，沈栖却一点没有放下心。

乔瞧见状叹了一口气，只能道："那好吧，你要不要过去看看？"

沈栖："去看看吗？"

乔瞧笑着摸了摸沈栖的手臂："你不是学过散打吗？要是许梧黯真的被混混缠住了，你再来一场'英雄救美'。"

但乔瞧的一番话倒是让沈栖下定了决心。她给自己鼓气："好，那我过去。"

乔瞧半开玩笑："要不要我陪你过去？"

沈栖摇头。如果真遇到了不好的事，她也不想乔瞧看到狼狈的许梧黯。

乔瞧见状也没坚持，说这话不过是给沈栖一个台阶下。跟沈栖做了这么多年的朋友，乔瞧有时候比沈栖更了解她自己。

"那行，要是真有什么事情你再打电话给我。"乔瞧拍了拍沈栖的肩膀，"快去'英雄救美'吧，七姐。"

沈栖脸上泛着红晕，她摆摆手嘴硬道："谁去救他？我是去看笑话。"

夜晚的高井社区不似白天那般热闹，一条条黑漆漆的巷子望不到头，昏暗的路灯光营造出一种无声的恐惧氛围。

沈栖打着手电筒穿梭在巷子中，两条腿越迈越快。尽管她对乔瞧那么说，但脸上难掩担忧之色。

这片区域的每一条路都找了一遍后，沈栖有点泄气。

冷静下来后，沈栖觉得自己很滑稽。她没有许梧黯的联系方式，不知道他几点下课回去，甚至不确定他今天晚上会不会抄近路经过这儿。她在漫无目地找一个可能并不会出现在这里的人。

沈栖背过身靠在墙上，垂着头，烦躁地用鞋跟踢了踢墙面。

看来今天是她多虑了，不过没发生什么事就好。

她感觉最近的自己变得越来越奇怪了。

沈栖不再去想，慢慢放下自己悬着的心，起身准备回去。

可偏偏一抬头，她的眼前站着那个她找了一晚上的人。

他逆着光，也不出声，只静静地注视着她。

她注意到少年衣服整洁，不像是被人欺负过的样子，书包松松垮垮地背在右肩。

"许梧黯？"沈栖连忙往前走了两步，"你没事吧？"

说完，沈栖反应过来，也觉得自己问得很没头没脑，许梧黯的样子怎么都不像有事情的样子。

可偏偏就是这么一句莫名其妙的话，让许梧黯顿了片刻。他再度看向她，回应道："没事。"

沈栖松了一口气："我担心你又被这边的混混缠上，所以就跑过来找你了。"

她释然一笑："还好你没事。"

沈栖像是放下了心，但她的话掀起了许梧黯心里的波澜。语落，千万思绪翻滚。

他跟往常一样，补习班下课后走这条小路回去。小路上比平时多了一些抽烟的混混少年，他们三三两两聚在一起聊天谈笑，嘴里说着脏话。但他并不关心这些，甚至没往他们身上多看一眼，自顾自地从他们中间穿过，往另一个出口走。

巷子越往里走，行人越少。最后陪伴他的只剩下微弱的灯光。

许梧黯早就习惯了，也没什么孤寂感。只是在走过岔路口，快要走到出口的时候，他忽然注意到前方靠在墙上的少女。

她的心情似乎很不好，不停地用手敲头，鞋跟一下又一下地踢着墙面。

许梧黯本是要直接走过的，但目光在少女身上停留片刻后，他认出了对方。他的步子像是被人定住，再也迈不出一步。

直到少女说"还好你没事"。

许梧黯原本平静的心湖突然掀起一点涟漪，他猜不到沈栖为什么会来这边，为什么会说这句话。但不管什么原因，她总归是在担心他，哪怕他下午刚对她说了重话。原来真的有人能在他那样冷淡的态度下，依然选择靠近他。

"谢谢你来找我，沈栖。"

今天夜里起了风，气象台说近两天省内极有可能会有台风。

街边的梧桐树叶被刮得沙沙作响，路上的行人很少，偶尔经过的人也是步履匆匆。平日里经常趴在墙边小憩的那只猫也不见了，有几分凄凉的意味。

许梧黯和沈栖一前一后地走着，她走在后头，把踩着许梧黯的影子走路当作一种乐趣。

沈栖正垂着脑袋看着脚尖一步一步地往前走，没想到前头的人突然停了下来。她没停住脚步，一头撞上许梧黯的后背，脸庞和他的衣服来了一个亲密接触。

"啊——"

沈栖痛得叫了一声，捂着脑袋抬头刚想怒斥许梧黯突然停下的行为，结果一抬眼就看到了一双漆黑的眼眸。

沈栖脱口问了一句："怎么了？"

他什么都没说，但那双漆黑的眼睛中好像又有数不尽的话。随后他一声不吭地回头继续往前走。

沈栖自然不会罢休，她上前两步抓住许梧黯的衣袖摇了摇："你把话说完啊，你知不知道你这样话说一半不说完会被人打的？"

许梧黯睨了她一眼，终于开了口："可是我一声都没出。"

言外之意是他半句话都没说。

沈栖："……"

她真是无语了。

"那你就要挨双份的打。"沈栖一本正经地说着。

许梧黯："……"

凌晨的夜里没什么人，路上连一辆行驶的车子都没有，在这安静的氛围中只听见两人细微的脚步声。

"喂，许梧黯。"

沈栖的声音把许梧黯唤回神，他轻轻瞥了小姑娘一眼，只见她不知道什么时候剥了一根棒棒糖，塞在嘴里吃着。

她问："上次那些人是在高井社区附近找到你的吧？你怎么还敢往高井巷走？不怕他们再来找你吗？"

许梧黯沉默了很久，就在沈栖以为他又准备当哑巴的时候，他开口了。

许梧黯低着眼眸，脸上没什么情绪："躲不过去。反正都习惯了。"

许梧黯看着前方，继续默不作声地往前走。

街边的路灯打下来的光随着许梧黯的脚步时不时地落在他的身上，他的面部轮廓也变得忽隐忽现。

那一瞬间，沈栖更加确定他身上藏着很多不为人知的秘密。

她想知道，也想保护他。

"许梧黯。"她扯了扯许梧黯的衣袖。

许梧黯低头的那一瞬，他听见沈栖说："躲不过的话，我待在你身边吧，在俞峡，我护着你。"

少女的声音清脆而坚定，落在他的耳边，也落在他的心底。

他撞上沈栖的视线，少女的眼尾上扬，唇瓣鲜红。她叼着那根棒棒糖，抬着下巴，有几分不可一世的模样。也是在这天，他才在沈栖身上看到他所没有的洒脱。

"我待在你身边，没人能欺负你。"

经过那天晚上的事后，两个人之间的关系似乎发生了一些微妙的变化。但是又好像和以前并没有什么不同，因为许梧黯实在太忙了，两人接触的机会并不多。

沈栖好几次在楼下烧烤摊吃烧烤时看到许梧黯背着书包，神色疲惫地从他们身边走过。

偶尔两人也会对上视线，沈栖会先冲许梧黯露出笑容，然后轻轻挥挥手。

许梧黯也会轻点下巴，算是打招呼。

乔瞧看到后便笑着调侃："你们现在关系不错啊。"

一天，沈栖起床从房间里出来。房门一打开，视线就自动落在了坐在沙发前摆弄吉他的许梧黯身上。

又是周二了。不过现在客厅里只有许梧黯一个人。

少年坐在软垫上，茶几很矮，但他的背依旧挺得很直。他垂着眼眸，全神贯注地看着手中的吉他，指尖时不时拨弄两下。

沈栖揉了揉肩，走过去，腿一跨坐在了沙发上。她半躺着，正好面对着许梧黯的背影。

少年衣服上散发出的皂角粉的香味传到鼻间，沈栖不禁吸了吸鼻子。

她抬手轻轻戳了戳少年的背。

许梧黯回过头，一双眸子无声地看着她，似乎在等她说话。

沈栖换了个动作，手自然地托起下巴："你辅导班时间怎么安排的呀？怎么每天晚上都能碰到你从外面回来？"

"前两天报了满课，差不多每天晚上都有。"

沈栖："在小姑这里也在写作业，还要上辅导班，也太痛苦了！"

许梧黯："在沈老师这里更多的是放松。"

沈栖："那你几点下课呢？下课的时候月亮都挂上树梢了吧？"

"十点半。"

沈栖有些惊讶，因为许梧黯回家后，还要把当天所有的作业和任务都做完才会睡觉，早上六点又会准时起床晨跑背书。

在沈栖看来，暑假难道不是一个用来好好放松的假期吗？为什么他的暑假行程排得这么满？他身体吃得消吗？

沈栖不解："你这样有休息时间吗？"

这是很平常的一句话，但不知道为什么，许梧黯听完以后反而有些触动。

随后，他垂下眼眸，默不作声地转回身子："我不需要休息。"

中午。

沈文锦回来后做了饭，招呼沈栖和许梧黯一起吃。吃饭时，沈文锦提到了沈栖的爸爸。

"你爸说让你没事就回去陪陪你妈妈，说你妈妈一个人在家挺孤单的。"

沈栖吃饭的动作一顿，很快又恢复正常："她不需要我。"

她太清楚爸爸说这些话背后的目的。

沈文锦看出了沈栖的心思，便道："我知道你想待在我这里，所以我跟你爸说了，你要留在这里学习。"

沈栖顿时笑了起来："谢谢小姑。"

沈文锦连忙制止她："别高兴得太早，我是真留你在这里学习的。你当进一中容易啊？在一中的三年你可别想混过去。"

沈栖的成绩不算差，哪怕她一开始不爱学习，但毕竟有前两年的基础在，加上最后两个月她拼了命地复习，最后考试的成绩还是挺好的。

一中是私立学校，里面也有家境富裕但学习不好的学生。

沈文锦说："既然我已经跟你爸打了包票了，那你在这里也就不能混吃混喝了。

"从今天开始，你跟梧黯一起，每天都得学习。"

沈栖欲哭无泪。

"我真得好好管管你这散漫的性子，让你少出去玩。"

这边沈文锦刚警告完她，转头就忧心忡忡地对许梧黯说："梧黯，你也是，别全部心思放在学习上，忘记了休息，平时要多给自己安排一点时间休息啊。"

沈栖："……"

这就是人和人之间的区别吗？

"好的。"接完沈文锦的话后，许梧黯继续吃饭。他在吃饭的时候基本不说话，规规矩矩地坐在那里，一声不吭。

沈栖看着他的模样，不禁叹了一口气。

下午许梧黯没有回家，依旧待在沈文锦这里，只不过手中的课本变成了吉他。

他的指尖扫过之处，响起一串串悦耳的音符。

许梧黯垂着眼睛，注意力全部放在手中的吉他上，嘴里偶尔会哼出一些小调。小调跟吉他弹奏出的音乐一起回荡在整间屋子里。

他好像很喜欢弹吉他，也只有这个时候沈栖才觉得这个人是活着的——有自己个性地活着。

但这般美景没欣赏多久，沈栖就被沈文锦抓到书房去学习了。

书房是整个屋子采光最好的地方，午后的阳光照下来洒在桌面上，书上一段段的文字上铺满了光晕，沈栖看得直犯困。

她一手捏着笔，一手撑着下巴懒洋洋地打了个哈欠，在这安静的氛围当中还能听到门外传来的轻微的吉他声。

沈栖觉得许梧黯肯定也困了，不然怎么能弹出这么让人心生困意的乐曲呢？

"嗯，好，那我这就来。"

书房的门被推开，沈文锦边接电话边走了进来。

她走到沈栖身边，看着她习题本上白花花的一片瞠目结舌："我接了半个小时的电话，你竟然一道题都没有写啊？"

沈栖心虚地抓了抓下巴："在努力。"

"这都是基础题。"

沈文锦拿起习题本，看到上面还有一个用中性笔画出来的卡通图案时，顿时一股无力感由心而生。

她三两下勾画好题目，然后递给沈栖："我也不要求你全部写完，把我给你画的这几道题做完，今天就算完成任务了。"

　　沈栖拿起习题本，上面寥寥画了几笔，倒也不多。

　　沈文锦说："早点把这些题做完找找感觉，过两天我带你预习一下之后要学的内容。"

　　沈文锦似乎下午有点急事，跟沈栖交代了一下便收拾了桌上的东西装进背包准备走。

　　她说她要出门一趟，让沈栖自己做完题就可以休息了。

　　临走时，她特意叮嘱了一句："自觉一点啊。"

　　沈栖见她要走，眼睛顿时弯成月牙，乖巧地点点头。

　　等沈文锦一走，沈栖就蹑手蹑脚地跑到门边偷听。

　　确定沈文锦跟许梧黯打完招呼关上大门走了后，她才松懈下来。看着手中的习题本，她一把将其拍在桌面上——今天已经学了很长时间了，现在她要休息。

　　走出书房时，房子里的吉他声还没有停止。许梧黯依然还是坐在原来的位子上。

　　他戴着耳机，耳机连着一旁的笔记本电脑。许梧黯手中的动作没有因为她的出现而停止，他沉浸在自己的世界里。

　　沈栖轻手轻脚地走到许梧黯身后的沙发上躺下，眯上眼的那一瞬间她在想，这曲子果然催眠。

　　她做了一个奇怪的梦，梦到自己被一条大狗追，追到一个死胡同的时候那条大狗突然不见了，而周围的墙上突然出现了许多双眼睛，那些眼睛都一动不动地盯着她。

　　沈栖顿时被吓醒了，一睁眼就看到白花花的天花板，还没松一口气，她往旁边一看，就发现有个人正一动不动地盯着她。

　　"啊——"

　　沈栖被吓得立马坐了起来，浑身上下冒着冷汗。

　　许梧黯正板着一张脸，耷拉着眼皮，没什么精气神地看着她。

　　沈栖回过神，惊魂未定地舒了一口气，一脸不满地指责许梧黯道："盯着我干吗？吓死我了，本来就做噩梦了。"

　　许梧黯睨了她一眼，淡淡地回过身不再看她。

就在沈栖以为他准备装哑巴的时候，她突然听到许梧黯说道："你刚刚睡觉流口水了。"

沈栖："……"

他在说什么笑话？沈栖还真不信了。结果她伸手一摸，指尖刚触上下巴的一瞬间，她的表情僵住了。

沈栖猛地一抬头，目光正好撞上许梧黯看着自己的视线。

那一瞬间，她好像在许梧黯的眼睛里看到了一句话——"看吧，我都说了"。

如果现在有地洞，沈栖绝对要化身一只地鼠钻进去。

她讪讪地用手指摸了摸嘴角，眼神有些闪躲："这……做了个美梦，你知道吧？"

许梧黯点点头，语调不咸不淡："噩梦有时候也挺美好的。"

话音一落，沈栖顿时炸毛："你！"

许梧黯这就是赤裸裸地暗讽她。

他真的是无意的吗？他真的很冷淡吗？

沈栖觉得不是，他就是装的！

也许是察觉到了沈栖的情绪，许梧黯立马收回视线，手指默不作声地搭上笔记本的键盘。

但他回身回得再快，沈栖也注意到了他那不经意的笑容。

沈栖愣了一下，但随即而来的是愤怒。

这是她第一次看到许梧黯笑，虽然想看，但绝不能以这样的形式去看。

沈栖一把搭上许梧黯的肩膀："许梧黯。"

她明显感觉到许梧黯的身子僵了一下，再回过头时，他刚刚嘴角的那一抹笑容已经不见了。

沈栖清了清嗓子："你刚刚笑话我了。"

沈栖原以为正常人被这么直白地问，多少会做做表面功夫否认一下，不料许梧黯竟点点头，轻轻地"嗯"了一声："怎么了？"

沈栖："……"

她心道，你笑话我，还问我怎么了？

她压了压心中的怒气，提出自己的诉求："别装蒜，你得补偿我。"

许梧黯看着她，似乎有些不解。

沈栖收回手，身子懒洋洋地往后一躺："你笑话我了，这让我身心受到了伤害。"

见许梧黯没什么反应，沈栖顿时开始蹬鼻子上脸："我要求也不多，你教我弹吉他吧。"

她其实也可以让沈文锦教她的，但她就是纯粹想享受一下被许梧黯教学的滋味。

她说出这个要求时，就已经做好了被许梧黯拒绝的准备。只要许梧黯敢拒绝她，她后面就有一堆强词夺理的话回击。

但是……

"行。"轻飘飘的一个回答。

许梧黯，同意了！

第二章
独行的猫

ZHUOZHU
TAIYANG

　　沈栖原以为就算许梧黯答应了教她吉他，肯定也只是说说，并不会放在心上。但没想到的是，当她试探性地问了一个有关吉他的问题时，许梧黯竟然真的开始认真教起来。

　　他把沈栖的手放在琴弦上："先要感受一下琴的组成部分，认识各个结构。"

　　他还给沈栖推荐了一本书，让沈栖没事就去翻翻。

　　沈栖收回手，托着腮帮问："许老师，那我初学弹的第一首曲子应该是什么呢？"

　　许梧黯瞥了她一眼："你先识谱吧。"

　　沈栖眨了眨眼睛："我就是好奇，想看看自己的处女作是什么。"

　　许梧黯沉默了。

　　他低下头，手指在吉他的面板上敲了敲，似乎真的在思考这个问题。

　　沈栖倒也不急，身子一歪倒在沙发上，伸了个懒腰开始做梦："要不我挑一首音乐榜单上最火的歌吧？我喜欢的明星出过的歌也可以。"

许梧黯哐啷一下将琴放了下来，琴头搁在茶几上，发出一声轻微的声响。

沈栖爬了起来，狐疑地看了他一眼。她好像看到许梧黯的眼神在说"你别做梦了"。

许梧黯叹了一口气，说："《小星星》。"

沈栖："啊？"

许梧黯捏起琴颈："大部分人弹的第一首成曲的歌应该都是《小星星》吧。你要是想一步登天，有点困难。"

沈栖懒得跟许梧黯计较。

许梧黯在教导人这一方面倒是挺认真的，他话不多，但还是一步步地教沈栖认识琴的各部位名称。

"你的琴呢？"许梧黯问。

沈栖愣愣地"啊"了一声："在房间里，要拿出来吗？"

许梧黯点点头。沈栖却没有要起身的动作。

五秒钟过去了，沈栖还是趴在沙发上，丝毫没有站起身的意思。许梧黯抬头，视线从琴上移到沈栖身上。

沈栖这才有了反应，佯装一副刚听到的模样："你的这把琴不能借我用一用吗？"沈栖双手往前一摊，身子立马软了下去，"我走不动，不想去拿。不要这么小气嘛，借我用用，不会给你弄坏的。"

许梧黯当然不是怕沈栖把他的琴弄坏，小姑娘眨巴着一双眼睛，下巴抵在沙发的扶手上，她的声音很软，无形之中似乎在跟他撒娇。

让人拒绝不了。

他点点头，把琴递了过去："拿吉他时对坐姿会有要求，将吉他琴身的凹处置于你的大腿上，然后你的手肘放在琴身上面，嗯，就是那里。"

沈栖第一次正儿八经地拿着吉他，反而没有上次随手一放做得好，现在她抱着吉他放在身前的模样还有些滑稽。

"把你的手放在琴弦上试试。"

沈栖照做："然后呢？"

"然后……"许梧黯的身子突然往前一凑，骤然间拉近了两人之间的距离。

沈栖被他这猝不及防的靠近弄得愣了一下，顿时屏住了呼吸。

两人之间的距离近在咫尺，呼吸声交杂在一起。她垂眼一看，甚至可以看清许梧黯的眼睫毛。

许梧黯正专注地看着她手的指位，丝毫没有注意到她越来越快的心跳。

"你先认清有几根琴弦，最上面的是六弦，然后依次往下推，最下面的是一弦。"

许梧黯将她的拇指移了一个位。他冰凉的手触上沈栖的手背，似是冰与火的碰撞，沈栖的指尖被激得蜷缩了一下。

她不明白，最开始主动接近对方的那个人明明是她，为什么现在她却有些被动了？

"沈栖？"

许梧黯将她唤回神。等她从思绪中回过神来时，一眼就对上了许梧黯那双漆黑的眼睛。

她低着头，垂眸看着许梧黯。因为许梧黯坐在地毯上，位置比她的矮了不少，好像这时候的他也没有了平日里高高在上的样子。

他略抬着头。沈栖觉得，许梧黯的眼睛像是一个无形的旋涡，会吸引人不受控制地朝他靠近。

不行，不可以，明明她才是掌握主动权的那一方。

沈栖偷偷背过手，在自己腰侧的软肉上掐了一下。

一瞬间，腰侧的痛感席卷全身。沈栖的注意力被成功转移了。

她先一步退开身子，别开脑袋："你……你能给我弹一首曲子吗？"

"嗯？"许梧黯直起身子，有些发愣。

沈栖缓缓呼出一口气，脸庞慢慢转了回来，又露出了之前她脸上常出现的笑容。她毫不掩饰，直视许梧黯的眼睛："许老师，上你的课，你总得给我展示一下你的实力吧？"

小姑娘笑得很甜，眼神跟刚刚截然不同。她的唇角弯着，眼睛弯成两个月牙，仔细看还能发现她脸上藏着的狡黠神情。

终究是犟不过她，许梧黯垂下眼睛，闷闷地发出一声"嗯"。

少年盘膝坐在地毯上，琴身放在大腿上，一手在琴弦上拨动，一手按压在琴颈的琴弦上。

午后的阳光透过客厅巨大的落地窗洒在少年身上，他的发丝、肩膀和衣角染上了黄色的光晕。

沈栖好像看到了小说中的男主角。

许梧黯性格寡淡，对谁都是一副冷冷的模样。他情绪不外露，不管遇到什么事情，永远都只有一副表情。沈栖有时候觉得他就像一个机器人，没有人的情感特征。

但是在许梧黯弹吉他的时候，沈栖看到了一个不一样的他。

随着他指尖弹出的音乐，跳动的音符好像带动着他也变得鲜活起来。

虽然这么说不太对，但沈栖觉得，只有这时候，她才能看到一个有自己思想、自己情绪的许梧黯。

许梧黯晚上还要上课外班，见落地窗外的建筑已经蒙上一层昏黄的余晖，他就知道时间不早了，背上吉他准备离开。

沈栖也跟着穿上鞋："我送送你吧。"

她刚好也想去小区门口买一些东西。

许梧黯低低地"嗯"了一声。

沈栖跟许梧黯走同一个方向，打算从东门走出去。

两人一道走着，个头一高一低，投在路上的影子被夕阳拉得很长。

沈栖偶尔会抬头看一下许梧黯，她才到许梧黯肩膀的位置。她从来没有仔细注意过她和许梧黯的身高差，今天一看，才发现原来许梧黯这么高。

沈栖看了一眼四周的单元楼："你家住在哪栋？"

许梧黯指了指前面右侧方。

沈栖闻言没有再说话。

走了几步，许梧黯突然问："你要去买什么？"

"想去东门的那家书店看看关门了没，我想买本自学吉他的书。"沈栖突然转过头冲许梧黯笑了一下，"既然许老师愿意倾囊相授，那我也不能给你丢面子，是不是？"

许梧黯抿了抿唇，沉吟片刻，道："那家书店周日晚上歇业，不开门。"

沈栖一听："啊？这样的吗？"

许梧黯点头。

过了一会儿，他突然道："我那儿有本书，我之前学吉他时用过，你要的话我明天带来给你。"

沈栖歪了歪脑袋去看许梧黯，眼睛弯成月牙："谢谢！许梧黯，你真好！"

许梧黯侧眸看了沈栖一眼，而后立马移开视线，否认道："是我不要的书。"

他的声音清冷，但仔细听还是能发现有一些僵硬。

沈栖意味深长地"哦"了一声后，脑袋微微后仰，一下就看到了许梧黯有些泛红的耳垂。

她窃笑，许梧黯也不是冷冰冰的嘛！

"你不要也没见你给别人啊。"

她几步小跑到许梧黯面前，站直身体鞠了一躬，双手放在小腹前，弯着唇笑："那我谢谢许学霸的好意啦！"

许梧黯被她这一系列动作弄得措手不及，甚至还有些不好意思，但面上的神色依旧波澜不惊。他淡淡地"嗯"了一声，直接绕过沈栖往前走。

许梧黯原以为沈栖就这么回去了，结果她小跑两步，还是跟在了他的身后。

许梧黯回头问她："你不回去吗？"

沈栖眨了眨眼："既然都走到这里了，那我就把你送回家好了。"

许梧黯抓了抓额前的碎发，没出声。

沈栖又自言自语道："不过一般都是男生送女生回家，很少见女生送男生回家的。"

许梧黯侧头问："你是要我再把你送回去吗？"

沈栖仰起头："我才不要。这样的机会就留到下次吧！"

到了单元楼楼下，沈栖把他送到了目的地，刚准备走，手臂突然被人抓住了。

她一回头就看到许梧黯正一言不发地盯着她看。

两人一对上视线，他像是反应过来了，赶紧松开了拽着她的手。

沈栖问："怎么了？"

许梧黯垂下脑袋，语气低沉，神色有一些别扭："对不起。"

沈栖愣住了。

许梧黯说："前两天奶茶的事情，我不是故意的。"

沈栖一听连忙道："没事的。都已经过去了嘛，我不介意。"

她怎么可能不介意？但这一份芥蒂在许梧黯道歉的那一瞬间就烟消云散了。

许梧黯松了一口气，说："下次换我请你喝。"

沈栖笑着说："好。"

许梧黯闻言也没说什么，低垂着脑袋道："那我先走了。"

"许梧黯。"

他转身的动作一顿，迟疑片刻才回过身。

刚准备问什么事，他的手心里就被塞进一个东西。他抬头，对上沈栖那双和自己很像的桃花眼。

她弯了弯眉眼，说："我们是不是也可以试着成为好朋友？"

"嗯。好朋友。"

电梯里。

许梧黯低着头，缓缓张开握着拳的手。

他的手心上正躺着一颗牛奶糖，上面印着一个小孩的笑脸。

是刚才分别时沈栖塞给他的糖。

以往他是不喜欢吃甜食的，也总觉得小孩笑脸的图案很幼稚。

但今天不一样，牛奶糖上面的笑容突然就顺眼了，好像和沈栖的笑脸重叠了起来。

他轻轻弯了弯嘴角。

周四，许梧黯刚按响门铃，门就从里面被打开了。

沈栖探头出来，笑嘻嘻地和许梧黯打招呼："早上好呀！朋友。"

她今天扎了一个丸子头，白净的脸上透着一点红晕。也不知道是不是错觉，他总觉得她的眼睛比平时更亮一些。

小姑娘未施粉黛，像是乖巧的邻家妹妹一样。

他有些失神。

许梧黯微微颔首："早。"

沈栖侧身让许梧黯进来。见许梧黯没有带吉他，她纳闷地问了句："今天不练吉他了吗？"

许梧黯坐到沙发上，开口："明天上午补习班要考试，我妈把我的吉他收走了。"

沈栖："这么严格啊？弹吉他又不会影响你的成绩。"

许梧黯抿着唇没说话。在他妈妈看来，除了学习一切都是无用的。

沈栖有些失望："本来还想让你教我弹吉他呢。"

许梧黯看了一眼沈栖，从书包里拿出那本自学吉他的书递给她。

"原来你记得，都不用我提醒你了。"

沈栖接过书后立马小跑到沙发旁坐下，捧着书就开始看，也不搭理他了。

这时，沈文锦从房间里出来了："梧黯来了啊，过来吧！我给你讲讲你昨天晚上问我的那道题。"

许梧黯换了只手拎书包，进书房之前回头看了一眼沈栖。

沈栖的姿势已经从坐着变成了趴在沙发上，她上半身微微支起，那本书摊在她面前，她的双腿在空中一荡一荡的。

许梧黯羡慕沈栖身上的率性，他站了一会儿，收回目光，跟着沈文锦走进了书房。

中午，沈文锦和许梧黯才从书房里补习完出来。沈文锦准备去买菜，让许梧黯也留在这儿吃。

沈栖见沈文锦出来，身子立马坐得端正，并且随手抽了一本课本，装模作样地看书。

沈文锦问了句："你看了多少了？"

"差不多看完了。"

她答得倒是挺快。

沈文锦点头："那我回来给你出几道题，当作小考，你做做看。"

沈栖一下子愣在那里。

沈文锦见她没反应就准备出门了。

沈栖见状立马喊住她，一脸沮丧："小姑，我目前还不适合考试。"

沈文锦瞥了她一眼："你放心，都是昨天我给你出过的同类型题，我昨天晚上问你，你说你全懂了。"

沈栖："……"

沈栖还以为自己骗过了沈文锦。

沈文锦说："你要是做出来的答案错得离谱，就等着这个月我跟你爸告状，让你没有生活费可拿吧。"

见沈文锦毫不留情地直接走了，沈栖失魂落魄地倒回沙发上，抱着枕头鬼哭狼嚎。

回家后的沈文锦看着眼前红叉叉占一半的试卷，扶额："你真的都不会做吗？"

然后沈文锦直接拧着沈栖的耳朵将人提到书桌前，开始给她补习。

沈栖时刻牢记自己的目的，那就是——补课可以，但要被许梧黯辅导，所以"笨蛋学妹"的形象不能倒。

沈栖佯装惆怅："太难了，小姑。"

沈文锦也有些发愁，摸着自己的下巴说："看来我需要花大把时间针对你的问题来教你。"

沈栖立马瞥了一眼许梧黯，积极地道："不用不用，小姑，你上课已经那么累了，回来还有这么多工作，所以，许梧黯可以教我。"

沈文锦立马拒绝："不行，梧黯自己也要参加高考。"

"他可以管理好时间的！而且是许梧黯自己主动提出来要辅导我的。"

沈文锦看向许梧黯，半信半疑地问："真的吗？"许梧黯睨了沈栖一眼，就见小姑娘正眨着眼睛，一脸肯定地对他点点头。

他收回目光："没有。"

他声音清冷，吐字清晰，回答得也很干脆，没有一丝感情。

沈栖："……"

沈文锦立马看向沈栖："你就别打梧黯的主意了，从今天开始，你和梧黯一起跟着我学，梧黯不休息你就不能休息。"

天色渐暗，昏黄的光影打在街边的建筑上，对面的居民楼被分割成明暗两半。

半天学下来，沈栖感觉这段时间加在一起都不如今天疲倦，上一次她这么努力学习还是在初中的最后一个学期。

她看向窗外，思绪不禁回到了之前。

沈栖那时候已经抱着上职高的打算，一天到晚不学习，和一群朋友四处玩闹。

她那时候住在她爸沈振则那里，沈振则常年出差，压根儿就管不到她。沈栖乐得自在，每次沈振则一回来，沈栖就装成乖乖女的模样，以避免沈振则的唠叨。

但这样的日子没有持续多久，最后一个学期，她妈回来了。

陈淑礼二话不说，直接把沈栖从沈振则那儿带回了家，她不打沈栖也不骂沈栖，而是把沈栖关在房间里饿了一天。

第二天她才跟沈栖讲了第一句话。

那天她居高临下地站在沈栖床前，冷眼看着沈栖，红唇一张一合，吐出了沈栖一辈子也忘不掉的话。

她说："如果现在活着的是沈康，他一定不会像你这样没出息。你简直就是家里的耻辱。"

这是陈淑礼这么多年来第一次提到沈康的名字。

从那天开始，沈栖重新开始认真学习，就想证明给陈淑礼看。

她学到凌晨，每天除了吃饭就是学习，乔瞧找她出去玩她也拒绝，一门心思扑在学习上。

最后中考成绩下来，她考得不错，沈振则便想着把她送到一中去，最后她拿到了一中的录取通知书。

她想去跟妈妈分享这份喜悦，却发现妈妈已经出去旅行了。

沈栖那时候才反应过来，妈妈其实根本不在意她的成绩，也不在意她。她只是习惯性地拿她和沈康比较。

"七七、七七？"

沈栖的思绪被打断，她循声看向沈文锦。

沈文锦指了指准备起身的许梧黯："梧黯准备走了，你们加个好友，晚点让他把作息表发给你，以后你们就可以同步学习了。就算这两天不来我这里，也要在微信群里一起学习打卡。沈栖，你要照着梧黯的学习习惯来。"

沈栖连忙应了声，因为她将手机放在房间里充电，她便让许梧黯添加自己为好友。

许梧黯闻言把手机递给她。

沈栖在上面输入自己的微信号，然后发送了好友申请。

她见许梧黯要走了，便起身去送他。

两人坐上电梯，沈栖学了半天困得不行，扶着旁边的栏杆直打哈欠，眼眶里蓄满了眼泪。

许梧黯看了她一眼，说："你一会儿别送我了，直接回去睡觉吧。"

沈栖没有拒绝，自己的确困得不行了。

"后天我就不来了，早上补习班考完试，下午我得继续上课。"电梯里，许梧黯突然说了这么一句话。

一听这话沈栖顿时一激灵："那你什么时候来？"

许梧黯想了一会儿："下周吧，最近几天补习班都有课。"

沈栖："那我不是一连几天都见不到你了？"

许梧黯点头。

沈栖可怜兮兮地看着他："那我想你了怎么办？"

她不想一个人面对沈文锦的强化式补课啊！

许梧黯："……"

沈栖循循诱导："真的会想你。你看，我俩刚建立良好的友谊，还没有进一步增进友情，就得分开这么长时间不见面。"

许梧黯抿着唇没说话。

沈栖道："你要不上完补习班就过来？"

许梧黯沉默一会儿才说："补习班的课程安排得很满……"

沈栖还来不及说话，许梧黯又来了一句："距离产生美。"

见沈栖表情闷闷的，许梧黯顿时抿唇不说话了。

恰逢电梯到了一楼，沈栖又故作大方地直接把许梧黯推了出去："那，我们就各自美丽吧！"

许梧黯见状也顺势走出电梯，回头跟沈栖挥了挥手。

就在电梯门快要合上的时候，沈栖还是没出息地冲许梧黯喊了句："回去微信上聊。"

砰——电梯门合上，许梧黯的脸也从她面前消失了。

沈栖躺回床上，手指点开好友申请的界面，找许梧黯的好友申请。他的网名就是"许梧黯"。

她同意了他的好友申请，点进了两人的聊天界面。

沈栖给许梧黯发了一个打招呼的表情，他那头没什么反应，应该是还没到家。

沈栖点开他的主页，许梧黯的头像是一个漫画形式的太阳。她点开他的朋友圈，里面什么动态也没有，朋友圈背景是一张书桌的照片，书桌上摊满了试卷。

在许梧黯没回信息的空隙，沈栖开始翻看朋友圈动态。

刚准备退出时，她看到底部的一条动态—— 一张一男一女在海边的合照。

她的眼睑颤了颤，她给发布这条动态的人备注了"妈妈"。

缓过情绪后，沈栖不动声色地退出朋友圈。这时许梧黯的信息弹出来，沈栖收拾了下情绪，点开和许梧黯的聊天框。

许梧黯发来了一张图片。

许梧黯：这是作息表。

沈栖点开作息表一看，眼睛瞬间瞪得圆圆的。

她立马退出图片，手指啪嗒啪嗒地在手机键盘上打字——

Shenqi：你这是正常人的作息？

Shenqi：许梧黯，你老实说，你是不是针对我？

早晨六点起床，六点半开始锻炼，七点半回家，后面的时间除了学习还是学习。中间除了吃饭，休息时间都少得可怜，还要一直学到晚上十二点。

后面还有个加时训练，做四套卷子，大概凌晨两点才能睡觉。

反应过来后，她立马发了语音通话过去。

电话没响三声就被接听了，沈栖急忙道："你每天就睡四个小时？"

那边的人安静了一会儿才道："那个是加时训练，只有早上效率不高的时候，我才会在晚上加一点时间多做几份卷子。"

许梧黯的声音传了过来，电话里的声音比平常听上去更有磁性。

沈栖要按照这个作息表学习的话，就是要了她的小命。

沈栖："那你这休息时间也不够啊。"

许梧黯说："我会午睡的，够了。"

沈栖一听这话欲哭无泪，他的休息时间够，但是她的不够啊。

她哭丧着脸："可是我不行啊，休息日的话，我每天早上要十点以后才能起床。"

许梧黯："……"

沈栖又道："要不你重新制订一个作息表？我们以后按着那个来。"

许梧黯叹了一口气："你想要几点起床？"

"九点半。"

许梧黯："太晚了。"

沈栖连忙道："你不用管我的，你按照自己的时间学习，你重新做一个咱俩'共用'的作息表拿来应付我小姑。"

她特意加重了"共用"二字。

许梧黯安静了一会儿："你当你小姑是傻子吗？"

沈栖还来不及反驳，许梧黯又道："七点半开始学习，这是最晚的时间了。"

沈栖立马软下声："别这样啊，许梧黯，这就是一个形式，我们别那么认真。"

此话一出，沈栖听到许梧黯微微叹了一口气，随后她的手机里就弹出了一条微信信息：**许梧黯邀请你加入了"高考预备组"**。

群组里只有三个人，沈文锦、许梧黯和沈栖。

沈栖一进群，沈文锦就发了两条信息：距离沈栖高考还有1039天，请做好准备。

沈文锦：作息表的话，@许梧黯 你从前那个就先停用一段时间，重新做一个吧。你休息时间太少了，容易起到反作用。安排得合理就行，也不用顾虑沈栖学习时间会不够，你随便做一个作息表都能要了她的命。

沈栖："……"

她赶紧跟电话那头的人说："那行吧，你就做七点半的好了，反正这个是针对你的，对我没用，我装装样子就行了，你记得到时候帮我打掩护。"

早上七点，沈栖被一阵闹铃声吵醒了。

她睡眼蒙眬地拉开被子，顶着乱糟糟的头发从床上爬了下来。

一拉开窗帘，太阳光照在她的脸上，耀眼的光瞬间把她的瞌睡虫赶跑了。

沈栖盯着对面的楼房发愣——唉，这"美好"的学习日。

她对着书桌拍了一张照片，准备上传到群里打卡，刚打开群聊就看到半个小时之前许梧黯已经发了一张试卷的照片。

他又起这么早？

沈栖退出群聊后点开和许梧黯的对话框，跟他打了个招呼。

Shenqi：早上好啊！

没过一会儿许梧黯的信息就弹出来了：你应该开始学习了。

没意思，沈栖撇撇嘴，兴致缺缺地放下手机开始做数学题。

刚想翻一下书本看看公式，她突然想到她的数学书早就不知道丢到哪里去了。刚想放弃数学先去看别的书时，许梧黯又发来了一条信息。

许梧黯：数学公式在这里。

然后他发了一份文件过来。

沈栖看着这条消息发愣，忽然弯起唇角笑了一下。

好像早起学习也不完全是一种折磨，最起码还有许梧黯陪着她一起。

一连几天在家里做题，沈栖觉得自己这段时间的学习量已经快达到顶峰了。

许梧黯因为上补习班，所以一直没来小姑家里，沈栖跟他的交流也只能局限于手机上。几天见不到面，她还真有些想念他。

午后，沈栖正趴在床上用手机看着电视剧，突然电视剧的播放中断了，手机上弹跳出一个来电显示："爸爸"。

沈栖一愣，她能猜到爸爸打电话过来是为了什么，所以不是很想接这个电话。

她的手指停在屏幕上方，手机铃声一声接着一声地响，沈栖快要在这串铃声里窒息了。

手机铃声停了又响，对方坚持不懈地拨打着她的电话。

沈栖知道，她不接这个电话，爸爸就会一直打。

她垂了垂眼眸，慢吞吞地按下接听键："爸爸。"

"七七啊，怎么这么久才接电话？"

沈振则那边的声音有些嘈杂。听到他那边传来的广播声，沈栖顿时猜到了他在机场。

看来，她是逃不掉了。

沈栖低声应道："怎么了？"

沈振则"哦"了一声，跟着问了一些沈栖在沈文锦这边的情况。

沈栖一一作答。若是往常，她接到爸爸的电话，就算没什么精神也会提起精神来跟爸爸聊天。但今天，她知道爸爸打这一通电话的目的，就怎么也提不起精神了。

沈振则一连说了几个"挺好"，踌躇片刻继而进入话题："我看你们老师发在群里的消息了，入学前需要体检是吧？爸爸今天正好回来了，我带你去体检。"

沈栖"嗯"了一声。

她当然知道这不是沈振则打这通电话来的真实目的。

果不其然，下一句沈振则就说道："体检完咱们去家里接上妈妈，顺便一起吃顿晚餐。"

沈栖的心顿时沉入谷底。

她提前做好了心理准备，也知道爸爸一定会说出这句话，但每次听到还是会不愉快。

但她最终还是没有在爸爸面前袒露出不满的情绪。

沈栖强压下心里的不高兴，尽量让自己的声音听起来更愉悦一些："好的，那我收拾一下。"

挂断电话以后，沈栖在床上仰面躺着，目光直直地盯着天花板，脑子里也不知道在想些什么。

不知道过了多久，她才慢吞吞地坐起来，随手扎了个低马尾辫，换了一件简单的 T 恤。

她之所以能猜到爸爸打电话过来的目的，不是因为父女之间有默契，而是因为这样的事情发生得太多了。

她非常清楚，当妈妈不喜欢她做一件事的时候，会用尽一切办法让她做不成这件事。

妈妈不喜欢她住在沈文锦这里，所以她知道，妈妈会千方百计地让她回去。

妈妈不会在明面上逼她，只会在无形中强迫她。

她简单收拾了下自己的衣服。她没什么要带走的，这个房间里很多生活用品都是为她准备的——沈文锦这里是她的第二个家。

沈文锦送给她的那把吉他她不能带走，只能放在这边。

想到这把吉他，沈栖突然有些遗憾。

她本来还想趁着这个暑假让许梧黯教教她吉他，谁知道两人根本碰不上面。

走之前，她给沈文锦发了一条消息，帮沈文锦锁了房门。

沈栖刚出小区没多久，就看到沈振则驱车而来。

她拉了拉帆布包的肩带，打开副驾驶座一侧的车门坐了进去。

一上车，沈振则就十分关切地询问了她最近过得开不开心。

沈栖心不在焉地"嗯"了一声。

她从不否认沈振则是爱她的，不管是从言语上还是行动上。只是他在爱她的同时，还对另外两个人有更深的愧疚。

沈栖没怎么在意高中群里的消息，体检这事如果不是沈振则提醒她，她根本不知道。

一整套体检流程下来，沈栖感觉自己还没和妈妈一起吃饭就已经累了。

沈振则帮她拿着东西，笑着打趣："怎么一副睡不醒的样子啊？"

沈栖打了个哈欠："困。"

沈振则闻言说："那吃完饭你就可以跟妈妈回家好好睡一觉了。"

沈栖顿了一下，轻轻瞥了沈振则一眼就收回了视线。

一下子，沈栖本来就不高的兴致顿时被拉了下来。

医院嘈杂的环境让沈栖越发烦躁。她刚想加快步子走出去，视线一转，突然看到了一个人的身影，她愣住了。

那人的身影过了拐角就消失不见了，但哪怕是隔着人海就出现几秒钟，沈栖还是认出了那人是许梧黯。

可是许梧黯为什么会来医院呢？这个时间他不应该在补习班吗？他生病了吗？

沈振则见她愣在原地，顺着她的视线看过去，狐疑道："看什么呢？"

"啊？"沈栖反应过来，瞬时收回视线，"没什么。"

"那快走吧，你妈妈等我们很久了。"

沈栖点点头，跟着沈振则走出了医院。

她拿出手机，点开和许梧黯的聊天框，两人的聊天记录还停留在今天早上。

她想问他为什么来医院，字打到一半，她又把那些字删除了，然后将手机熄屏，塞回兜里。

算了，每个人都有自己的隐私。

"七七？"

身侧传来沈振则的声音，沈栖回过神来。

她侧头看了一眼爸爸，他握着方向盘，头也没回地问道："你……不高兴吗？"

她知道爸爸在试探她，但她也不想直接跟爸爸说太多，因为他始终站在她妈妈那边。

沈栖低下头："没有。"

沈振则："唉，就是看你苦着一张脸。"话音刚落，他似乎想到什么，没等沈栖说话又补充了一句，"一会儿见到你妈可别这副样子啊，别让你妈多想。"

沈栖闷闷地点头："知道了。"

车子开进小区，绕过一条条弯路，最后停在她家的单元楼门口。

她透过车窗可以看到外面站着一个着装得体的女人。女人戴着一顶白色的遮阳帽，身上着一袭米白色的连衣长裙，显得十分有气质。在外人眼里，陈淑礼就是一个非常有气质且温和的女人。

但沈栖在家里见过她的另一面——跟她现在完全是两个样子。有时候沈栖也会想，到底哪一面才是她妈妈真正的样子。

车窗降下来，沈栖抬眼对上陈淑礼的视线，乖巧地喊了一声："妈妈。"

陈淑礼的态度不冷不热，"嗯"了一声后便拉开后车门坐了进来。

陈淑礼坐进车里后，沈栖明显感觉周围的气氛一下紧张了起来。

最后还是沈振则打破僵局，笑着问陈淑礼有没有什么想去吃的店。

陈淑礼看着窗外，脸上没有什么表情，听到沈振则的问话也没有搭理，一声不吭地坐着，看都没看他一眼。

沈栖经常会想，怎么会有爸爸这样心胸宽广的人，跟陈淑礼离婚后还能忍受她的坏情绪。他在生活上对前妻是随叫随到的状态，在感情上也从不插手和指点。

甚至在面对沈栖时，他还是会语重心长地说："七七啊，你要对妈妈好一点。"

沈栖一直都觉得当年的事情爸爸没有多大的责任，但他还是背着那个罪名过了这么久，纵容陈淑礼去做任何事情，纵容她对他发各种脾气。

她不忍爸爸被冷落，便接过话茬说："吃日料吧，我想吃这个。"

沈振则刚刚丢掉的面子像是被还了回来，他笑着应道："可以可以，那我们就去——"

"去吃意大利菜吧。"

陈淑礼突然出声，打断了沈振则的话。

沈振则看了一眼沈栖，生怕沈栖会因为此事不高兴。

但沈栖没有，她早习惯了妈妈的喜怒无常。见自己的想法被否决，她也只是淡淡地点了下头："也行，我都可以。"

说完这句话，她明显感觉到爸爸的身子放松下来。沈振则笑着说："行行行，那我们就去吃意大利菜。"

这一顿饭吃得并不愉快，沈栖明显能感觉到妈妈好几次想要发作，但最后都忍了下来。

她当然知道为什么这顿饭会吃得不愉快，因为放在之前，沈栖就算不高兴也会强迫自己做出一副高兴的样子，咧着一张嘴笑着吃饭。

今天大家明显能感觉到她的心思不在这里，她也不装了。沈振则好几次想提醒沈栖，但沈栖都不为所动。

但沈栖反而放松下来了，她不愿意再去做一些自己不喜欢的事情。

饭后，陈淑礼优雅地用纸巾擦了擦嘴唇："七七，你在你小姑那儿也玩够了，今天就跟我回去吧。"

沈栖闻言抬头："回哪里？"

陈淑礼说："回乡下怎么样？你外婆很久没见你了。"

语气不容拒绝。

沈栖知道，妈妈不想让她去做某件事时，就会以外婆想见她为借口，把她送到乡下去，让她不能跟任何人见面。

沈振则看不下去，帮衬着说了句："带七七回乡下干什么？她在那儿既没朋友也没有玩的地方，暑假就让她待在家里玩一下吧。"

陈淑礼并没有给沈振则好脸色，轻飘飘地开口："这有你说话的份吗？我妈想七七了，我送她回去陪陪她老人家。"

沈振则见状也不好再说什么。

沈栖尝试拒绝："我现在不想去……我在小姑家学习挺好的……我可以等国庆的时候回去看外婆，现在马上要开学了，我——"

啪——

沈栖话还没说完，筷子就被陈淑礼抢过去用力地扔在了桌上。瞬间，餐厅内发出巨响，一旁吃饭的人都往这边看来。

　　"沈栖！这段时间你已经违抗我很多次了！你为什么要一直挑战我的忍耐极限？我只想要一个乖孩子！你看你现在，你有一点乖孩子的样子吗？！"陈淑礼越说越激动，手开始发抖。

　　沈栖被突如其来的指责吓住了，眼圈发红，眼睛里蓄满了泪水。她刚想继续开口说点什么的时候，被沈振则按住了。

　　沈振则走到陈淑礼身边，给她倒了一杯水，又拍拍她的肩安抚她。陈淑礼则把他的手甩开，气得扭头看向另一边。

　　"放心，放心。沈栖会乖的，她刚刚只是跟你开玩笑呢。"沈振则对着陈淑礼说完又向沈栖使眼色。

　　见沈栖无动于衷，沈振则凑到她耳边，小声地说："七七啊，你知道你妈病情的……"

　　听闻，沈栖慢慢地垂下了头，眼泪滴答滴答地掉下来砸到裙子上，布料上瞬间被浸透了一片。

　　沉默几秒后，沈栖擦干眼泪，长吸一口气，看向陈淑礼，说："对不起，妈妈。那我们什么时候回去？"

　　陈淑礼已经拿着包站起了身："今天晚上。"

　　沈栖麻木地点点头："我知道了。"

　　沈振则见此情景，只能重重地叹了口气。

　　当天晚上，沈振则就载着沈栖和陈淑礼，开了两个小时的车回到了乡下。

　　到了沈栖外婆家，沈振则并没有选择留宿，他刚回到俞峡，还有很多工作没有处理，必须尽快处理工作。

　　到外婆家时是晚上八点半，老人家这个点早就上床睡觉了。她来开门时身上披着一件外套，里面穿着睡衣，明显是刚从床上爬起来的。

　　开门的一瞬间，沈栖看到了外婆脸上一闪而过的惊讶神色。

　　她笑着喊了一声"外婆"，说："听我妈说你想我，我就来陪你了。"

外婆也立马反应过来，搂着沈栖，一手摸了摸她的脑袋："是是是。坐车累了吧？赶紧进来坐。"

沈栖搀扶着外婆进屋，面上的笑容很勉强。

沈栖当然知道外婆并没有说过想让自己来陪她，一切都是为了配合陈淑礼。

晚上，沈栖穿着睡衣准备下楼倒水，还没下楼梯，就听见客厅里隐约传来一些讲话声。

"淑礼啊，你不能总是这样拘束着七七。每次你不想让她出门做什么事情了，就把她送到我这里来，把她关在我这里不让她走。你这跟把她关在笼子里有什么区别？"

沈栖没有继续听下去，踮着脚走回房间。

不只是她，全家人都清楚陈淑礼为什么要这么做，但大家都心照不宣地选择替陈淑礼隐瞒她真实的想法，为她编织出一个合理的理由。

沈栖回到房间，无力地倒在床上，手指按着手机，屏幕顿时亮了起来，成为房间里唯一的光源。

她点开微信，里面有很多条未读信息，但置顶那一栏里一条未读信息也没有，对方没有发消息过来。

那一瞬间，沈栖觉得有点难受。

她又想哭了。

辅导班考试结束后，许梧黯又可以按之前的时间去沈文锦那儿了。

这天，许梧黯比平时早了半个多小时到沈文锦家。

他穿着白色的短袖，背着吉他。虽然面上的表情看着清冷，但似乎比平常多了一些精神气。

沈文锦从里面打开门："梧黯来了，快进来吧。"

许梧黯点点头，视线却越过沈文锦看向房间里面。

很奇怪，从前会跟在沈文锦后面迎接他的"小太阳"今天没有出来。

他换好鞋子走进客厅。

房子里安安静静的，许梧黯看了一眼沙发那边，那里也没有坐着人。

也许是看出了许梧黯在寻找着什么，沈文锦笑着说："小七已经走了。"

许梧黯一下没有理解"走了"是什么意思，反应了一会儿才想到她应该是被她爸妈给接走了。

"梧黯，"沈文锦像是随口问了句，"你跟小七关系怎么样啊？"

许梧黯想说"挺好"，但想着今天早上的短信他都没回她，这词就跟卡在喉咙中一样，怎么也说不出口。

两人相处时他的话很少，他更多地选择倾听，但是身边有一个叽叽喳喳的她，他还挺满足的。所以，他认为他们的关系是挺好的。可对沈栖来说呢？陪伴他，会不会只是她一时兴起？

最后，他躲开沈文锦的视线，说："一般。"

沈文锦笑了笑："我看你们明明就挺好的。"

许梧黯不知道说什么，脸有点红，只闷闷地"嗯"了一声。

许梧黯平时三十分钟可以做完十道题，可今天五道都没做完。

沈栖不在，他却总是会想起沈栖，仿佛她就在他身边转来转去，笑着缠着他。

沈文锦也看出了许梧黯的心不在焉，放下了笔："梧黯，我看你今天没什么状态。弹弹吉他吧？"

他没有异议，点头答应。

沈文锦让他帮忙去沈栖的房间把谱子拿出来。

许梧黯打开房门，清爽干净的房间映入眼帘。他垂了垂眼睑，注意到床单被套上没有一丝褶皱。

许梧黯走到书架旁拿下摆在上面的书。

临走时，他注意到倚靠在墙边的那一把吉他。它的主人没有选择把它带走，而是让它孤零零地留在这个房间里。

他收回视线。

骗子，她明明也没有多喜欢弹吉他。

一连在乡下待了几天，外婆平时要打麻将，沈栖一般一个人在家时，不是趴在床上看电视就是坐在阳台上的吊篮椅里发呆，有时候一坐就是一下午。

陈淑礼在乡下待了四天就先走了，她没有提出带沈栖一起走。

沈栖没哭也没闹，坦然地接受了这件事。

一天早上，她从梦中惊醒，坐在床上喘着气，头发凌乱，眼眶里还带着红血丝。

她做梦了，梦到外婆这儿来了一个不速之客——许梧黯，梦里的许梧黯带着刀来追杀她。

也许是因为梦到了许梧黯，沈栖一整天的心绪都有些乱糟糟的，就连外婆都察觉到了她的不对劲。

外婆关切地问："七七啊，是不是在外婆这里吃不惯啊？"

沈栖一听，顿时道："没有，外婆，您别多想，就是晚上蝉鸣声有点吵，我没睡好。"

外婆闻言没再说什么，嘴里却嘀咕道："果然在乡下还是住不惯啊。"

听到这话，沈栖笑笑没说话。

外婆就算知道她住不惯，也没有提出让她妈妈把她接回去。

回到房间，沈栖终于还是没忍住，给许梧黯发了信息。

Shenqi：在吗？

叮——

沈栖垂眼一看，心下一喜。

许梧黯：嗯。

没想到许梧黯回得还挺快。

Shenqi：你还在上补习班吗？

许梧黯：没有，考完试了，回归正常的课程了。现在在沈老师这儿学习。

看到这里，沈栖不禁有些赌气：她不在那里，他为什么也不来问一下？

沈栖拍了一张窗外的环境照发给许梧黯，告诉他自己现在在乡下，在外婆家。

许梧黯对于她在乡下这件事情没说什么。两人闲聊了几句生活上的事情，沈栖心情都变好了不少。

突然，许梧黯发来了一句：你好像不怎么喜欢你现在待着的地方。

Shenqi：也没有……我只是不喜欢他们带我来这里的动机。不过，你怎么猜到的？

那边的人很长时间没有回应，就在沈栖准备再发消息过去的时候，手机又振了振，许梧黯的消息进来了。

许梧黯：你的不告而别。

许梧黯：还有……你之前喜欢拍照分享你的生活，和我说你的心情、你身边所发生的事情。

明明两人也没有认识多久，但许梧黯把沈栖的性格琢磨得透透的。

脑子里想这些事情的时候，许梧黯又发了一条消息过来。

许梧黯：开心最重要，不喜欢，那就回来吧。

可是她怎么回去呢？违抗妈妈吗？刺激妈妈的话会不会又让妈妈发病？但她不知道该怎么说。

Shenqi：我回不去。

Shenqi：没人来接我。

沈栖发完这两句话的时候，眼尾有些泛红。

奇怪的是，发完这句话之后，她就没有再收到许梧黯的回复了。

沈栖盯着手机屏幕看了很久，最后叹了一口气，将手机熄屏。

算了。

入夜，沈栖听着窗外的蝉鸣声躺着。

明明很早就上床睡觉了，可沈栖怎么也睡不着。不知道怎么，她心跳得很快。

沈栖干脆起身下了床，套了一件外套，穿着拖鞋走出家门。

外婆家所在的乡下算是一个小镇，离市区有两个小时的车程。

晚上八点半之后，这里仅有的几家商店就会陆陆续续地关门。不到九点，整个小镇上的灯就灭了一半。

这个时间镇上还醒着的恐怕只有沈栖了。

外婆家就在马路边，沈栖也没往镇子里头走，就在马路边闲逛。

这里的路灯不多，马路上偶尔会有车子经过，带起一阵风。

沈栖漫无目的地往前走着，快走到河边时，沈栖意识到自己离外婆家已经很远了。她转身又掉头走了回去。

走了十多分钟她才看到外婆家的独栋小院。只是还没等她走到地方，沈栖就注意到了外婆家楼下有一个人影。

小偷？

沈栖眯了眯眼，想在黑暗中看清对面的人是谁。但天实在太黑了，她拼命觑着眼也只能看到一个轮廓。

沈栖慢慢加快脚步，想走近看一看那人是谁。

她的胆子比一般人的大一点，她不是很害怕小偷，而且还会几招拳脚功夫。

只不过离得近了，沈栖觉得那人的身影很眼熟。

直到那人听见身后的脚步声回过头来，沈栖顿时愣在原地。

"许梧黯？"

许梧黯回过头，视线正好跟沈栖的对上。

沈栖三两步走上前："你怎么在这里？"

话音刚落，没等许梧黯回话，沈栖像是想到什么，又问了一句："你怎么找到这里的？"

沈栖觉得有些不真实，昨天还在梦里的人突然出现在了她面前。

许梧黯指了指外婆家前面的霓虹灯大灯牌："这个。"

之前两个人聊天的时候，沈栖说过她外婆家在哪儿，后来拍的视频里又出现了这个霓虹灯牌。整个镇上有霓虹灯牌的只有沈栖的外婆家附近，而且外婆家就在马路旁边，倒也不难找。

沈栖还没有从这巨大的惊喜中缓过神来。

她问："你干吗来这里啊？"

之前许梧黯让沈栖回去，沈栖却说没人来接她，她回不去。

其实在俞峡没有交通十分不便的地方，她有手机就能坐车回去。沈栖这么说，那原因只有一个——她得待在那里，她想回去，但回不去。并且，她说的是"不喜欢的是他们带我来这里的动机"，这

061

里的"他们"很有可能就是她的家人。

那么结果显而易见，她是被家人强迫着来到这里的。

因为沈栖的不告而别，许梧黯也恍惚了一整天，最后看到她说"没人来接我"时，居然脑子一热打了车来到了这里。

这绝对是他这么多年来最冲动的一次，他甚至不知道自己来这里到底有什么目的。

他只知道，他认识的沈栖，应该是自由的，不应该被困在某个地方。

当找到沈栖的外婆家时，他刚想给沈栖发消息就听到了脚步声，一转头就看到沈栖穿着一件薄薄的睡衣，披着一件外套站在他的面前。

她一个人站在那儿，像是一只独行的猫。

许梧黯问她："你要回去吗？"

沈栖却摇头："我不能回去。"

这在许梧黯的意料当中，但是他过来是想接沈栖一起回去的。

他问沈栖有什么难言之隐，沈栖却没说话。她咬着下唇，眼睑垂得很低，似乎是有什么话说不出口，或是不想让他知道。

许梧黯叹了一口气，不再去询问原因，而是问："你在这儿开心吗？"

沈栖一愣，抬起头没有说话，眼睛直直地盯着许梧黯。

许梧黯说："你说没人来接你，所以我就来了。"

许梧黯又一字一句地说："沈栖，你要不要，认认真真地反抗一次？"

看着站在自己身边的许梧黯，沈栖还是觉得很不真实。

她收回视线，望向天空。四点半，太阳已经从山顶升起，露出一个脑袋。

沈栖吸了一口气，又缓缓吐出来。

她也想不到，她居然跟许梧黯在这里坐了快三个小时。

乡下没有车站，只有一个简陋的站牌。因为他们在乡下，手机软件上不方便打车，二人便在那个简陋的车站等了几个小时，准备搭最早的一班车回去。

沈栖没洁癖，站久了又站不住，就在路边的石头上坐了下来。

她想让许梧黯一起坐下来，但许梧黯坚持要站着。

看着天色越来越亮，沈栖心里的不安感又升起几分。

再过一会儿，五点钟的时候，早班车就会来。这一次她私自离开外婆家，妈妈知道了绝对是要生气的。如果爸爸知道了，也会指责她不懂事。

她害怕爸妈知道这件事后的态度，可当她想要退缩的时候，就看到许梧黯站在自己身边。

明明他只是自己刚认识的一个朋友，却比很多人都要了解她。他凌晨一个人来到乡下，只因为她说没人来接她回家。

"许梧黯。"沈栖突然喊了他一声。

许梧黯应声回头。

沈栖直直地看着他："你为什么会因为我的一句话就一个人跑到乡下来找我？"

少女毫不掩饰的视线直直地盯着他，她似乎想从他的眼睛里看出什么答案。

一时间，许梧黯感觉周围变得很安静，安静得能细听风声。

他张了张口，却发现根本不知道该说什么。

沈栖也一样，问完这句话以后，她就觉得自己说的话好肉麻，显得自己比平常矫情多了。

她怎么总是在许梧黯面前说一些奇怪矫情的话？她想圆一下，于是问道："你是不是很在乎我啊？"

问完这句话，沈栖真是气得当场想咬自己的舌头。

这下更尴尬了。明明一开始就是她主动接近许梧黯的，但一细想，沈栖又觉得自己这话也没什么错，这叫反客为主。

想到这儿，沈栖的自信心又回来了。

她抬起下巴，高傲地仰着头，一动不动地盯着许梧黯，那眼神似乎在说"承认吧，少年"。

许梧黯沉默着，似乎在组织语言。

沈栖刚想催催他的时候，他终于开了口："你像一只蔫了的猫。"

沈栖："……"

许梧黯双手插着兜，视线从她身上移开，只留给她一个侧脸。

他的目光不知道落在了哪里："就你说的那句话，怪可怜的。"

所以，是因为她说的话，他才会同情她，来接她？

公交车缓缓从远处驶来，沈栖愣愣地看着，却没有下一步的动作。

车子停在二人面前，许梧黯率先上了车，原本应该跟在他身后上车的沈栖却没有动。

沈栖突然不敢上车了，她怕面对回去之后的后果，妈妈的癫狂、爸爸的不理解、家人的指责……

她犹豫之时，面前伸来了一只手。

沈栖抬头，撞上许梧黯的视线。

许梧黯的脸上没什么表情，伸出来的手却并未收回："沈栖，我们一起回去练吉他吧。"

他的声音很轻，轻到会让人忽略，但沈栖还是听到了，而且听得非常清楚。

这一刻，好像她本来被困在一个笼子里，漫无边际的黑暗中却突然透进来了一束光。那束光汇聚成许梧黯的样子，在笼子外面朝她伸出手。

将近早上八点，沈栖他们才到了沈文锦家楼下。

许梧黯没打算跟她一起上去，他一夜没睡，早上起来还没有做题，得回去做题，然后找时间休息一下。

沈文锦这个时间正好在家打扫卫生，听到门口传来开门声还有些奇怪，探头一看，外面居然是沈栖。

她有些震惊："你怎么回来了？"

话音刚落，沈文锦提出一个猜想："你跟你妈吵架了？"

沈栖没有回答沈文锦的问题，因为她真的太困了。

沈文锦见她脸色真不怎么好看，便也没有追问，让她进房间睡觉去了。

而沈栖一睡就睡到了下午六点多。

她一睁眼，看到窗外的夕阳照在周围的建筑上。天色已经有些昏暗了，有的人家亮起了灯光。沈栖还能闻到空气中饭菜的香味。

她抬手揉了揉眼睛，便起身下了床。

沈栖刚推开门，就看到了正在往餐桌上摆菜的沈振则。

她一愣。还没等她反应过来，沈文锦就端着菜从厨房走了出来。见她醒了，沈文锦招呼了一句："小七醒啦？是不是闻着味起来的？"

也许是见到沈栖没有什么反应，愣在原地，沈振则冲她招了招手："来吃饭，七七。"

一瞬间，沈栖低下头，额前的刘海挡住了视线，她"哦"了一声，也没抬头，迈开步子走到餐桌旁坐下。

她没敢抬头看爸爸的表情，甚至不敢和他对视。

她当然知道爸爸不会冲自己发火，但也不愿意看到他失望的眼神。

一顿饭沈栖吃得味同嚼蜡。

饭后，沈文锦要去一趟学校，把沈栖和沈振则单独留在家里。

沈栖知道自己逃不掉了。

果不其然，沈文锦刚走没多久，沈振则就调低了电视机的音量，然后朝沈栖看了过来。

"七七。"

沈栖佯装自己正在看电视，眼珠都不转动一下。

当父亲的怎么可能看不出她的伎俩？

沈振则叹了一口气："别装听不见了，你知道我想问你什么。"

看来躲不掉了。沈栖低下头，再抬起来时，脸上换上了平日里常有的笑容。

她咧着嘴，眉眼弯弯地搂住沈振则撒娇："爸爸……"

她虽然在笑，但眼底没有一丝温度。

沈栖最擅长什么？从小到大，她最擅长的就是伪装。她可以脸上带着灿烂无比的笑容，但心里没有一丝波澜。

就比如现在。

沈振则见状拍了拍她的脑袋："你跟我说说，为什么一个人跑回来了？昨晚又在哪里睡的？妈妈不是让你在那里陪着外婆吗？"

沈栖撇撇嘴："我就一个人在便利店待了一晚，一大早就坐公交车回来了。我主要是想回姑姑家学习了。"

"你一个女孩，晚上多不安全！而且你这样偷偷跑回来，妈妈会生气的，不是吗？"

沈栖低着头，没再说话。

沈振则又道："七七，我知道你不喜欢待在乡下，乡下没有朋友，你很孤单。你妈妈早上知道你没在房间里，病情又……最后，她吃了点药才稳定下来的。你知道的，你妈妈她没有恶意，她只是想让你……"

沈振则似乎也知道自己的话有些没道理，他讲不出来，沈栖也不接话。

沈振则卡壳了半天，似乎也说不出别的话了。

就在沈栖以为他不会再说什么的时候，沈振则开口了："七七啊，你妈妈那边就让爸爸去说吧，就说是我把你接回来的。"

话音一落，沈栖一下抬起头，一脸震惊地看着沈振则。

这在她的意料之外，她原本以为爸爸是过来怪罪她，顺便把她带走的，但没有想到，爸爸在帮她想借口。

沈振则揉了揉沈栖的脑袋："那你这段时间先待在你小姑这里吧！你给妈妈和外婆发个消息道个歉，这件事我们就当过去了，好吗？"

"好。"

沈振则没在沈文锦这儿待得太晚，八点多就先走了。

沈栖回到房间，心里一下落了空。

今天的变故跟以往不一样。

先是她跟着许梧黯"逃离"外婆家，然后是看到了爸爸不一样的态度。

她坐到床上，摸出手机，打电话给外婆道了歉，又点开微信，在星标好友里找到妈妈，手指慢吞吞地在聊天框里打上"对不起"三个字。

只是她并没有点下发送键。

时间一分一分地过去，她依旧没有发送这条消息。

最后，她删除了那三个字，按下返回键，退出了聊天框。

她不敢，也不想发送这条消息。

沈栖脑袋发蒙，一股情绪涌上心头，她的眼睑一直在发颤。她想退出微信，但手一抖点进了和许梧黯的聊天框。

沈栖愣了一下，随后不由自主地给许梧黯发了一条消息。

Shenqi：你醒了吗？

叮——许梧黯回复了消息。

许梧黯：这个点都可以睡觉了。

看到这条消息，沈栖扑哧一声笑了出来。

她也不知道自己在笑什么，只是看到这条消息，脑海里顿时浮现出了许梧黯的模样，甚至能想到他是什么表情。

Shenqi：这个时间出去玩正合适吧？

许梧黯：……

许梧黯：你如果不困的话，可以做几套卷子。

沈栖：……

许梧黯：明天见。

Shenqi：明天见！

最美不过"明天见"。

沈栖记着她跟沈振则说的理由——想回姑姑家学习。

第二天一醒来，跟如约而至的许梧黯打了招呼后，两人就在同一张桌子上开始学习。

中午，沈栖从茶几上直起身，伸了个懒腰。

"学习好累啊——"

"这就喊累了。高三更有你累的。来，先把果汁喝了。"沈文锦把两杯鲜榨果汁放在茶几上。

沈栖一手揉了揉肩膀，一手端起桌上的果汁，十分顺手地将果汁递给了身后的许梧黯，然后道："真的有点累。"

许梧黯看了一眼递过来的果汁，沉默片刻，还是端起来喝了一口。

"呀！"突然，身前的沈栖惊叫了一声。

她回过身，视线落在许梧黯手中的那一杯果汁上："我本来是要给自己喝的，怎么就递给你了？"

沈文锦坐在旁边看手机，听见沈栖的话，不以为意道："两杯果汁都一样，随便喝。"

"不一样！许梧黯的那一杯我刚刚在厨房加了很多椰果。我吃独食！想奖励辛苦的自己！"

说完这话，沈栖眼巴巴地盯着许梧黯端着的那一杯果汁，不知道脑子里在想什么。

许梧黯发现沈栖的视线实在过于直接，他不适应地挪了挪手，把果汁移出沈栖的视线范围，一脸护食的模样。

但这一举动无疑惹恼了沈栖。她抬起头：“你……”

许梧黯抿了抿唇没说话。

“你不会是担心我抢你果汁吧？”沈栖噘嘴。

就在沈栖觉得他是因为心虚而不敢说话时，她听到耳边落下一句不轻不重的话：“嗯，毕竟你的眼神如饥似渴。”

沈栖：“……”

话音一落，客厅里先是安静了三秒钟，随后沈栖的身后爆发出一阵大笑。

笑声来源于沈文锦，她坐在后边，饶有兴致地看着两个小孩斗嘴。

谁能想到平时话都不愿意多说的许梧黯会对沈栖说出这么直白的一句话？

沈栖的脸涨得通红：“什么如饥似渴？请你注意措辞！你可是年级第一！大家心中的‘大神’，可现在呢？！欺负弱小。”

“哦，胡搅蛮缠。”

学习完，时间刚过五点，沈栖本想让许梧黯留下来教她弹琴，但一回头，她就看到许梧黯已经在收拾桌上的书本。

“一点都不绅士的许梧黯，快来教我弹吉他。”

许梧黯眼眸一抬，说：“今天不行，我要回家了。”

沈栖一愣，看了一眼墙上挂着的时钟：“这么早吗？还没到晚饭时间。”

许梧黯继续低着头收拾东西，没有说话。

沈栖还在说个不停：“那晚上我和小姑去逛街，你也去不了啦？”

许梧黯拉上书包拉链：“嗯。我走了。”

沈栖只能眼巴巴地任由他背上书包走出大门。

沈文锦见沈栖一脸不舍的模样，忍不住调侃道：“眼睛都要看直啦！”

沈栖闷闷不乐地坐在沙发上，看着手边的吉他，全然没有了刚刚的兴致。

沈文锦站起身走到沈栖身边，拍了拍她的脑袋：“他妈妈又给他请了一个物理家教，为他开学后的物理竞赛做准备。"

"还加强啊？许梧黯的学习成绩不是已经够好了吗？"

其实沈栖一直不是很能理解。许梧黯每天除了来沈文锦这里写作业，还要上补习班，现在又请了一个物理家教。这样一来，许梧黯就更没有时间休息了，那他不就变得更像一个学习机器了吗？

沈栖提出这个疑问后，沈文锦没有马上回答，而是叹了一口气，似乎有什么难言之隐。最后她只是摸了摸沈栖的脑袋："快点去换衣服吧，我们收拾收拾，今天去外面吃饭。"

沈文锦似乎也知道许梧黯的秘密。

沈栖和沈文锦一手捧着从夜市上买来的鲜花，一手拎着大大小小装满东西的购物袋走进家门。

沈栖把购物袋往沙发上一丢。

"小姑，"沈栖一边摆弄着手里的鲜花，一边往书房里走去，"我把花瓶里的花换一下。"

沈文锦此时正在厨房，听见沈栖的问话高声答了一句，让她随意。

沈栖走进书房。最近，因为她的加入，书房的使用率变低了许多，大多时间沈文锦都是带着她跟许梧黯一起在客厅学习。

书房的桌子上乱七八糟地摆满了白纸，从窗户吹进来的风将那些白纸吹得微动。

沈栖走到书柜旁，将花瓶里那些快要枯萎了的花拿了出来，然后换上今天新买的鲜花。

她转身准备离开书房时，窗外吹来一阵大风，将书桌上的白纸吹落一地。

沈栖无奈地蹲下身子，刚捡起地上的白纸，一翻面，那张纸上明晃晃的"俞峡市中心医院"几个字映入她的眼帘。

她有一种不好的预感。

她顺着病例往下看，看到了患者姓名——许梧黯。

参考诊断：轻度抑郁症。

沈栖的脑海瞬时一片空白。

病例上清清楚楚地写着关于他病情的描述，一字一句，像鞭子一样抽在沈栖身上。

怪不得第二次遇见许梧黯的时候，他会站在江边放空；怪不得他总是对她一副拒人于千里之外的态度，平时对任何事提不起兴趣，虽然他最近好像好些了……

她惊讶，但更愧疚。

她之前因为许梧黯的冷淡态度，因为那杯奶昔，对他发过脾气。

现在她知道了，奶昔可能对他造成过什么心理阴影。但后来许梧黯还因为这件事情跟她道歉了。

是她强人所难，他却跟她道歉。

"小七，你在里面干什么呢？"

沈文锦的声音越来越近，沈栖瞬间从自己的思绪中回过神，从地上抓起一沓白纸，像是要隐藏什么。

沈文锦走到门边，手撑着门框："怎么了这是？"

沈栖拾起地上的最后一张白纸，然后站起身："没有，刚刚风把纸吹了一地，我在捡纸呢。"

沈栖把那一沓白纸放回书桌上，然后跟沈文锦打了一声招呼就回了房间。

沈栖的房间里有一个独立卫浴，她脱下衣服，光脚踩进淋浴区。她打开花洒的开关，水哗哗往下流，尽数淋在沈栖的头顶。

水流顺着她的面部轮廓往下流，她的视线慢慢变得模糊。

沈栖不知道该怎么去缓解心里的那股劲，她现在满脑子就只剩下许梧黯的名字。

好像从认识许梧黯的第一天起，后面发生的桩桩件件，许梧黯没有做过一件对不起她的事情，现在知道他生病了，那一切都变得合情合理。反观沈栖，她觉得自己就像一个烦人的"黏人精"。

她躺到床上，仰面朝天，盯着发白的灯光，脑子里乱成了一团。

这么优秀的一个少年，各方面条件优异，本该在这个年纪没有烦恼的。

咚咚咚——

门口突然传来敲门声，沈栖顿时从床上坐了起来。

沈文锦轻轻推开门："小七，睡了吗？"

沈栖压下心底的情绪，回了一句："还没有。"

沈文锦走到床边坐下，打开床头的壁灯，房间里有了一丝光源。

沈栖潜意识里已经猜到了小姑来是为了什么事。

果不其然，沈文锦开口说的第一句话就是"你跟许梧黯成为朋友了吧？"。

沈栖动了动身子，靠在床头上，答："嗯。"

接着，沈栖马上着急地说："小姑，我刚才不小心在书房看到了许梧黯的病情单。"

沈文锦一愣，随后轻轻地说："嗯，我是他的班主任，他的病情是我带他去医院诊断出来的，他的单子一直在我这里。"

"小姑，许梧黯为什么会得抑郁症啊？"

"如果你们是朋友，那他的心结不应该由他自己告诉你吗？"

沈文锦说："梧黯身上其实背负了比正常学生多很多的压力。在我去他们班任教之前，他的生活中只有写不完的卷子和背不完的书，他的课余时间只用来上一堂又一堂上不完的课，他没有社交，在学校里也总是独来独往。小七，目前看来，他只有你一个朋友。"

沈栖垂头。

沈栖从沈文锦的口中得知了许梧黯的情况。

他是中途转学过来的，自此便常年占据年级成绩榜的榜首，是雷打不动的第一名。他不苟言笑，性子很闷，平常也不爱跟人搭话，孤僻的性格让同学都不太敢靠近他。

其实一开始不是没人想靠近许梧黯，他出众的外表和傲人的成绩的确吸引了很多人的注意。但那些人得不到许梧黯热情的回应后，都纷纷选择不再自讨没趣。所以，从初二到高二，他一直都是一个人，一个人吃饭、一个人坐车、一个人回家，他没有同伴。

同学们也都觉得奇怪，猜测这可能与他从小到大的经历有关，他好像缺少一点接纳他人情感的能力，也就是"爱无能"。

久而久之，学校里开始传出来一些有关于"许梧黯有病"的谣言。

那些谣言让一中的人更不敢接近他了。他被人排斥，却因为身上太过耀眼的光芒，始终没被人遗忘。

"其实许梧黯需要一些心理疏导，所以在许梧黯父母提出想让许梧黯来我这里学习的时候，我同意了。我就想着让他来家里学习，偶尔还能陪他说说话，开导他。后来发现他喜欢吉他，就开始用空闲时间着手教他弹吉他了。他悟性很高，我教会他基础的以后，后面他就自己学了，现在弹得也挺好的。见他有了喜欢的东西，我认为我的做法是有用的，起码在他弹吉他的时候可以让他有喘息的空间。"沈文锦叹了一口气。

沈栖问："他的家人呢？他的爸妈难道不知道他的心理状况吗？为什么还要给他安排这么多课程？"

说到这儿，沈文锦笑了下，那笑容中带着数不尽的无奈。

"这件事该怎么说呢？他的父母似乎并不觉得得了抑郁症是很严重的事，他们认为高中有压力是正常的，反而认为许梧黯的抗压能力不行。他们认为他还能正常地生活和学习，那就没什么大问题。

"小七，我跟你说这些，是希望你能从朋友的角度出发，多带他做一些能让他觉得开心的事情。在帮助他的同时，也希望你能看清你自己的生活方向。"

"我会尽力的。"

房间内。

许梧黯觉得沈栖今天有一点奇怪。

例如现在，原本摆满书本的桌面上被沈栖放了一袋又一袋的零食，就连她最爱喝的加满椰果的果汁都被她端过来给他喝了。

平日里沈栖对他也很热情，但绝不是像今天这样献殷勤。

今天第十次抓到沈栖偷偷投来的视线后，许梧黯终于忍不住开口了。

他毫不掩饰地跟沈栖的视线对上："有事吗？"

沈栖故作惋惜地别开头："没事，你写作业吧。"

许梧黯："……"

见沈栖不打算说出口，一头问号的许梧黯也没追问，干脆低头自顾自地写起作业。

沈栖也握着笔，但笔尖怎么也落下不去。

她想让许梧黯更开心，但是怎样才能做到呢？

叮——

放在沈栖手边的手机突然弹出一条消息。

她垂眸一看，是乔瞧发来的。

乔瞧：姐妹！今日陈阳过生日去公园露营！老友相聚，约不约？

沈栖本想拒绝，一句"我不去了"还没有打完，沈栖突然意识到，她可以带着许梧黯一起去啊！感受一下热闹的氛围！

许梧黯的学习思路再次被打断。他抬起头，一眼就看到了趴在自己手边的沈栖。

小姑娘将头枕在手臂上，伸出食指，用指尖戳了戳他的手臂。见他抬头，她立马一脸欣喜地看向他："许梧黯，等我们写完作业，你陪我去一个地方吧？"

许梧黯犹豫片刻，看沈栖兴致勃勃的样子，开口问："去哪儿？"

沈栖自然不会把去朋友生日聚会的事情跟他说："哎呀，你别问了，当然是去好玩的地方。"

许梧黯收回视线："不去。"

沈栖瞬时瞪大了眼睛："为什么？"

许梧黯没说话，沈栖不肯罢休，手捏着笔帽去戳许梧黯的手指："去嘛去嘛，我又不会把你带去卖了。"

许梧黯动了动手指，叹了一口气："好玩的地方对我没有吸引力。"

"好吧，我摊牌了，是我朋友的生日聚会。"沈栖说，"你就陪我一起去吧！你在那里待着就好，不用说话。我的朋友们都很冷淡的！绝对不会打扰你！再说我们身为好朋友，都没有一起出门玩过，这像话吗？"

许梧黯："……"

沈栖搬出"好朋友"这个理由，的确让许梧黯找不到反驳的理由。他没有交过朋友，也不知道参加朋友聚会是什么感受，但他经常看到班上的同学三五成群地聚在一起出去玩。

沈栖眨了眨眼睛，装出一副可怜样："行不行啊，好朋友？"

见许梧黯没反应，她噘起嘴，抬手抓住他衣服的一处，轻轻地晃着撒娇。她不停地眨巴着眼睛，声音比平时软了几个度："走嘛走嘛！"

许梧黯呼吸一滞，沈栖的样子就好像一只贴在他身前跟他撒娇的小猫一样。他最受不了沈栖摆出这副表情，脑子一热也就应了下来。

沈栖顿时乐开了花，把笔往桌上一扔，站了起来转圈蹦跶。这一幕正巧被从书房里走出来的沈文锦看见。她见沈栖一副乐开了花的模样，打趣道："这是哪家的疯丫头？有人认领吗？"

沈文锦也没有指向谁，而坐在一边的许梧黯慢慢红了耳朵。

沈栖欢快地答道："小姑！我要带我的好朋友去玩了！所以我要回房间梳妆打扮了！"

沈文锦一挑眉，她当然知道沈栖是为了许梧黯。

不得不说，沈栖这丫头执行力挺强，嗯，像她。

见沈栖欢欢喜喜地跑到房间里去了，沈文锦又看了一眼坐在坐垫上写作业的许梧黯。

他一板一眼地端坐在矮桌前，视线落在书本上，但注意力显然没有那么专注。

沈文锦不禁笑了起来。

一走出小区，沈栖就拉着许梧黯坐上了出租车。沈栖报出乔瞧发来的地址，出租车司机立马踩下油门飞奔而去。

一到露营地，坐在凳子上的人纷纷看了过来。

有人注意到沈栖身后的许梧黯，出口调侃："不错啊，七姐交新朋友了。"

大家纷纷咂舌，一个男生笑着把桌上的果汁推了过去："沈栖，给大家介绍一下你的新朋友？"

沈栖看了一眼许梧黯："许梧黯，一个大帅哥。"

"我知道他！一中那个年级第一是不是？我前两天在贴吧里看到过他的名字。"

"真的吗？那是不是很厉害啊？朋友的朋友就是我的朋友，许学神，我今年也上附中了，下次在学校能不能教我做题呀？"

——我的朋友们都很冷淡的！绝对不会打扰你！

许梧黯想到了沈栖的保证——嗯，可真够冷淡的。

许梧黯随口接了一句"还好"，然后低头看了沈栖一眼。沈栖感觉到他的目光，迅速抬头冲他眨了眨眼睛。

沈栖一来，聚会立马热闹了起来。一群人玩游戏的玩游戏，说大话的说大话，还有人说起了自己可悲的升学史。

在场好几个不是一中的外校学生也都削尖脑袋往许梧黯身边凑，对他充满好奇。

"不过你们一中的老师好像管得很严？"

"我已经打听清楚哪些老师不好惹了，回头我整理个名单发给你。"

"一中的饭是不是特别难吃？那个学生食堂都被吐槽死了。"

许梧黯抿抿唇，回答了最后一个问题："不清楚。"

"怎么可能嘛，还有没吃过食堂的学生？"

"许学神，这你就不仗义啦，都不分享分享。"

一群人七嘴八舌地说着不满。

许梧黯看了一眼周围的人，淡淡地道："真不清楚，我是去……教工食堂吃的。"

众人："……"

一中一直有个传统，每个年级的文理科前十名都可以去教工食堂吃饭，那里物美价廉，菜都是小锅单炒的。许梧黯一直霸占着年级第一的位置，想去的话，自然是可以一直去那里吃。

一群人瞬间捂着胸口，哀叹这人在不经意间炫耀自己的成绩。

许梧黯的确不喜欢人多的场合，但今天的氛围让他感觉挺自在的。大家就算知道他话少冷漠，也不会特殊对待他，依然给他提供情绪能量。

由于他平时性子冷淡，是老师的宠儿，身上又有很多谣言，一中的人对他总是带着疏离感。

这时，乔瞧坐到沈栖身边，把手中端着的饮料递了一杯到沈栖手中："过段时间我们去吃烧烤吗？"

沈栖来了兴致。

乔瞧一口喝完了一杯饮料，抬手抹了抹嘴边的水渍："林林也会来。"

沈栖挑眉："林林也来？好长时间没见她了。"

林江月跟沈栖她们一直玩得很好，三个人亲如姐妹。

不过林江月跟沈栖她们性格不一样，她文静，成绩一直以来都很优异。如果说以前的沈栖、乔瞧是让班主任头痛的学生，那么林江月就是所有老师眼中的好学生、乖乖女。中考的时候她正常发挥，继续留在市外国语学校就读高中，高额学费减免了一大半，还直升创新班。

从报完名后她就开始无休无止地补课，放假两个月以来沈栖和乔瞧就见过她两次。

她们之所以能玩到一起，靠的就是眼缘。

林江月为人没有架子，又生了一副软乎乎的模样，谁见了她都想亲近。

初一刚进班，沈栖就和林江月对上眼了，后来又把乔瞧拉着一起，三人瞬间组成了"铁三角"，谁也撬不动。

林江月是沈栖除了乔瞧外，唯一愿意对其说出秘密的人。

又聊了一会儿，沈栖便提出大家一起玩游戏。

一群人一听，纷纷应和，最后一致决定玩"世界大战""大富翁"等游戏。

在热闹和谐的氛围里，许梧黯竟然也慢慢适应了。

聚会散场后，一行人又提议去吃夜宵。

沈栖注意到许梧黯频频看向手机，好几次走到一旁去接电话。

她知道那是谁打来的电话。是许梧黯的妈妈催他回去。她想。

等许梧黯接完电话回来，没等他坐下，沈栖就先一步站了起来，拉住许梧黯的衣角："不好意思啦朋友们，我和许梧黯先回家了。"

乔瞧闻言附和："也是，时间不早了，大家都散吧，早睡早起身体倍儿棒！"

沈栖回过头去扯许梧黯的衣角，她一仰头，径直撞上许梧黯的视线。但她毫不躲闪，反而弯着唇笑，眉眼也弯了起来："许梧黯，我们回家吧。"

　　天色已晚，沈栖昨天没睡好，现在脑袋晕乎乎的，走起路来也是摇摇晃晃的。

　　许梧黯在今天不知道第几次拉住了沈栖的胳膊后开口道："沈栖，你看着点路。"

　　沈栖似乎是怕许梧黯不相信，撒开许梧黯拽着她衣袖的手："没事，我自己走，不信你看，我还能走直线。"

　　许梧黯看着越走越偏的沈栖，嘴角抽了抽："你自己看看你走到哪儿去了？"

　　沈栖一听，顿时站在原地不作声了。

　　许梧黯以为她生气了，走近刚想拉她，沈栖蓦地抬起头："那你背我。"

　　许梧黯一愣。

　　见他没什么反应，沈栖开始耍赖："我累了嘛，你背我回家。"

　　许梧黯盯着她看了好一会儿，小姑娘也不躲，就这么直勾勾地看着他："许梧黯，背我。"

　　他叹了一口气，最后半蹲下身子。

　　沈栖顿时笑了起来，欢欢喜喜地凑到他身后趴了上去。

　　她搂住许梧黯的脖子："好啦！"

　　许梧黯身子一僵，背着沈栖站了起来。

　　小姑娘似乎很享受被人背着的感觉，双腿不停地晃荡，嘴里哼着不成调的曲子。

　　许梧黯背着沈栖走了一段路，突然，身后的人停止了哼唱。

　　沈栖脑袋侧过来："许梧黯，你今天高兴吗？"

　　许梧黯一愣。

　　他一直觉得最近的沈栖有点奇怪，她比之前更注意自己的情绪。

　　他没忍住，侧头问："你今天怎么了？"

　　沈栖荡了荡小腿，语气轻快："我吗？我没怎么呀。"

平时的沈栖也很活泼，但没有像今天这么照顾他的情绪。今天一晚上，沈栖没有让他有一点玩游戏的负担，她会替许梧黯处理好一切，而许梧黯只管自己放手去玩，她会站在许梧黯的身后。

他赢了，他享受奖励；他输了，她替他接受惩罚。

许梧黯有感受到其中的不一样，他今天晚上，一直都是被照顾的那一方。

他轻声道："你今天，跟平时不太像。"

"怎么不像了？"

这话倒是将许梧黯问住了。他蹙眉：应该怎么回答？

直白地告诉沈栖，她今天对他比平时都要好吗？还是问她，对他这么好是不是有什么目的？他说不出口。

许梧黯抿了抿唇，终是没将心里的话说出来。他轻轻地托了一下沈栖，提醒道："有个下坡，抓稳了，别乱晃了。"

话这么说着，他也收紧了自己的手臂。

"好啦！"沈栖在他身后乐呵呵地笑了声，伸手捏了捏许梧黯的耳朵。

耳朵是许梧黯最敏感的地方，他刚想出声呵斥，就听到身后传来一句带着笑意的话："其实我呀，没什么目的，就是希望许梧黯天天开心。"

许梧黯身体一僵，步子也跟着慢了下来。

他垂着头，缓慢地走在这个下坡上。坡很陡，身上的人也很不安分，一直在晃动，但许梧黯走的每一步都无比稳当。

最后他走下坡，身后的人已经比刚刚安分了不少，双手环着他的脖颈，头轻轻地靠在他的肩膀上。许梧黯慢慢直起身子，轻声道了一句话。

沈栖一觉醒来，人已经在沈文锦家中的床上了。

"你做自己就好，我每次一看着你，就开心。"

她的脑海中不时浮现出这一句话，这似乎是许梧黯在她的梦中对她说的话。

昨天晚上她只记得她趴在许梧黯的背上，让他背着自己走回来，最后却睡着了。

沈栖走出房间，整个屋子里弥漫着淡淡的花香。

此时沈文锦正在厨房里忙活，沈栖走进来，接了一杯水："小姑，昨天是许梧黯背我回来的吗？"

沈文锦翻了个白眼："不然呢？"

说到这儿，沈文锦笑着指责沈栖："等会儿，你不会是故意忽悠梧黯的吧？"

"怎么可能？小姑你不要乱说！"

沈栖的话音刚落，房间外传来了一阵门铃声。

沈文锦了然一笑："说曹操曹操到了。"随后她站起身稍稍整理了下裙摆，趿拉着拖鞋朝门口走去，边走还边喊"来啦来啦"。

给许梧黯开了门后，不等他进来，沈栖飞速躲回卧室关了门，又到衣柜里拿了一件可爱的家居服冲进浴室。洗完澡吹完头发，沈栖站在镜子前梳着头发，余光忽然一瞥，视线落在了被护肤品团团围住的一瓶粉色包装的身体乳上。

这身体乳是乔瞧送给她的，说是某个女明星的同款，味道很好闻，涂在身上有一股淡淡的山茶花的香味。沈栖懒，除了第一次开封时涂过一次，后面都没涂过。

她盯着身体乳看了半晌，最终还是将手伸了过去。

嘎吱——

沈栖推门而出，房门不大的声响还是吸引了坐在客厅聊天的两人。

对上许梧黯看来的视线，沈栖弯起唇角朝他甜甜一笑，随后快步走到他身边的沙发上坐下："早上好呀，许梧黯。"

她夹着嗓子说话，说完还故作俏皮地朝他眨了眨眼睛。

可偏偏这一系列操作做完后，她没等到许梧黯的回应，反而招来了沈文锦一记书本暴击："好好说话。"

沈栖："……"

她看到许梧黯寻过来的视线，像是掩饰尴尬般地朝他吐了吐舌头，清清嗓子，恢复自己正常的声音："好啦好啦，我知道了。"

说完，她还悄悄地用余光观察许梧黯的反应。

原以为他会跟之前一样，默不作声没什么情绪地别开脸。但今天许梧黯不知道怎么的，看着和平时好像不太一样。

沈栖抓住许梧黯放在膝上的手腕，凑到他跟前认真地道："许梧黯，你今天不对劲。"

"什么？"

"你今天好像和平时不一样，好像脸比平时红了一点。"提到这里，沈栖这才发现不仅是脸，许梧黯的耳朵也有些发红，"你耳朵也好红啊！"

话音刚落，原本被沈栖抓住的手猝不及防地收了回去。

许梧黯率先移开视线："没有。"

话是这么说着，但他的视线一直四处乱瞥。

"行了行了，小七你别逗梧黯了，我和他在聊正经事情呢。"或许是怕沈栖再多说什么会让许梧黯感到不适应，沈文锦忙出来制止沈栖想要继续逗许梧黯的行为。

"哦。"沈栖见状只好放弃，但刚刚逗了那么一小会儿，已经让她看到了许梧黯的另一面，这会儿她脸上的笑怎么也掩饰不住。

她靠回沙发，双手抱胸，似乎是在等沈文锦和许梧黯继续聊。

沈文锦睨了她一眼，收回视线看着许梧黯，继续刚刚被打断的话题："一中要开学了，你高三会更忙碌，要注意劳逸结合，不要太累。"

沈栖从他们聊的三言两语中找到了关键词，脱口问："一中要开学了吗？"

沈文锦闻言，挑眉看来："你还想玩多久？"

沈栖撇嘴："唉，壮士一去兮不复还。"

沈文锦被她一副难受的模样逗笑，解释道："别难过了，你们还没开学呢，是他们高三开学。"

"这样啊！"沈栖直起身子，抬手放在许梧黯的肩膀上，叹了口气，"真是辛苦你了。"

许梧黯早就习惯了沈栖情绪的快速转换，他瞥了一眼沈栖放在他肩上的手，侧过头，唇上带了一抹难以发现的笑意："不辛苦。"

沈栖在家休息了好些日子，精气神都好了很多。

一中高三提前开学，意味着沈文锦这个班主任也要回归校园。沈文锦一走，这个家里就只剩下了沈栖，没人管她，她每天睡到自然醒活得好不快活。她有时候追追剧，偶尔给许梧黯发信息"骚扰"一下对方。

许梧黯开学后，只有在放学后才能给她回信息，他回的信息简短，无非就是"嗯""差不多""不是""没有"这种两三个字的，但沈栖还是知道他有把她的信息都认真看了。

午后，沈栖一个人坐在沙发上看电影。

沈栖点开置顶的聊天框，里面的聊天记录还停留在昨天晚上九点半。当时沈栖跟许梧黯道了一声"晚安"，许梧黯回了一个"晚安"。

今天一天，许梧黯都没有发消息过来。

她好几天没有见许梧黯了，现在想找一个今天就能见到他的理由。

恰逢这时，乔瞧的消息弹出来了。

乔瞧：七姐姐，吃火锅去呀！

沈栖中午没吃多少，一看乔瞧这么说，自己的肚子顿时咕噜噜叫了起来。

等她来到火锅店的时候，乔瞧已经拿着菜单点了几个菜了。见着沈栖，她揶揄道："怎么？今天不用陪你的新朋友？"

这个"新朋友"指的自然是许梧黯。

沈栖挥挥手，拉了一张椅子坐下："高三提前开学了，我都好几天没见到他了。"

乔瞧喝了口饮料，对着沈栖一脸忧愁地说："一中不比普通的学校，以后的日子可不好过了。"

沈栖笑着说："我也要发愤图强了！"

乔瞧翻了个白眼："光喊口号不行动？我爸已经跟我表明了，我的好日子今天就到头了，他给我报了一堆辅导班，还请了家教，准备开始抓我的学习了。"

沈栖闻言笑了笑。

两家父母的关系也一直很好，但她其实挺羡慕乔瞧的，乔瞧的爸妈愿意为乔瞧花时间花精力。哪怕他们工作都很忙，也会分工照顾乔瞧，而且乔瞧家里还有奶奶在，直接把乔瞧宠成了掌上明珠。

乔瞧不爱学习，她爸妈经常追着她好言好劝，哪怕没什么效果，他们也一直对乔瞧抱有希望。

说到一中，乔瞧看着沈栖："因为我最近一直在打听一中的情况，所以也顺带听他们说了一些有关于许梧黯的传言。"

沈栖对许梧黯的事情向来敏感："什么？"

乔瞧："你记得陈穗吗？就那个我们学校隔壁班的。她之前对许梧黯很感兴趣，不过许梧黯根本不搭理她。听到我打听一中的事情，她就跟我说，许梧黯在一中没有任何朋友其实不是因为性格冷淡，而是心理有点问题……还有人说看过他发病，很吓人，所以一中的人因为这件事都不太敢去靠近他。"

话听到这儿，沈栖忍不住了："谣言止于智者！这么离谱的事你也不要传播了。"

沈栖没有将乔瞧口中的"许梧黯"和自己认识的许梧黯相结合，他是有抑郁症没错，可是她认识的许梧黯除了性格比较冷，其他的和他们说的一点关系都没有。

"我知道，所以我只跟你说呀。而且陈穗不是一直爱胡说八道吗？"乔瞧看了她一眼，"还好你不在，你要是在，非得和她吵起来不可。"

"现在就想去找她理论。"说着沈栖就想拿出手机给陈穗打电话，最后被乔瞧拦了下来。

乔瞧踌躇片刻，说道："你找她一个人有什么用啊？这些事也不止她一个人说。谣言就是一波未平一波又起，斩又斩不断。"

沈栖还是很生气。

沈栖跟许梧黯是朋友，她认为许梧黯只是生病了，按时吃药，平时放松心情，很快就会好转起来。而且他就是一个正常生活的普通人，为什么要被他们当成不正常的人？

乔瞧一看沈栖愣在那里不说话，就知道她在想什么："哎呀，你也别多想了。"

沈栖没有说话。

"乔乔。"沈栖突然喊了她一声。

乔瞧一愣："啊？"

沈栖闷声道："有些事我不能跟你说太多，但我现在是真心把许梧黯当朋友，我想跟他一起学习，想带他聚会，想带他体验很多好玩的事情，我是真的想让他高兴。"

乔瞧："我知道呀！"

"前段时间我又被我妈送到乡下去了。"

一听这话，乔瞧瞬间坐不住了："你妈又把你送你外婆那里去了？"

沈栖放下筷子，慢慢抬起头看向乔瞧："但是许梧黯来找我了，他把我从乡下带了出来。"

她没有详细说那一天到底发生了什么事情，只用了一个词语——"出来"。

当你身处黑暗时，有一个人来拯救你，那一瞬间，你会把他当成你的光。

沈栖替许梧黯觉得委屈，他明明没有做错什么事情，却遭受很多人的不理解。没有人愿意尝试走进他的内心去接近他，去告诉他"我愿意认识你"。

她就是想告诉乔瞧，许梧黯真的很好。

"好小子！比我还会！"乔瞧突然一敲筷子。

沈栖的心情本来被谣言影响得有些沉重，听到乔瞧说的话，她扑哧一声笑出来。

见沈栖笑了，乔瞧又开口："不聊许梧黯的秘密了，他最近情况怎样了？"

一提到这个，沈栖顿时蔫了。

她抓了抓自己的头发："我都好多天没有见他了，能有什么情况啊？"

"许梧黯是走读生吗？你可以去接他放学啊。"

乔瞧的话让沈栖如梦初醒。

和乔瞧分开后，沈栖直奔一中校门口。

　　沈栖来得早，离许梧黯下课还有半个小时。她怕自己跟许梧黯错过了，便提前给许梧黯发了消息，跟他说自己在校门口东边的树下等他。

　　但许梧黯在上课，一直没回消息。

　　沈栖无聊地拿出手机开始追更自己最近在看的漫画。

　　一章漫画刚看完，她就听到一中响起了放学铃声，里面断断续续地传来学生嬉闹的声音。

　　沈栖见状，收起手机站了起来。

　　她盯着校门口看了一会儿，出来的都是高三的走读生，人也不算多。

　　沈栖站的位置比较高，看得也清楚。

　　许梧黯一直没有回她的消息，她盯着校门口一刻也不敢松懈，生怕自己走一下神就错过许梧黯了。

　　又一拨学生走了出来，沈栖一眼就看到了走在中间的许梧黯。

　　许梧黯穿着一中黑白配色的校服，身后背着双肩包。他手里捏着手机，视线落在手机上，也不抬头看其他地方。

　　他个子高，虽然跟周围人穿着一样的校服，却是人群中最显眼的那一个。

　　他居然看着手机也不回她的消息！沈栖腿一迈，三两步跑到许梧黯面前："许梧黯！"

　　许梧黯被突然冒出来的人吓了一跳。没等他说话，沈栖便道："你为什么不回我消息？你是不是已经嫌我烦了？"

　　许梧黯一愣："没有，我回了。"

　　沈栖："哪有？"

　　她边说边从兜里掏出手机看。屏幕亮起的一瞬间，她愣了一下。

　　他的确是回消息了，一分钟前回的。

　　沈栖还是有些委屈："你为什么过这么久才回我消息？"

　　其实她这句话说得有些无理取闹，她知道许梧黯只有在放学后才会打开手机。

许梧黯丝毫不介意,并耐心地解释:"我上课时手机都是关机的,只有放学了才会开机,所以你发给我的消息我刚看见。"

说完,他又补了一句:"我看到你的信息以后,很快就给你回了。"

沈栖见好就收,"哦"了一声便跟许梧黯并肩往家走。她已经很满意许梧黯的回答了。

两人的影子在路灯下被拉得很长。

许梧黯突然问:"你今天怎么想起来学校找我?"

沈栖理直气壮地叉着腰:"我想找你还需要理由吗?"

许梧黯:"……"

几天没见,她还是他熟悉的沈栖。

沈栖蹦蹦跳跳地往前走,身影一上一下地晃动着,显得很是活泼,她的马尾辫随着她的动作轻轻地荡着。许梧黯走在后面,踩着沈栖的影子,一抬头就能看到沈栖走在前面,哼着小曲。

许梧黯轻轻地弯了弯唇角,这种感觉还挺好的。

走到一半,沈栖突然回头:"许梧黯。"

许梧黯闻言应了一声,抬眼看向小姑娘。

沈栖问:"开学都这么多天了,你怎么不跟我分享一下学校里的事情?"

许梧黯一愣。

他觉得开学就跟平常没什么区别,只不过是换了一个地方学习而已。

但他一看沈栖的表情,就知道小姑娘很介意这件事——沈栖正一脸哀怨地盯着他看,满脸的委屈神色。

许梧黯盯着她的眼睛,解释道:"学校生活挺单调的,写作业、上课、吃饭、回家。"

沈栖顿时反应过来他在很认真地解释这件事。

沈栖当然能理解许梧黯,其实她一开始也没想过许梧黯会解释什么,今天不过是顺嘴问出了这句话,准备逗逗许梧黯的,现在反而被他弄得有些不知所措。

她慢吞吞地转过身,继续往前走,语气轻松地说:"其实我也不是质问你，我就是想让你多跟我分享一下你的生活，分享什么都好。你的生活就算是规规矩矩、一成不变的，我也想去多了解。"

她的语气很别扭，虽然装作轻松，但还是能从她的声音和话语中听出她的殷切期待。

许梧黯闻言点了点头："好。"

沈栖跟许梧黯约好，之后的每一天她都会来等许梧黯放学。

许梧黯问："那你自己喜欢做的事情呢？"

沈栖笑着说："跟你一起玩就是我最喜欢做的事情啦！"

后来的几天，沈栖也确实如她所说，每天准时到一中门口来等许梧黯。

偶尔她也会迟到，等她赶到时，许梧黯已经站在那儿等了有一会儿了。

一般这时候沈栖都是好言好语地问他今天过得怎么样，以此来转移话题。

许梧黯从不问她为什么迟到，她愿意来就已经很好了。

沈栖等他的时候有时会吃一颗糖，等见到许梧黯的时候，她便剥开另一颗糖，然后塞到许梧黯的嘴里，说："让你也甜一点。"

第四章 ▶
弱点 ⏸

ZHUOZHU
TAIYANG

　　"许梧黯，明天我就不能来接你放学了。"

　　这天沈栖照常去接许梧黯放学，两个人走在路上，沈栖开口。

　　许梧黯心里突然空落落的，但他没有表现出来，只是问了一句："怎么了？"

　　沈栖反问道："你会不会不开心呀？"

　　许梧黯慢吞吞地移开视线，看向旁边的马路上："还行。"

　　他说这句话的时候眉头都不皱一下，似乎这就是他的想法。

　　哼，别扭。

　　沈栖跟许梧黯相处了两个月，已经非常了解他了。

　　她收回原本准备递给许梧黯的糖果，撇撇嘴："撒谎的小孩没有糖吃。"

　　许梧黯没有说话。

　　沈栖解释道："因为我们高一新生要开学了，军训期间一中要求学生住校，我出不了校门，不能跟你一起回家了。"

　　一中要军训两周，这期间学校实施封闭式管理，所有参加军训的学生都得住校，等军训结束后才可以选择是走读还是住校。

沈栖自然不会选择住校，她选择了走读。她原本都计划好了，以后她可以跟许梧黯一起回家，两人能一起上学一起放学，想想就开心。

沈栖没急着和许梧黯回家，而是拉着他绕到夜市上去逛了一圈。

许梧黯很少来这种挨挨挤挤的热闹场所，一连被人撞了好几下，眉头都皱起来了。

他浑身都觉得不适，转头却见沈栖在一个摊位上看饰品看得正开心。许梧黯不想扰了沈栖的兴致，抿了抿唇，没有说话。

他注意到旁边有家奶茶店，突然想起上次的事情。

他拽住沈栖，问："你要喝奶茶吗？"

沈栖一愣，继而笑了起来："喝啊。"

许梧黯点点头，走进奶茶店，点了一杯杧果奶昔。等许梧黯拿着奶昔走出店门时，却发现沈栖已经不在刚刚的那个摊位前了。

他在人群里看了几眼，在不远处的一个宠物摊位旁看到了蹲着玩乌龟的沈栖。

许梧黯走过去，把奶昔递给她。

沈栖站起来接过奶昔，马上插入吸管喝了一口，而后发出一声感叹："好喝！"

此时的沈栖就像一只吃饱喝足的猫一样。

沈栖喝了几口奶昔后指了指宠物摊位："我给你买了个礼物。"

许梧黯看过去，发现这个宠物摊位上卖的只有乌龟和金鱼。

沈栖从老板手中接过小水缸，献宝似的立在许梧黯面前："给你。"

许梧黯："……"

他看着眼前这只在水缸里费力爬行却爬不了多远的乌龟，一时间不知道该说些什么。

沈栖把乌龟往他怀里一塞："可爱吗？我挑了一只脖子最长的。"

许梧黯垂眼一看，此时他怀里的这只乌龟正伸着脖子四处瞅。

许梧黯："是挺长的。"

沈栖双手抱拳，冲许梧黯微微鞠了一躬："我祝你福如东海，寿比南山。"

旁边的小摊贩看着他俩的互动，乐呵呵地笑着，忍不住说："同学，小姑娘对你真好。"

许梧黯："……"

他叹了口气，默不作声地换了一只手拿起小水缸，表示自己收下了。

沈栖拉着许梧黯往前走："你喜欢吗？"

许梧黯沉默了一会儿，答道："喜欢。"

沈栖顿时笑了起来："你喜欢就好，我就希望许梧黯可以福如东海，收揽世间的一切福运。"

她回过头，比画了一下："改天我给你买只大的乌龟，这只太小了。大乌龟才配得上你！"

许梧黯刚刚感动的情绪顿时烟消云散。

回去的路上沈栖买了两支冰激凌，犹豫片刻后，她递给许梧黯一支草莓味的。

两人坐在路边公园的长椅上吹风，小口小口地吃着冰激凌。

草莓味的冰激凌入口即化，甜得有点发腻。

沈栖问他："好吃吗？"

许梧黯："还行。"

"许梧黯，新学期新气象，"沈栖指了指他手中的冰激凌，压低声音说，"我希望新学期的许梧黯可以像草莓味的冰激凌一样甜，不要再冷冰冰的啦！"

闻言，许梧黯轻轻笑了一下。

他想，自己这种性子怎么甜得起来？

许梧黯只做了一个轻微的表情也被沈栖捕捉到了，她转过头惊喜地看着许梧黯："你笑了。"

许梧黯一愣，脸上的笑意顿时敛了敛。

"哎呀，你别装，我已经看到了。"

沈栖往他那边倾了倾身子，伸出拇指和食指按在他的嘴角两边，然后往上一提。

她顿时满意地笑了："你看，果然吃甜食就是会让人开心吧？"

许梧黯没动，任由沈栖在他脸上捣鼓。

沈栖拍了拍他的肩膀，语重心长地说："你要多笑笑呀，许梧黯。"

"我尽量。"

"不可以'尽量'，要'一定'。有我在你身边，你会越来越开心的。"

许梧黯看着眼前的沈栖天真可爱的样子，下意识把头转向一边，又不露痕迹地笑了笑。

其实这几个月已经是他情绪波动最大的几个月了。

而且，他每天的心情确实也越来越好了。

晚上两人在外面闲逛太久，吃完冰激凌就起身回去了。

刚走到许梧黯家楼下，沈栖就看到有一个穿着优雅的女人站在那儿，朝他们这个方向轻轻喊了声："小五？"

她喊的这声带着不确定的语气。

沈栖一愣，立马抬头看许梧黯。

许梧黯神色没多大变化，走了两步就来到女人面前。

他轻声开口向沈栖介绍："这是我妈。"

说完，他又转头看向女人："这是沈老师的侄女，也是我的朋友。"

沈栖连忙微微鞠躬，颔首道："阿姨好，我叫沈栖。"

许母头发梳得干净整洁，身上穿着深色的长裙，脸上还化着淡妆，虽然已经有了细细的皱纹，但丝毫不减风韵，不难看出她年轻时是一个美人。

看到许梧黯妈妈的长相，就可以知道许梧黯为什么长得这么好看了。

沈栖注意到许母脸上有一闪而过的惊讶之色，但很快就又换上了得体的笑容。

许母笑着跟她打招呼："沈老师长得好看，果然侄女也不差。"

沈栖不好意思地笑了笑。

许母没有跟她做过多的寒暄，随意聊了几句就客套着要送沈栖回家。

沈栖婉拒了许母的好意，跟他们道别后就先走了。

等沈栖的身影消失在了拐角处，许梧黯才转身跟着许母走了。

电梯里没有别人，只有他们两个。

许母先是问了几句他今天的学习情况，得到自己想要的答复后才询问起沈栖的事情来。

"她是沈老师的侄女，成绩应该不错吧？也在一中读书？"

许梧黯抿了抿唇，选择性回答："嗯，在一中读书。"

许母问他："你放学后去哪儿了？我看你这么晚还没有到家，担心你，所以到楼下去等你了。"

许梧黯沉默了一会儿，看着电梯里的显示屏说："有事。"

闻言许母也没有追问："行。很多事情你自己注意分寸。"

两人回到家，许父正坐在餐桌前看报纸，见许梧黯回来，随口问了句："今天学得怎么样？"

许梧黯没看他，低头换鞋："挺好的。"

"今天考试成绩出来没有？"

"第一名。"

许父满意地点点头，冲许母笑了下："还是小五让人放心。"

许母心情也很好，走过去拉开椅子坐下。

许梧黯不想听他们谈论自己，穿上拖鞋就往房间走。

身后传来父母的说话声，不难听出二人的心情很好——

"刚刚陈校长还在微信上跟我夸小五，说小五的成绩超出第二名不少，还说就他这个成绩，高考去 A 大 B 大都没问题，说不定还能给我们这儿拿个状元回来。"

"那些成绩一般的孩子，以后也不会有什么出息。他们爸妈还找借口说让孩子快乐就好。成绩都不好了，怎么快乐？"

"还是小五让我们省心，我们单位员工的孩子里面就数小五最有出息。"

"但他今天放学没有准时回家，不知道上哪里玩去了。眼下怎么能把时间用来玩？"

"嗯，你找个时间敲打敲打他。"

"我也是这么想的……"

听到他们喋喋不休的讨论，无论是夸奖还是责怪，许梧黯都觉得很讽刺。

自己是什么？不过是满足父母虚荣心的工具而已。

许梧黯坐到桌前，从书包里拿出试卷。今天原计划是每门课各做一份卷子，因为去了夜市，回来得晚了，所以他得抓紧时间做。

但他握着笔半天没有下手。

他脑子里乱乱的，不断回放着刚刚的画面。

他没有正面回答妈妈询问的有关于沈栖学习成绩的事情。因为她只喜欢用成绩来判定一个人。

许母一直认为许梧黯当下最重要的事情是学习，所以在她的安排里，许梧黯的全部生活只有学习，没有任何社交。

沈文锦跟许母提过许梧黯生病的事情，让她不要给他那么多的压力。

但许母没有在意，她觉得抑郁症只是小病，都是矫情想太多，所以依旧不停地给许梧黯施压。

连他的父母都不愿意关心他，那谁还会关心他呢？

他没想到沈栖会。

就算他的性格很孤僻，她依旧愿意和他做朋友。

他也只有沈栖这么一个朋友。

因为没有人愿意边被他刺痛边靠近他、关心他，所以他不停地给自己灌输自己不需要朋友的想法，不愿意把心底最想要的东西展现在他人面前。

沈栖却不顾他的抗拒，强行闯入他的世界。

她只是给了他一点光，但那一点光就能照亮他的世界。

她是"太阳"。

隔天，沈栖要去一中参加高一新生的军训。

自从她住到沈文锦家后，她便没有回过家了。前两天沈振则从外地出差回来特意带她去了一趟商场，将开学需要的东西都买齐全了，临走时还给她转了一笔零花钱，数额不小，告诉她有什么事情、缺什么都跟他说。

今天送她去学校的依然是沈振则，他一大早就将车停在沈文锦家楼下等着了。

沈栖下楼后，他接过她手中的行李："爸爸来放。"

沈栖把行李交给沈振则，自己坐到副驾驶座上，拿出手机打开微信。

Shenqi：早上好！我即将奔赴一中的战场。

许梧黯很快回复了消息。

许梧黯：早安，开学快乐。

她根本不快乐。因为高一新生要参加军训，许梧黯他们放假休息，这两周都不会回学校。

沈栖在键盘上打出一行字。

Shenqi：两周不会见了，许梧黯，不要忘了我。

沈振则放好行李上车，见沈栖在玩手机，问道："你在跟乔乔聊天啊？"

沈栖头也没回："不是乔乔。"

"那是林林吗？"

"不是，是别的朋友。"

沈振则一愣。

他的女儿好像长大了。在他的记忆中，除了林江月和沈栖以外，沈栖没有什么特别交心的朋友。

小姑娘长大了，她的社交圈里也已经不再都是他认识的人了。

他有些局促地搓了搓手，然后拉下手刹，发动车子。

没过多久，沈振则犹豫了一会儿开口道："你奶奶过段时间就要过生日了。"

话音一落，沈栖顿时不说话了。

沈振则没有明说，但两人都知道这句话的意思。

沈栖的奶奶并不喜欢沈栖。

奶奶过生日，沈栖并不想回去招人厌，可是她没有选择的权利。

沈振则用柔和的声音说："如果你不想去的话，可以不去。"

话虽然这么说，但事实是怎样，沈栖十分清楚。

她可以不去吗？如果不去，她要被奶奶指责不孝，被亲戚们戳脊梁骨。她其实也搞不懂，奶奶讨厌她，但是她不在场，奶奶又会变本加厉地骂她。

总之，木已成舟，过错已经犯下了。

哪怕她从头到尾都不知道自己九岁时到底做错了什么事，但后来大家都告诉她是她的错，她就真的认为是自己做错了。

沈栖推开沈振则的手，轻声道："爸爸，这么多年我都已经习惯了。其实不用对我觉得愧疚，我并没有怨过谁。我现在也在好好生活。我能继续生活在这个世界上就已经很幸运了。"

车子开到一中校门口，沈振则帮沈栖把行李搬到宿舍。

刚进宿舍，沈栖就看到跟大小姐一样坐在空床上的乔瞧，她的爸妈正弯着腰帮她整理床铺。

沈栖跟乔爸爸乔妈妈打了招呼。

现在沈栖跟乔瞧在同一个班，但后面进行分班考之后就不一定了。

沈振则帮她整理完床铺后就跟乔爸爸乔妈妈一起走了。

走之前，沈振则站在沈栖跟前，摸了摸她的脑袋，想说什么却又说不出口。

沈栖并不想为难爸爸说那些他说不出口的话。

其实他要说的无非就是觉得自己亏欠她。她不想让爸爸有这种感觉，因为在这个世界上爱她的人不多，爸爸是其中之一，而且是顶着双重压力还在爱她的人。

她抱了抱沈振则："爸爸，我没事的。"

沈振则眼神复杂，良久才道："那爸爸先走了，你在学校有什么需要我的记得打电话啊。"

"嗯，知道啦！"

沈振则走后，沈栖跟乔瞧结伴去学校食堂吃了午饭。

一中食堂的饭菜其实味道还不错，这让沈栖更加好奇一中的教工食堂的饭菜是不是更美味。

一中大部分都是住校生，学生需要跟家里联系，所以关于手机这块并没有特别严格要求，只是上课时间段必关机，不可以使用。

此时，沈栖拍下自己的午餐，把照片发给许梧黯。

Shenqi：一中的学生食堂好美味呀！

Shenqi：我什么时候有机会去尝一尝教工食堂的饭菜呢？

然而许梧黯似乎没有听懂她的意思。

许梧黯：考到年级前十吧。

要不是见识过许梧黯的"毒舌"功力，沈栖真的要认为他是在装看不懂了。

吃完饭，沈栖和乔瞧准备去小卖部买点东西。下午要进班级准备分班考，分班考结束后隔天就能出成绩，然后就要开始军训了。

两人挑了半天，最后一人拿了一支冰棒，找了个凉亭坐了下来。

沈栖长得惹眼，坐在那儿也不知道吸引了多少目光。有一些新生来要联系方式，都被沈栖拒绝了。

"啧，多交几个朋友怎么了？你不要太把许梧黯当回事，他凭什么一直能让你站在他身后。"乔瞧咬了口冰棒，含糊不清地说。

沈栖觉得乔瞧这句话说得不太对。

最开始她与许梧黯接触，更多的是被他的外表和他身上神秘的气质给吸引。这段时间和许梧黯相处下来，沈栖发现沈梧黯并不像表面那么冷淡，相反还挺可爱的。

一段关系中，两人既然能相处得开心，那就是有意义的。

她虽然还不知道许梧黯具体经历过什么，但是缺少家人的关怀与朋友的耐心对待肯定是其中之一。

可能是出于对同类人的惺惺相惜，她不想他一直以这样的状态生活。哪怕自己也找不到生活的方向，她也要许梧黯能够耀眼夺目地生活在这个世界上，而不是封闭在自己的世界里。

白天，她在他面前是一个"开心鬼"，想让他感受到自己的能量。晚上，沈栖困在自己情绪里的时候，她不想让其他人知道，只想把自己裹起来自我消化。

她希望许梧黯不要变成跟她一样的人。

沈栖朝远处的教学楼看了一眼，想到早上沈振则跟她说的话。

再过几天就要到奶奶的生日了,那个日子给她带来心理阴影……

沈栖正烦着,乔瞧突然拍了拍她的肩膀,打断了她的思路。

乔瞧犹豫片刻,问:"你是不是在为了你奶奶生日的事情烦?"

沈栖:"你怎么知道?"

乔瞧:"每年一到这时候你就这样。"

分班考试只考语文、数学、英语三门,下午加上晚自习时间正好考完。

试卷的难度中等偏上。

考完最后一门,乔瞧来找沈栖,她已经被试卷折磨得嗷嗷直叫:"我觉得我很努力了。希望上天眷顾我!"

沈栖安抚似的摸了摸她的脑袋。

"七七,你考得怎么样?我们还能在一个班吗?"

沈栖冲她摇了摇手指,揶揄道:"祈求上天。"

"你就祈求吧。"

两人吵吵闹闹,边开玩笑边回了寝室,同寝室的几个室友对沈栖只说过几句客套话。

有一个室友的态度很冷漠,对任何事都是一副漠不关心的样子,尤其对沈栖。刚才她进来,还对沈栖翻白眼。

沈栖也不傻,既然人家不喜欢自己,那自己也不用自讨没趣地凑上去。明天分班考成绩出来,班级一划分,寝室也跟着划分,大概率两人也要分道扬镳了。

今天她们是第一晚,也是最后一晚做室友。

手中的手机突然振动了下,沈栖收回视线垂眼一看,心情顿时欢愉了。

许梧黯:辅导班刚下课,你考完了就别想太多了。

沈栖前面给他发消息抱怨这次分班考的题目太难了,恐怕自己要辜负许梧黯跟沈文锦这些天对她的加强补课了。

沈栖捧着手机,眉眼笑得弯弯的。

Shenqi:你现在在回家的路上吗?

Shenqi:路上注意安全。

沈栖顺手给许梧黯改了备注，她觉得许梧黯有时候呆得像根木头，就将他的备注改成了"姓许的木头"。

早上六点二十分，沈栖就被广播的早起铃声吵醒了。她迷迷糊糊地掀开被子，看到宿舍里的人已经陆陆续续起来了。

沈栖也没磨蹭，把被子略微整理了一下就爬下了床。乔瞧还躺在床上睡得正香，对耳边响亮的起床铃声充耳不闻。

沈栖担心乔瞧再睡下去要迟到，拍了乔瞧几下，把乔瞧拍醒。

她端着洗漱用品走到洗漱室门口，看到里面已经站了一群黑压压的人。

排了六七分钟才轮到沈栖洗漱，她人已经蔫了，有气无力地开始刷牙。

她对住校生活已经失去了最后一点憧憬。

沈栖洗漱后就拉着乔瞧去公告栏那里看分班情况了。

两人到得早，公告栏那里也没什么人。

沈栖朝后面的几个班级表瞥了几眼，一下就看到了自己的名字。

沈栖，高一（九）班。

沈栖开心极了！自己的成绩果然还是对得起暑假的努力！

一中高一年级共有十四个班级，其中两个是创新班，两个是重点班，剩下十个班级都是普通班。

但普通班也做了划分，分班考成绩最差的学生被分在了一到三班，分班考成绩中等的学生被分到了四到七班，而分班考里的翘楚则被分到了八到十班。

乔瞧踩着线被分到了九班，她看到这个消息的时候简直喜极而泣。

到教室的时候，班上还没来多少人。

沈栖跟乔瞧找了一处靠窗的位置坐下，从口袋里掏出手机给许梧黯汇报自己的分班情况。

班上有男生从她们这边路过，见沈栖在玩手机，好心提醒了一句："老师快来了。"

沈栖听后，把手机放回口袋里，抬头冲男生礼貌性笑了下："谢谢。"

男生摸了摸鼻子，突然腼腆了起来："没事。"

说完，他就走到沈栖后桌坐下了。

这时，旁边有个穿着红色 T 恤的女生经过，有意无意地撞了一下沈栖的胳膊，还喃喃自语："这种人也能分到九班来。"

沈栖盯着她的背影，没有说话。

没过一会儿，老师抱着书走进了教室。

那是个男老师，长相中规中矩，戴着一副黑框眼镜。刚放下书本，他跟同学打了个招呼，就开始滔滔不绝地做起了自我介绍。

老师名叫方春强，是沈栖她们班的班主任，教语文。

"我就介绍到这里。接下来就把时间留给大家，大家按照名单上的顺序依次进行自我介绍。"

开学果然是逃不过这一个环节。

第一个站起来的是一个戴黑框眼镜的男生，人长得普通，小麦色肤色，话少，介绍完自己的名字就坐下了。

看到下一个站起来的人时，沈栖着实愣了下。

"大家好，我叫付雯。"

付雯亮眼的红色 T 恤让沈栖想起，原来她就是刚才那个对自己有敌意的女生，也是那个对自己冷漠、经常翻白眼的室友。

沈栖原以为自己会和她分道扬镳，结果两人又被分到一个班了。

"我平时喜欢跳舞，得过很多奖项，这次我有意竞选我们班的文艺委员，请大家到时候多多支持我。对了，除了跳舞，我……"

看着她滔滔不绝地自我介绍，沈栖心里只琢磨着自己哪里得罪了她。

"沈栖？"

讲台上的班主任叫了沈栖的名字，沈栖吓了一跳，条件反射，立马站了起来。

也许是因为她起身的动作幅度太大，方春强冲她笑了笑："没事，不要紧张，你的名字是读 qī 还是 xī？"

同学们循声看了过来，看清沈栖的长相后，不少人开始感叹。

"啊，好看！"

"美女啊！"

"刚刚怎么没发现我们班还有这等美女？"

沈栖缓了缓，回答道："是 q ī。"

她看到右前方的付雯看了过来，神色明显暗了暗。

沈栖不动神色地收回视线，弯着唇道："我叫沈栖，栖息的栖。很高兴能跟大家成为同学，以后也请多多指教。"

班上响起掌声，声音明显比之前都热烈了些。

沈栖坐下后，还是可以感觉到从四面八方投过来的视线。

这时，坐在前座的敦厚男生转过身和沈栖打了个招呼。他热情地跟沈栖介绍起自己，大有把自己祖上的光荣事迹都说出来的架势，一句接一句话说得极快，愣是让沈栖接不上话。

同学们做完自我介绍，班主任开始分座位。

沈栖跟乔瞧的位子是分开的，沈栖的新同桌就是班上第一个站起来做自我介绍的男生，叫路楠。

路楠是班里的第一名，两人坐到一起后，除了互相点了个头算是打了招呼，就再也没有别的互动了。

中午放学放得早，班主任让大家领了军训服后就回宿舍休息。

看到宿舍名单的那一瞬间，沈栖直接傻了。

她实在没想到自己还是跟付雯住同一个宿舍，如果不是两人相互排斥，沈栖都得感叹一下这奇妙的缘分。

乔瞧过来帮她搬行李的时候，发现她脸色不太好。难得看到沈栖吃瘪，她笑道："你们才认识一天，以后还是好好相处吧。"

沈栖吃力地搬着行李："如果眼神能杀人，她应该杀了我一百遍了……"

"这么憋屈？那你回击！"

沈栖："等下次她还正面挑衅我，我一定回击！"

乔瞧乐得直笑："你之前可不是这样的。"

沈栖见状直起身板撩了撩头发："刚开学，给同学留个好印象。"

到新宿舍的时候，付雯刚好在里面，两人刚对上视线，就当作没看到对方一样，各自移开了视线。

宿舍里的其他人倒是挺好相处的，都凑上来打了个招呼。

沈栖刚铺好床，口袋里的手机就响了，她拿出来一看，眼睛瞬间亮了。

许梧黯给她打电话了！

她立马把手头上的东西抛下，乐滋滋地跑到阳台上接电话。

接通电话，沈栖弯着眉眼心情很好地喊了声："许梧黯！"

许梧黯应了声："班级氛围怎么样？你现在是到宿舍了吗？"

沈栖想起来自己早上给他发过分班情况。

"氛围……还可以吧。还有，我进宿舍啦，在阳台给你打电话呢！"

"嗯，祝贺你进九班。"

"暑假我的努力没有白费！"

"沈栖同学，辛苦了。"许梧黯的语气温柔了起来，接着，他又开口道，"开学快乐。"

沈栖明明早上还看到过许梧黯给她发文字版的"开学快乐"，但此时此刻这四个字从许梧黯嘴里念出来，沈栖顿时觉得充满了动力。

"嗯！开学快乐。"

许梧黯挂断电话准备收起手机，突然，手机屏幕上弹出来一条信息。

他垂眸看了一眼，信息一条接着一条弹出来，都是同一个手机号码发来的，归属地是宜安市。

许梧黯没点进去看那些信息，无非就是些辱骂他的话。

他指尖一滑，将刚刚发来的信息删除，也没拉黑那个号码，把手机放回口袋就往补习班的教室走去。

他无所谓了，自打来了俞峡，这个号码便会每隔一段时间就发几条信息过来。许梧黯知道发信息的人是谁。

刚开始他还会因为这些信息情绪失控。

后来有一次，他刚收到信息，下一秒沈栖就发来了几张她的自拍照。

Shenqi：**几日未见，给你看看我的盛世美颜。**

许梧黯看着那几张照片，小姑娘笑得眉眼弯弯的模样的确很能抚平他的情绪。

他原本还有些急促的呼吸慢慢平缓下来，眼神柔和地看着手机里的照片。

随后沈栖又发来一条信息：**我不在你身边，也不要忘记我！**

许梧黯看到这句话不禁弯了弯唇。

于是许梧黯不再去注意手机里的那些短信，他将那些短信删除，让它们从手机里消失。

只有沈栖会让他觉得自己开始了一种不一样的生活，从她在巷子里帮他解围后，许梧黯明显能感觉到自己的生活轨迹在变化。

而且这种变化还是自己想要的。

顶着烈日，操场上的一群人正站着军姿。

沈栖上午还待在空调房里凉快，下午就开始了漫长的军训。

校领导致辞一结束，操场上的班级瞬间解散，重组成一个个同样大小的方阵。

沈栖抬头看了看头顶的骄阳，只觉得时间过得特别慢。

她这一抬头，教官立马注意到了她的小动作，呵斥一声，直接把沈栖从队伍里叫了出来。他先是厉声训斥了她一番，然后罚她在外面站军姿。

这个教官似乎是所有教官里最严格的一个了，性子火暴而且严厉。

沈栖只是抬头看了看就被他抓出来一顿训斥。她算是知道了，教官刚来第一天，这是在杀鸡儆猴呢。

而自己就是那只"鸡"。

一连几天下来，这教官像是盯上沈栖了。沈栖稍有一点小动作就会被抓住，甚至有时候表情没管理好也会被教官拎出来说，这让沈栖不禁怀疑教官是不是在针对她。

军训进行了七天，沈栖就坚持不住了，选择请假回宿舍休息。

沈栖刚躺到床上拿出手机，就看到十分钟前许梧黯给她发了一条信息——许梧黯可是很少主动给她发短信的。

姓许的木头：你们每天什么时候休息？

沈栖一看到，立马给他拨了个电话，电话一通，她马上语气轻快地冲那边喊了声："许梧黯！"

"你已经休息了吗？"听筒里传来他的声音。

沈栖"嗯"了声："在宿舍了。"

许梧黯一愣，随后又问："那我怎么看你们还在操场上训练？"

沈栖一愣，一下从床上坐了起来："什么？你在学校吗？"

"嗯。"

沈栖："你在哪里？"

许梧黯说了他所在的位置，沈栖连忙爬下床穿上鞋往那边跑去。刚跑到宿舍旁边的围栏前，就看到了站在围栏外面的许梧黯。

"你怎么来了？"沈栖一路狂跑过来，累得直喘气，她抬头看了一眼许梧黯。

许梧黯把手中的奶昔从围栏缝隙里递了过来："顺路，给你带的。"

沈栖接过一看，是一杯枊果奶昔。

她问："怎么突然给我带这个？你今天不用上课吗？"

"今天休息。"许梧黯往操场的方向看了一眼，"你怎么在宿舍？"

沈栖想避开这个问题，但许梧黯一直直视着她的眼睛，让沈栖无从躲避。

她抓了抓脸，目光看向别处："那个，我不舒服，就回宿舍休息了。"

许梧黯微微颔首。话虽这么说，但他一点看不出沈栖有哪里不舒服。

小姑娘扎着一个高马尾辫，因为出了汗，额前的碎发贴着头皮。她面色红润，挺有精气神的样子。

沈栖像是怕他追问什么，忙东拉西扯起来，一下说军训有多苦，一下开始讲她教官的事，小嘴停不下来。

许梧黯沉默着。他其实很想开口问一句她渴不渴，但还是默默将这句话憋回去了。

要是真问出口，小姑娘肯定又要矍毛。

许梧黯就站那儿静静地听着沈栖说话，也不附和，但沈栖知道他在听。

突然，耳边的声音消失了。

一双白皙纤细的小手穿过围栏的缝隙抓住了他的衣摆。

他抬了抬眸，沈栖歪着脑袋笑："许梧黯，你今天来看我，我真的好高兴。"

自此以后，因为许梧黯会不定时地来学校"投喂"沈栖，沈栖的军训生活倒也没有过得苦不堪言。

军训结束，沈栖和班级里的人拍完大合照之后就跟乔瞧一起回寝室收拾东西准备回家。

"你还不回家吗？"走在楼梯上的时候乔瞧突然问了一句。

沈栖："我准备回我小姑那里。"她不想回自己家面对那压抑的氛围。

乔瞧伸了伸腰："那你妈不又得生气了？"

听到这话沈栖没吭声，的确，再怎么样她都做不到对自己的妈妈无动于衷。

二人在宿舍门口分开了。

军训结束后高一新生就可以回家了，现在宿舍里到处是学生，走读生都在寝室打包行李准备回家。

沈栖在柜子前收拾东西的时候，同宿舍的祝期从她身边经过，顺口问了一句："沈栖，你不住校啊？"

"嗯，住校太不自由了。"

祝期问："你家就在市区吗？不然走读不太方便吧？"

沈栖点点头。

这时付雯从她身边走过，视线微微一动，翻了个白眼。

沈栖："……"

她安慰自己不生气，不与这种人一般计较。

沈栖没让沈振则来接她放学，因为她刚和许梧黯说好了，军训结束后让他来接自己放学。

沈栖和乔瞧道别后，伸长脖子四处张望，在人群中寻找许梧黯的身影。

但看了好一会儿她都没有看到许梧黯，刚想给许梧黯打电话时，沈栖感觉自己的肩膀被人拍了拍。

她以为是许梧黯，顿时欣喜地回过头。

沈振则的脸出现在她的视线当中时，她眼里的光顿时暗淡下去了，因为车里肯定还有其他人。

"爸，你怎么来了？"沈栖问道。

沈振则说："给你一个惊喜嘛。怎么？我来接你你还不乐意了？"

沈栖摇了摇头："没有。"

她拽着行李箱的手紧了紧，一时间有些不知所措。

沈振则是来接她的，她只能跟在他的身后，穿过人群往车子走去。

刚到车子前，沈栖就看到副驾驶座位上坐着一个意料之中的人——陈淑礼。

沈振则还在帮沈栖往后备厢里搬行李，沈栖只能先上车，乖巧地喊了一声"妈妈"。

陈淑礼听见沈栖喊她，也只是抬了抬眼睛，淡淡地"嗯"了一声，便没有了声响，也没问沈栖的生活状况。

沈栖关上车门，靠在椅背上也不出声。

她侧着头，目光落在校门口那一群学生和家长身上。

过了一会儿，沈振则上了车，将车子缓缓倒出停车位。

"七七，我开了空调，把车窗升上去了啊。"沈振则在前座说。

沈栖应了一声，看着车窗慢慢往上升起。就在这时，她看到了站在路边的许梧黯。

沈栖心里咯噔一下，身子顿时直了起来。

许梧黯也抬起头，两人的视线对上，但下一秒，升起来的车窗挡住了二人的视线。

沈栖还能看见他，但他已经看不见沈栖了。

许梧黯来了，他遵守二人的约定过来接她放学了，但她失约了。

沈栖赶紧掏出手机，手指飞快地在键盘上打字，想跟许梧黯道歉。

叮——

沈栖准备按下发送键的动作顿住，许梧黯发来了一条信息。

姓许的木头：没关系。

沈栖手机输入框里的"对不起"三个字孤零零地躺在那里，迟迟没有被她发送出去。

他早就料到她会说什么，所以抢先一步给她发了这条消息。

Shenqi：对不起，我不知道我爸妈会来……

信息发出去没过一会儿，手机就振了两下。

姓许的木头：路上注意安全。

许梧黯好像能随时察觉到她的情绪变化，洞悉她内心的想法。

沈栖强忍不快，给他发了一句：下次请你吃饭赔罪，不要拒绝我！

姓许的木头：好。

沈栖按下锁屏键，一闭眼就能想到许梧黯站在太阳下等候自己的身影。

来接她放学这件事本就是她最先提出来的，她跟许梧黯撒娇，让他来接自己放学。可当许梧黯同意后，反而是她失约于他。

在她想要跟许梧黯发信息道歉的时候，他也像是察觉到她的想法一般，率先发来一句"没关系"，安慰她，让她不要介意。

明明是她爽约，他却还要反过来安慰她。

看着车窗外飞速闪过的建筑，沈栖心里很郁闷。

"七七啊，"坐在驾驶座上的沈振则突然喊了她一声，没等她回应便接着道，"在小姑家玩够了吧？今天可以回家了吧？"

对于这句话，沈栖并没有觉得意外。

仔细算算时间，这一次她在沈文锦家住的时间已经够长了。

她低声答了一句"好"。

她说完有一点点难过，不知道自己以后还能不能跟许梧黯一起上学了。

几乎是在她答出这句话的下一秒，沈栖看到沈振则松了一口气。

那一瞬间，沈栖突然有点同情自己的父亲，一直夹在她和她妈妈之间，他也很难吧？

沈振则说："按照你妈的指示，我已经提前帮你把在小姑家里留下的行李收拾好了，就放在后备厢呢。"

沈栖心一冷，她就知道这件事本来就没有商量的余地。

"那我直接开回家了啊？"

"嗯。"

沈栖家离一中较远，回家的路上还路过了沈文锦和许梧黯所在的小区。

沈栖只来得及看一眼，车子就飞快地行驶过去了。

她收回视线没再说话。

回家住了，她以后就不方便跟许梧黯一起上学了。

车子停在小区楼下，沈振则帮沈栖把行李搬上楼后没打算久留，他环顾了下周围："应该没有什么要帮忙的了。"

沈振则收回视线，摸了摸沈栖的脑袋："那爸爸就先走了，明天早上爸爸来接你去奶奶家。"

闻言，沈栖收拾东西的动作一顿，继而头也没抬地继续收拾："嗯，好。"

沈振则深深地看了她一眼，最终还是什么也没说，叹了一口气离开了。

听着身后沈振则的脚步声越来越远，沈栖刚刚压抑着的情绪又在心里翻涌起来。

大家好像都很难过。

晚上吃饭的时候，陈淑礼难得没有出门，而是在厨房做菜。

两人的晚餐准备三菜一汤就够了，长方形的餐桌前，陈淑礼坐在主位，沈栖坐在她的一侧。

沈栖埋着头吃饭，眼睛只看着碗筷、指尖。餐厅里的氛围尤为安静，除了汤匙碰撞碗筷发出的声音，再无其他声音。

突然，沈栖听到身旁的陈淑礼把碗筷放下了，碗与大理石桌面碰撞，发出一声轻微的声响。

她扒饭的动作一顿，继而缓慢地抬起头，视线落在陈淑礼身上。

"七七，"陈淑礼开口，"军训时感觉怎么样？"

这是很平常的一句话，但沈栖有些意外，意外于妈妈居然会询问她的生活感受。

这一句普通的问话，却是沈栖最为憧憬的。

沈栖低下头："挺好的。"

她止住想跟妈妈分享生活细节的欲望，因为陈淑礼可能只是顺嘴问一句。

沈栖的克制也让陈淑礼觉得有些意外。

换作以前，在她问出这句话以后，沈栖便会十分热情地说起自己在学校里的生活，跟她分享自己遇到的新鲜事。

可看到沈栖今天冷淡的态度，她才反应过来，不知道从什么时候起，沈栖对她远远没有之前那般热情了。那个她随口问一句，就会得到对方长篇大论回复的场景，在不知不觉中消散了。

沈栖是从什么时候起变成这样的呢？她不记得了。

或许是她疏于关照开始，又或许是沈栖初三那年她将沈栖关在房间关了一天之后开始。

她好像已经很久没有关心过自己的女儿了。

或者说，自从沈康走后，她就再也没有关心过这个女儿了。

想到这儿，陈淑礼的脑袋一阵刺痛。

她手指按着太阳穴，神色有些痛苦。

沈栖见状立马凑过来，有些焦急地喊："妈。"

她按住陈淑礼的手："头又疼了吗？我去给你拿药。"

沈栖在家里的药箱里找到陈淑礼服用的药，却发现药盒是崭新的，没有打开过。

她有些怀疑，但听到耳边传来妈妈痛苦的呻吟声，她顿时收起自己的思绪，拿着药跑了过去。

她给陈淑礼端了一杯水，把药递到陈淑礼面前："妈。"

陈淑礼看到药的一瞬间却是一愣，脸上浮现出抗拒的神色，但在沈栖的注视下，她还是接过水和药，一口吞了下去。

陈淑礼一只手按着太阳穴，身子无力地倚靠在餐桌旁。

沈栖刚想问什么事情，陈淑礼就冲她摆摆手："我没事。"

沈栖就要脱口而出的话卡在喉咙里。

陈淑礼在餐桌旁缓了一会儿才好些，她直起身子，看到餐桌上的碗筷已经被沈栖收拾好了。

她看向正在厨房洗碗的沈栖，心里五味杂陈。

"七七。"

沈栖回过头看向陈淑礼。

陈淑礼说："你现在已经上高中了，要懂事一点了。"

说完这句话，陈淑礼突然愣了一下。

她忘记了，沈栖一直都是一个懂事的孩子。

沈栖听到陈淑礼的话也只是淡淡地"嗯"了一声，没多做别的反应。

她们母女之间的气氛一直都不是很活跃，基本上都是属于相顾无言的那种。

今天晚上算是今年两人说过最多话的一天。

沈栖洗完碗筷从厨房里出来时，陈淑礼已经不在餐桌旁了。她没有多想，收回视线擦干净手便回了房间。

比起跟妈妈的相处，让她更心烦的是明天要去奶奶家。

清晨。

听着窗外传来的鸟鸣声，沈栖慢吞吞地从床上坐了起来。

她眼下发青，整个人看起来病恹恹的。想到今天要去奶奶家，沈栖一晚上没有睡好。

刚走出房间，她就看到了坐在餐桌前吃饭的陈淑礼。

她一愣，随后开口喊道："妈。"

陈淑礼也意外她会起得这么早，朝她点点头："洗漱完了过来吃早饭。"

沈栖点点头，转身走进洗手间。

刷牙的空隙，她不禁又想到刚刚看到的陈淑礼的样子。

陈淑礼穿戴整齐，时间尚早，但她已经化好了妆，看样子今天是要出门。

她已经跟沈振则离婚了，沈栖奶奶的生日她自然不用特意回去参加，那她只可能是跟别人有约了。

陈淑礼自从和沈振则离婚以后，换了一个又一个男朋友，每一个都是正常交往，但都谈不长久。

沈栖洗漱完走出洗手间时，陈淑礼正好吃完早餐站起身，见状便对沈栖道："我出门了，今天你奶奶过生日，你帮我问个好。"

沈栖点点头，走过去在餐桌前坐下。

餐桌上摆放着白粥和一些小菜，太过素淡，她有些没胃口。

陈淑礼走到门口，似乎又想到什么，道："今天吃完饭早点回家，明天早上还要去学校。"

军训完沈栖就要正式上课了。

沈栖之前还琢磨着明天和许梧黯一起上学，但看这情况，似乎也没有机会了。

陈淑礼说完就走了，一时间，两百多平方米的大房子里只剩下沈栖一个人。

吃完早餐，沈栖回到房间，刚拿起手机就看到沈文锦十几分钟前给她发的消息，问她起床了没有。

沈栖回头望向窗外，今天天气很好，万里晴空，很适合出去游玩。

她给许梧黯发了条信息，问他在干什么。

姓许的木头：做题。

Shenqi：拜托，这么早！我又被你激励到了。

Shenqi：学霸都还在努力，我这个"学渣"怎么好意思闲下来？

姓许的木头：感觉你闲得……乐在其中？

房间里安静了一瞬，沈栖瞬间炸毛，手指划拉几下，一个电话拨了过去。

电话一接通，她没等许梧黯说话便道："谁闲得乐在其中了？你怎么知道我现在没有在学习？许梧黯，你这人怎么还对别人有刻板印象呢？"

电话那头的人安静了一会儿。就在沈栖准备开口询问的时候，她听到许梧黯在那头问了一句："哦，我误会你了？"

如果这句话是陈述句，沈栖会开心很多，但她的确无法反驳许梧黯。

她道："哼，没有。"

这句话沈栖说得很坦荡，丝毫没有落寞感，反而还带着一丝骄傲的意味。

话音一落，许梧黯那边顿时没了声音。

沈栖猜他应该是在想该怎么反驳自己，便安静下来等着。她倒要看看许梧黯能说出什么话。

但等了十几秒钟，她也没听到电话那头有什么回应，刚想开口说话，许梧黯就开口了。

"沈栖真厉害。"

这逗小朋友的语气是怎么回事？

"许梧黯，明天一中就正式上课了。"

许梧黯"嗯"了一声便没有了声响，似乎在示意她往下说。

沈栖："我本来想跟你一起去学校的。"

"那就一起——"

"但我现在回自己家了。"沈栖打断许梧黯的话。

电话那头瞬间没有了声响。

沈栖这句话的意思是"我回家了，我没有办法跟你一起上学了"。

电话那头的许梧黯沉默了一会儿，"嗯"了一声。

沈栖本想试探许梧黯是不是也很想跟她一起上学，但单从这个"嗯"字，她还真听不出许梧黯是什么情绪。

没达到自己的目的，沈栖决定加一把火："可是我好想跟你一起上学啊。"

听筒里只有浅浅的呼吸声，许梧黯似乎在思考要说什么。

约莫十秒钟之后，许梧黯开口了："我们可以一起上学。"

沈栖挑眉："虽然我去学校会路过你家，但咱俩的家离得还挺远的，时间很难凑到一起。"

许梧黯说："我在小区门口等你。"

闻言，沈栖开心极了，但她还想故作矜持地推托几句再答应下来，不过听筒里又传来了许梧黯的声音："但是……"

沈栖一下警惕起来："但是什么？"

许梧黯说："我一般六点二十就出门了。"

学校七点二十上早自习。从许梧黯家到学校大概是十分钟的路程。

六点二十出门，如果她要配合许梧黯的时间，那她最迟五点半就要起床，洗漱收拾，然后赶二十多分钟的路去许梧黯的小区那儿。

五点半起床，这不是要她的命吗？这学，好像也不是非得一起上了。

就在她想找个什么借口拒绝的时候，许梧黯的声音轻飘飘地从听筒里传来："好好学习，天天早起，这点困难应该可以克服吧，沈栖？"

沈栖："……"

许梧黯什么时候学坏了？还学会不动声色地激将她了？

她结结巴巴地说："当……当然！但是，嗯……有困难。"

"怎么困难了？"

沈栖说："我爸爸应该要送我去学校的——"话音一转，她道，"放学我们可以一起回家。"

但她没想到的是——

许梧黯："我晚自习十点半下课。"

沈栖："……"

草率了，她忘记了许梧黯上高三比她多两节课的事情。

"所以，你等吗？"

许梧黯的声音轻飘飘地从听筒那端传了过来，他的语调微微上扬，看似在反问，又像是在嘲弄她。

沈栖咬着牙："当然，等。"

不就两个小时吗？她等得起。

　　早上十点多的时候，沈振则来接沈栖，准备去沈家老宅。

　　车上还坐着沈文锦，她正在跟沈振则聊天，聊的话题还是沈栖。

　　"哥，明天七七就正式上课了，到时你送她去啊？"

　　"嗯，我明天也没事。"

　　"你这也挺不方便的，又不住家里，还得特意从你那里赶到七七那里接送她上下学。"

　　沈振则乐呵呵地说："这有什么办法？不过啊，我最近考虑换一个住处，在七七她们那边买一套房子住过去，这样也方便我照顾七七。"

　　"这样会方便很多。"沈文锦叹了一口气，"你说你让七七住我那里多好，上下学都不用担心时间问题，离学校只有不到十分钟的路程，拐个弯就到了。"

　　沈振则笑着，却不接沈文锦的话。

　　沈文锦也没办法，转头对上沈栖的视线，给了她一个爱莫能助的眼神。

　　沈栖叹了一口气。

沈家老宅在乡下，是一套类似于四合院结构的房子，除了供人住校的那一栋是二层楼房，剩下几栋都是一层小平房。院子中间露天的地方栽了一棵树，沈栖记得那是沈家人在沈康出生时为了庆祝他的到来而种下的树，到现在不过长了十多年。

　　沈栖的奶奶今年六十七岁，因为沈栖的爷爷在沈栖出生前就去世了，所以她奶奶现在一个人住在老宅。家里大人提出带老太太去市里居住，但她不愿意，大家没法子，只能依着她，给她请了个保姆，让保姆常年在家照顾她。

　　沈栖一下车就看到老宅门口停着两辆汽车。

　　沈文锦从她身后下来，也看见了那两辆车子，转头跟沈振则嘀咕道："大哥大嫂今年回来了？"

　　沈振则看了一眼那两辆车："应该是。"

　　沈奶奶一共生了三个孩子，两个男孩一个女孩，沈文锦是家里的老幺，沈振则排行老二，他还有一个比他大五岁的哥哥，是沈栖的大伯。

　　大伯沈振阳因为工作问题，是在宜安市安的家。

　　沈家以前并不是俞峡的，是因为沈老爷子工作调动才从宜安来到俞峡的。宜安那边是沈家的老家，老一辈的亲戚都在那边，沈老爷子和沈康就是安葬在老家那边的。

　　沈栖不喜欢她的伯父和伯母。

　　大伯父一家也只有一个女儿。当年沈栖的弟弟沈康出生时，备受老太太的喜爱，每次一大家子聚在一起时，她大伯父一家就喜欢对她说一些挑拨她跟沈康关系的风凉话。

　　沈栖跟在沈振则和沈文锦身后走进屋子，出来端水的保姆谷姨看到他们，"哎呀"一声迎了上来。

　　沈振则点点头："谷姨，我妈最近情况怎么样？"

　　"老太太最近精神可好了，可能是知道你们要回来，这两天她饭吃得也多了不少。"

　　沈振则没有多问，抬脚往正房走去。

　　沈栖跟在他身后，谷姨跟她一起走进去。

　　她一年也就回来这么几次，谷姨也有半年没见过沈栖了，这下见到沈栖，忍不住笑着说："七七越来越好看了，比小时候还好看了不少，真是……"

话说到一半，她突然止住话头，随后轻轻抬手拍了下自己的嘴巴："我真是，说这些干什么？来来来，我们快进去吧。"

沈栖见状弯着唇笑了下，她当然知道谷姨为什么会突然止住话头，小时候家里人都不会在老太太面前夸沈栖长得好看，这是忌讳。

因为老太太觉得红颜祸水，后面她弟弟沈康夭折了，老太太就更相信这一说法了。

沈栖走进里屋，看到正对门的沙发上坐着老太太，她的左手边坐着沈栖的大伯母，右手边坐着沈栖的堂姐沈意。沈意前两年嫁了人，现在手上还抱着一个婴儿。

见到沈振则他们进门，大家的注意力都被吸引过来。

"振则和文锦来了啊。"

老太太也抬起头："老二老三来了。"

一屋子里的人像是根本没有看到沈栖一般。

沈栖对此早已习惯，她坐到沙发上，掏出手机开始看。

这时，坐在一旁的沈意突然开口道："那是七七吧？两年没见，真是越来越漂亮了。"

话音刚落，整个屋子里的人瞬间安静下来，大伯母也拍了一下沈意。

沈意这才意识到自己说错话了，顿时闭上嘴。

沈栖抬起头，环顾了一下周围人的神色，轻轻地"嗯"了一声。

屋子里的气氛一时很尴尬。

最后还是老太太出口打破了寂静："漂亮有什么用？"

沈栖和沈振则都很尴尬。

沈振则不悦地喊了一声："妈。"

沈文锦顿时打圆场："来，妈，快看看我给你买的衣服。"

话题被转移开，沈栖松了一口气。

沈振则坐在沈栖旁边，轻声安慰她："你奶奶的话你别放在心上。"

沈栖应了一声。

其实老太太也不是忌讳"漂亮"这个词，她只是忌讳将"漂亮"这个词用在沈栖身上。

当别人夸赞沈意漂亮的时候，老太太还能笑呵呵地跟那人说上几句话，但有人夸沈栖漂亮，她就会不高兴。沈栖是沈康的同胞姐姐，她认为就是因为沈栖太漂亮所以才会招来祸水，沈栖的弟弟才会夭折。

吃过午饭，老太太回房间看电视去了，沈振则和沈栖的大伯父他们坐在树荫下聊天，沈栖饭后散步消食。

路过厢房的时候，她听见里面传来一男一女的说话声。

"你夸堂妹漂亮，奶奶为什么要生气啊？"

沈栖听出这是堂姐夫的声音。

"这个啊，应该是小时候的事情吧。"

沈栖不想偷听别人说话，但她的双腿像是被钉在原地一般，身体做不出反应。

"沈栖以前还有一个弟弟，是我们这一辈唯一的男丁，但因为突发心脏病去世……奶奶把这件事全怪在她头上。"

堂姐夫说："那你这堂妹还挺可怜的，童年肯定不好过吧？"

"说来话长，你是不知道那段时间奶奶骂她骂得有多难听，说她是扫把星。要不是我小叔和小姑拦着，沈栖都要被送走。"

"你们家这都是什么事啊？"

"而且，这件事情之后，沈栖妈妈的脑子就有点不正常了，没几年她爸妈就离婚了。这么一想，沈栖的确挺可怜的。还好我爸妈当年就没想过生二胎……"

沈栖没有再听下去，独自一人来到了后院。

她不想去想这件事，但一回到这个地方，她的脑海里就总是会浮现出童年的种种场景。

堂姐沈意说的都是真的，没有一丝夸大，反而还收敛了不少。

她以前就是这么过来的。

吃过晚饭，沈栖便想回家了，但沈振则说多聊一会儿再走。

沈栖没办法，这里不是城市，这么晚了，早就没有公交车了。

大人在庭院里聊天，沈栖不想参与其中，就拿着手机依靠在门柱旁和许梧黯聊天。

许梧黯这个时间还在做习题，一天下来就没有停下过，沈栖是真的佩服他的意志力。

Shenqi：许梧黯，凭你的成绩，重点大学应该随你挑吧，你想考哪所？

姓许的木头：随便，都可以。

沈栖有些不解，他这么聪明，对未来没有清晰的规划吗？

她正想调侃一下许梧黯，耳边突然传来一阵小孩的哭闹声。

沈栖抬起头看过去，声音是从里屋传来的，好像是堂姐家的小孩睡醒了，正在哭闹。

她看向小院，想找寻堂姐的身影，却发现她不在。院子里的大人似乎也没听到小孩的哭闹声。沈栖不想去打断他们说话，不想被一群人注视。

她走进屋子，准备先进去查看一下情况。

走进里屋，哭声越发响亮。小孩睡在婴儿床里，双手紧握拳头，哭声一声比一声大。

沈栖皱了皱眉，走近查看情况，不知道他是饿了还是尿了。

她伸手轻轻拍了拍小孩："宝宝乖，乖……"

小孩的哭声有所收敛，但还是没有停下来。

沈栖正想着该怎么办，就听到身后传来一阵脚步声。

她回过头，跟老太太的视线撞上。

只见老太太微微一愣，立马加快步子朝她走来。走过沈栖身边时，老太太还伸手推了她一把："让开，离轩轩远一点。"

沈栖被推了一把，一下没站稳，跟跄了两步才堪堪稳住身子。

这时，沈意也赶到了："怎么了？是不是轩轩醒了？"

说完，她快步走到床边，抱起婴儿床里的婴儿哄起来。

"你跑哪里去了？小孩哭这么大声你也听不见！"老太太不满地责怪道。

沈意说："我刚刚上洗手间去了。没事，孩子就是饿了。"

老太太说："我是让你看好孩子，别让不三不四的人靠近轩轩。"

此话一出，房间里的人都愣住了。

沈意神色有些尴尬："奶奶，你说什么呢？"

沈栖抬眼看向老太太。

老太太也毫不掩饰眼里的厌恶神色，直言道："你可要看好轩轩，远离一些人。"

沈栖冷笑一声。

她的奶奶年纪越大，说话也越来越直白，有什么话都不暗着说了，都是当面讲出来。

沈意抱着孩子，一时间竟不知道该说些什么。

沈栖目不转睛地盯着老太太："我在奶奶眼里就是这样的人吗？"

老太太没有搭理她。

沈栖无视沈意递过来的眼色，继续道："您从我小的时候就厌恶我。现在您又不允许我靠近堂姐家的小孩，在您眼里我就真的那么不祥吗？"

老太太终于把视线重新落在她身上："你弟弟被你害死这个教训还不够吗？你还要祸害多少人？"

"我害死的吗？"沈栖有一种深深的无力感，但还是耐着性子说，"弟弟是因为心脏病离开的。谁都不想的！出事后，我和奶奶您，还有其他家人都很痛苦，但您不应该把这些痛苦全部加倍转移到我身上，我也是人，也是您的孙女！"

"孙女？你配吗？如果不是你这个祸害，你弟弟好端端的会死吗？"沈老太太被气着了，她大概没想到沈栖会反驳她，"如果不是你过生日那天非要缠着你爸妈陪你去郊外野餐，你弟弟也不会因为突发心脏病来不及就医而去世。你当年走失说不定就是天意！老天爷都觉得你留在我们家是一个祸端！你为什么还要回来！"

老太太恶毒的诅咒沈栖不是没有听过，多年后，这些骂名，沈栖已经不想去沉默地背负了。

沈栖吸了吸鼻子，憋住眼泪，继续反驳道："我当年为什么会走失，奶奶您还不清楚吗？走失后，您又害怕这件事被我爸妈知道怪您，没有及时告诉他们，一直拖到了晚上，您没办法才把我走丢的事情说出来。害得我差一点，差一点就被……"

再次想到自己童年时候经历的那一场噩耗，沈栖就害怕得浑身颤抖。

当年沈栖的奶奶听信算命先生的谗言，在陈淑礼快临产的时候背着沈振则和陈淑礼将沈栖带到隔壁市的亲戚家，想将沈栖放在那边住几个月，远离陈淑礼和还未出生的沈康。亲戚家在县城里，沈栖被带到一个陌生环境，心里一直很不安，一直跟在奶奶身后。奶奶从小就没有牵过她，嫌弃她是一个女孩，所以就算来到这个陌生的环境，奶奶也没牵她，而是让她在自己身后跟着。

县城当天正好遇上赶集，大街上人来人往。沈栖跟在奶奶身后，一刻也不敢分神。可哪怕她已经很努力地跟着了，也还是抵不过集市上的人太多，她一个没注意就被人潮冲散，等她再度抬头时，眼前已经没了奶奶的身影。

面对拥挤的人流，她心里生出惧意。她拼命地喊着"奶奶"，声音却被集市上的吆喝声和聊天声盖住。

她想起爸妈跟她说过，如果走丢了就留在原地等他们回来，但这里的人实在是太多了，她怕奶奶回来找不到她，就找了一处空地坐下，不知等了多久，就迷迷糊糊地睡着了。

等她醒来时，天都已经黑了，她也没有等到奶奶来找她。

见周围的摊位已经空了，人也走光了，沈栖开始着急，边哭边想找派出所报警。但这个县城对她来说毕竟是一个陌生的地方，她沿着街道走了很久都没有找到派出所，而且自己也越走越远。身边的房屋越来越少，偶有一些行人经过，她本想上去寻求帮助，但都因为对方讲着一口方言，声音大而急被吓得不敢上前。

她不再继续往前走，县城的郊区还有不少流浪的动物，天色越来越暗，耳边渐渐响起犬吠和猫叫。流浪猫的叫声在空无一人的环境里仿佛婴儿的啼哭，听得人浑身发颤。

沈栖感到害怕，找了一处路灯旁蹲下。她抱着膝盖，整个人蜷缩成一团。耳边的狗吠声和猫叫声不断，但再也没有一个行人经过，也没有车子开过。

不知道过了多久，她突然听到耳边传来一个男人不怀好意的声音："小妹妹，你一个人在这里等人吗？"

………

争执声音越来越大，屋外的大人都被吸引了过来。

沈振则进屋后，见此情形忙问："怎么了？"

老太太捂着胸口，手指颤巍巍地指着沈栖："老二，你看看你家的宝贝女儿！"

沈振则看向沈栖。

老太太说："我早就说过，你家女儿就是一个祸水！当年我让你把她送走，你非不让，现在她翅膀硬了，就开始报复我们了。"

沈振则赶紧过去抱住老太太，语气有些急："妈！你怎么又说这些话？"

老太太说："真是造孽啊！我们一家怎么就摊上这么一个祸水？害死自己的弟弟不说，还想来气死我。"

沈栖仰着头，把即将掉下来的眼泪又忍了回去。

在沈振则和沈老太太拉扯间，沈栖跑了出去。

她听到身后传来沈振则的叫喊声，但她没有回头，她一刻都不想停留，不想待在这个地方。

不知道跑了多久，她来到了马路边，周围很暗，路边的几盏路灯是黑夜里为数不多的光源。

沈栖蹲在一棵树下，蹲下的瞬间，她眼眶里的眼泪止不住地掉了出来，啪嗒啪嗒地落在她的手背上。

她擦了又擦，眼泪却是怎么也止不住。

这时，她兜里的手机响了起来。

她拿出手机，抹了一把眼泪，定睛一看，是许梧黯打来的电话。

她接起电话，听筒里传来许梧黯的声音："沈栖，我想问你——"

"许梧黯。"沈栖带着哭腔喊了他的名字。

许梧黯的声音戛然而止。

沈栖的眼泪又不争气地流了下来，她哭着问："你还能来接我吗？"

沈栖不知道自己在路边蹲了多久，终于有车子朝这边开了过来。

沈栖担心是沈振则他们找来了，挪了挪身子，往树后面躲了躲。

只见车子在附近停下了，随即后座的车门被打开，下来了一个人。

那人环顾了一下四周，准确地找到了沈栖所在的位置，缓步朝她走来。

听着离自己越来越近的脚步声，沈栖缓缓抬起头。

从运动鞋到黑色裤脚再到白色的短袖，她的视线一点一点上移，许梧黯那张有些清冷的脸落入她的视线。

许梧黯微微弯腰，朝她伸出手，声音在寂静的环境里显得更加清冷。

他说："走吧。"

他来了。

沈栖抓住他的手，借着他的力站了起来。

其实在发生今天的事情之后，沈栖一开始是准备打电话给乔瞧的。

但手机铃声响起的那一瞬间，看到手机屏幕上显示的许梧黯的名字，她心里似乎被什么东西触碰了一下——上一次在乡下，也是许梧黯来接的她。

听到耳边传来许梧黯的声音，她心里的防线突然塌了，她鲜为人知的那一面再一次展现在许梧黯面前。

一左一右，两人一同坐在车子的后座上。

一路上沈栖都没有说话，这不符合沈栖的性格。许梧黯微微侧眸看了沈栖一眼。

小姑娘脑袋倚靠在车窗上，随着车子行驶时的起伏，她的脑袋一下又一下地磕在玻璃上，但她似乎感觉不到疼痛。

她湿漉漉的眼睑、不时抽动的鼻尖，都在提醒着许梧黯一件事——小姑娘刚刚哭过。

自认识沈栖以来，他还没有见过她哭得这么难过。

能让沈栖这么难过，一定是发生了什么事情。但许梧黯知道分寸，沈栖不说，他就不会问。

每个人都有自己的秘密，他也一样，在没有做好足够的心理准备之前，他也不愿意有人窥探他的秘密。

就在沈栖的脑袋又往车窗上磕了一下时，许梧黯终是忍不住了。

他缓缓叹了一口气，身子动了动。

沈栖发着愣，突然就感觉身侧的人朝她这边俯靠过来，她回过神。

沈栖张了张嘴，刚想询问许梧黯要做什么，就感觉到自己的脖颈后方绕过一只手，随即按在自己抵着车窗的脑侧。

耳边落下一声叹息，他轻声道："窗户该痛了。"

沈栖顿时被触动了，有点想哭。

转而想到许梧黯刚才在自己耳边说的话，沈栖瞬间扑哧一声笑了出来，刚刚眼眶里蓄满的眼泪也沁湿了眼睑。

许梧黯有些不明所以。他不知道沈栖为什么刚刚还在哭，突然就笑了起来，但见她心情变好了，他还是松了一口气。

沈栖笑得很放肆，也很莫名其妙，在这狭小的空间里，她笑的声音越发大了，像是在宣泄情绪。

她无厘头的笑声引得坐在前座开车的司机频频侧目。现在的学生，相处模式真是奇怪，司机暗自想。

沈栖笑了许久才停下，她转头看向许梧黯，就见少年正眼睛一眨不眨地盯着她。

许梧黯的眼神中藏匿了太多不明的情绪。

见沈栖不笑了，许梧黯问："你刚刚笑什么？"

沈栖当然不会说是因为他刚刚说的那句话戳中了她的笑点，她说："因为我高兴呀！上次是你来接我，这次也是。"

他总是能找到找不着前路的她。

看着小姑娘亮晶晶的眼睛，许梧黯有些不自在地别开脑袋，但唇角很诚实地弯了弯。

他轻声说了一句："傻。"

沈栖却丝毫不生气，还乐呵呵地笑着。

这样真的很好。

车子缓缓开进市区，见沈栖犹豫不定，许梧黯问："想好回哪里了吗？"

沈栖抬头看了他一眼："美女是没有归途的。"

许梧黯："……"

他让车子在市中心的处州公园前停了下来。

下了车后，沈栖伸了个懒腰。她看了一眼周围，嘴里嘀咕道："要是在日落前来处州公园，我还能喂鸽子呢。"

许梧黯闻言睨了她一眼："那个时间，你不适合喂鸽子。"

沈栖反驳道："怎么不适合了？"

许梧黯："带着眼泪一起喂鸽子吗？"

沈栖顿时炸毛了！她怒吼："我那时候还没哭呢！我也是跟你打电话的时候才哭的！"

一通话说完，她已经气得噘起了嘴。

反观许梧黯，听到沈栖的话后却松了一口气——她没躲起来哭鼻子就好。

处州公园晚上会有小型的音乐喷泉，小朋友就喜欢玩这个，常在这个时间拉上父母过来。音乐喷泉一开始，他们便在一束束喷泉当中穿梭，丝毫不在乎自己的衣服被淋湿。

他们的家人则在场外喊着"别弄湿衣服""小心一点"之类的话。

沈栖站在外面，看着这一幕，眼神里满是羡慕。

从前，她也很想自己的爸爸妈妈能带她来处州公园玩水，在湖边抓鱼。虽然她很小的时候爸妈可能带她来过，但自从七岁那年沈康出生，她爸妈就再也没有带她来这里玩过了。

她真的很羡慕那些能在音乐喷泉间奔跑的小孩。

童年父爱、母爱的缺失，是她这辈子挥之不去的遗憾。

许梧黯注意到她眼里满满的羡慕之色，开口道："你想去玩？"

虽然这么问，但这在他眼里实在是太幼稚了，两个高中生跑去玩这个，许梧黯有点抗拒。

闻言，沈栖连连点头："嗯！"

许梧黯说："等你被淋得浑身上下都湿了的时候就不会这么说了。"

沈栖一听，顿时皱起眉头，不满地看向许梧黯："许梧黯，你好烦啊！"

他一天到晚都在泼人冷水！

许梧黯循循善诱，不停地讲着大道理，劝她不要去玩。

沈栖受不了他的念叨，只能求饶："行行行，不玩了，师傅别念了。"

两人准备绕过喷泉，去一旁的小湖畔。

在靠近喷泉时，许梧黯感觉自己被人猛地推了一把，他踉跄了几步，闯入喷泉区，被喷泉水喷了一身。

"哈哈哈哈！许梧黯你小子！"沈栖在场外笑了起来。

"看吧，这可是你先玩水我才玩的。"她只字不提自己把许梧黯推进来的事。

许梧黯抬眼，看到沈栖脸上发自内心的笑容，心里蓦地一软。

算了，她开心就好。

沈栖跟着那群小孩一起，在一束束喷泉水中穿梭。

玩闹的途中，沈栖发现身旁也有几个跟她年纪相仿的学生在玩水。

其中一个女生的衣服都湿了。就在沈栖觉得她好惨的时候，一个男生冲进喷泉场地，把那个女生一个"公主抱"抱了起来，然后走了出去。

沈栖："……"

她刚想碰碰身边人的肩膀，说一句"好羡慕"，可她往后一抓，抓了个空。

沈栖一愣，顿时回过头去。

身后已经没有了许梧黯的身影，他不知道什么时候已经走了。

他回家了吗？那一瞬间，沈栖突然觉得好难过，好像自己又被抛弃了一样。

她吸了吸鼻子，转过身："没关系，沈栖。一个人也可以玩得很开心。"

但她还是忍不住想哭。

耳边充斥着小孩的嬉闹声，好像所有人都是开心的，都有人陪，只有她没有。

就在她胡思乱想之际，她的头上突然被覆上了一个柔软的东西。

沈栖抬手往上抓，抬眼看了看——一条毛巾。

许梧黯的声音自身后响起："不玩了就擦干头发出来，站在那里会感冒。"

许梧黯背着光站在她的身后。

他的肩膀上搭着一条毛巾，湿漉漉的发丝、流着水滴的脸颊、湿了的白色短袖下若隐若现的身体……现在的他跟平日里清冷的模样差别很大，像是突然有了人间烟火气。

沈栖顶着毛巾，委屈巴巴地问："你刚刚去哪儿了？"

听到她声音中带着浓浓的鼻音，许梧黯不禁一愣，定睛一看，小姑娘鼻尖红通通的，眼角那里泛着红，湿漉漉的——她又哭鼻子了。

他指了指沈栖头上的毛巾："刚刚去买这个了。"

沈栖"哦"了一声，拿下头上的毛巾，走出喷泉区。

许梧黯问："你不玩了吗？"

"嗯。"沈栖应了一声。

许梧黯跟在沈栖身后，跟着她走了一段路。她突然回过头，抓住许梧黯的手腕："许梧黯。"

他抬起头直视沈栖的眼睛。

沈栖问："你下次从我身边离开的时候能不能提前跟我说一声？"

沈栖的声音很轻，脑袋低垂着，看上去很安静，跟平日里张牙舞爪的模样不一样，今天她乖得像一只小兔子。

"好。"

这个时间，处州公园里还有不少人在嬉笑玩闹。

沈栖坐在湖畔的木椅上，前方不远处有一场商演正好接近尾声，活动方准备给观众派送小礼物。商演的舞台下面稀稀拉拉地站了一圈人，有老有少，都是奔着小礼物来的。

主持人说完结束语，让台下的工作人员拿了一袋子玩偶上台。

"现在就到了我们小朋友最喜欢的送礼物环节了！看看我手上这些可爱的小玩偶，小朋友们是不是都很喜欢呢？"

"喜欢！"

台下的小朋友都很有朝气，这一声喊得倒是震耳欲聋，盖过了主持人的声音。

沈栖不禁笑了下。

她指了指那群小朋友，跟旁边的许梧黯说道："他们是不是很有朝气？"

许梧黯顺着她手指的方向看了过去，的确在商演的舞台下看到了一群精神饱满的小孩。

他点点头，低声"嗯"了一声。

沈栖感慨："我小时候就没有他们这么活泼，也不会去表达自己喜欢什么。"

许梧黯闻言侧过头看了沈栖一眼。

他挺吃惊的。毕竟在许梧黯看来，沈栖是个这么活泼的"小太阳"。

沈栖回头冲他笑了下："很吃惊吗？我居然还有不活泼的时候。"

许梧黯没说话。

"我小时候话不多。我那时候也跟别的小姑娘不一样，她们扎着羊角辫的时候我留着一头齐耳的短发，她们去学舞蹈、音乐、画画的时候，我学的是散打。"

许梧黯低声说："每个人的选择都不一样。"

没有人规定女孩就只能学琴棋书画，男孩就只能学跆拳道、散打、轮滑。

沈栖摇摇头："可那不是我的选择。

"上小学时，我班上有一个长得很漂亮的女孩，叫倩倩，她会跳拉丁舞，每次学校演出的时候老师都会让她上台去跳舞，然后在表演结束时给她送上一个礼物。我们学校组织六一活动的时候，我们班获得了一个小玩偶，因为这个玩偶属于班级，不属于任何人，老师就提出用玩游戏的方式来决定这个玩偶给谁。

"那场游戏是以小组为单位进行比赛的，最后是我们小组获胜。组里的男生对玩偶都不感兴趣，而我们组只有两个女生——我和倩倩。我们组的男生从老师手上拿过那个玩偶，然后下台问我们俩谁要。

"这话刚说完，就有人说'当然给倩倩啊，沈栖又不喜欢小女孩的东西'。听到这句话，我们组的男生都觉得很对，就把那个小玩偶给了倩倩。而我还要佯装大度地对她说'给你吧，我也不喜欢这个玩偶'。

"可是看着倩倩爱不释手地抱着那个玩偶，我还是很难过。我真的不喜欢吗？我明明很喜欢那个小玩偶，也很渴望拥有一个玩偶。

"我也是女孩，也很喜欢这些可爱的东西。

"我还喜欢音乐和吉他，也梦想着能有一天站在舞台上表现自己。可是爸爸认为唱歌没有用，只有学好防身术对女孩才有用，这样我可以自己保护自己，不用他们操太多心。

"那时候，我的短发、我平时表现出来的爱好、我的穿着就在告诉周围的人，我对女孩喜欢的东西不感兴趣。"

沈栖很平静地陈述着这一切，但她的语气越平静，许梧黯就觉得自己的心揪得越紧。有个声音在告诉他，这次沈栖表露出来的是真实的自己。

"小太阳"并不是一直都很高兴，她也有自己的小愿望，音乐和吉他……他想起了他们最初认识时，他教她弹吉他。所以她其实一直都没有放弃这个小愿望。

商演舞台那边开始了第二轮的玩偶派发活动。

沈栖突然问："许梧黯，你能去帮我拿一个玩偶吗？"

话音一落，许梧黯一言不发地站了起来，朝商演舞台那边走去。

走近商演舞台，周围围了一群人，各个年龄阶段的都有，也有跟许梧黯同龄的人。

但许梧黯浑身散发着"生人勿近"的气息，在人群中倒显得格格不入。

想要赢取玩偶只能通过两个环节，一个是抢，一个是答题。

先开始的是答题环节，主持人问的都是一些脑筋急转弯和歇后语类型的题目，对于许梧黯来说，这些题目很简单。

主持人问了一题又一题，现场的人还在思考时，许梧黯就已经知道答案了。但他不知道怎么开口，明明只要举手喊出自己的答案就可以，他却迈不出这一步。在这么多人面前表现，他很不适应。

他怀疑自己是不是不该答应沈栖来替她拿玩偶，他怕自己注定会让她空欢喜一场。

想到这儿，他的脑海中突然浮现出沈栖的脸。

刚刚她看到别的小孩手里的玩偶时，眼中满是憧憬和羡慕之色。

几乎是一瞬间，耳边响起主持人问问题的声音，他问的是一道歇后语的题目。

"貂蝉嫁吕布——"

"英雄难过美人关。"

许梧黯的声音不高，但在这安静的氛围中还是显得格外突兀。

"答对了！"主持人在台上大喊一声，一瞬间，舞台上的灯光聚集在许梧黯身上。

迎着聚光灯，主持人问许梧黯要哪个玩偶。

许梧黯看了一眼摆在角落里的小太阳造型的玩偶，指了指："那个吧。"

拿到手后他才发现，这个小太阳玩偶的做工很粗糙，怪不得一直被扔在角落，没有人选择它。

太阳玩偶的笑脸虽然做工粗糙，却多了一分憨厚的气息。

许梧黯将它紧紧地抓在手里。

第二轮是主持人随机扔玩偶，台下的人抢夺玩偶。

这时候基本没什么大人了，大多数是孩子在等着抢玩偶。

许梧黯一米八几的身高在一群孩子当中显得有些突兀，但就算是迎着四处投来的视线，他也没想过转身离开。

因为身高优势，他顺利拿下第一个被丢下来的玩偶。

拿到玩偶后，他从这群孩子中走了出来。

不知道过了多久，沈栖看到许梧黯回来了，手里还拿着两个玩偶。

沈栖一时间有些错愕。

她没想到许梧黯真的去了，还真的替她拿回来了玩偶。

许梧黯把玩偶递给她。

沈栖接过来，问："怎么有两个？"

许梧黯在她身旁坐下，看向前方的湖泊："你要的和我给的，各一个。"

湖泊上映着灯光，许梧黯的声音在沈栖心里泛起涟漪，一波又一波，久久未散。

她说她想要玩偶，许梧黯给了她一个。

他看她喜欢玩偶，便送了她一个。

一个是被动给的，一个是主动送的，二者并不冲突，他都可以给。

沈栖细想她与许梧黯的关系，突然发现不知道从什么时候起，从原本她一腔孤勇地闯入他的世界，立志要让他开心，变成了现在他一次又一次地妥协，让阳光照进她的世界。

现在更像是这个少年在拯救她。

沈栖低头看了一眼手中拿着的两个玩偶——一个是太阳的造型，一个是小白兔的造型，玩偶的做工很粗糙，但即便如此，沈栖也很喜欢它们。

她举起手中的玩偶，把它们贴在自己的脸颊上："可爱吗？"

许梧黯看着沈栖夹在两个玩偶中间的脸蛋，点点头："嗯。"

沈栖歪了歪脑袋："这可是我第一次拥有属于自己的玩偶。"

沈栖说得没错，这的确是她记事以来拥有的第一个玩偶。

在沈康出生之前，她享受过几年家人的关爱，但那时候她的爸爸和妈妈就很想要一个男孩，他们送给她的礼物基本上都是男生爱玩的那些。沈振则不懂这些，有一次见她对玩积木挺感兴趣的样子，后来每回送她的礼物都是积木类的玩具。

有一年沈文锦倒是送过一个洋娃娃给她，不过她抱着洋娃娃还没走出沈家大院，她的一个远房表妹就吵着要。

而陈淑礼则站在旁边，笑着说："七七，妹妹想要这个，你就把它送给妹妹吧。"

她从沈栖的怀中拿走洋娃娃，替沈栖做主把洋娃娃送给了表妹。

沈栖童年时唯一收到过的洋娃娃，到自己手上没多久就被妈妈送给了别人。

后来沈栖有了零花钱，可以自己买玩偶了，但当她路过商场的玩偶专区时，却没有买。

童年的经历，已经让她习惯了缺失喜爱东西的感觉。

"许梧黯，谢谢你。"

"不用谢。"

沈栖和许梧黯就这么安静地坐着，两人都没有说话。只要和许梧黯待在一起，她总是会感觉特别舒服。

不远处，有一个小男孩撒开父母的手欢快地跑了出去，嬉笑声在这安静的环境当中显得尤为突兀。

沈栖的心湖像是被扔进了一块石头。

"许梧黯。"

许梧黯闻声看向她。

沈栖弯着唇，说："在我的生命中，经常出现一个名字——沈康。"

这个名字是困住沈栖的枷锁。

沈康是她的弟弟，出生在她七岁的时候。

在沈栖的印象中，她的弟弟从出生起就是全家人捧在手心里的宝贝，所有人都喜爱他，尤其是沈栖从小就很想亲近的奶奶。

沈康患有先天性心脏病，身体不好，并且不能马上动手术。如果患者手术的时候年龄过小、体重偏低，全身发育及营养状态也比较差，会增加手术的风险。医生诊断过后，认为沈康的最佳手术时间为3～4岁，在此之前一定要特别注重他的身体健康问题。老太太为此去了山上的寺庙，为沈康祈福。那么高的山，她那么大的年纪，硬是要靠自己爬上去。她还亲自为沈康取了名字——健康的"康"。

沈栖从前很想得到的爱，沈康一出生就拥有了。

沈康一岁的时候，老太太找了一个算命的大师来家里算命。那人说，沈栖漂亮的外表是具有攻击性的，她眼下卧蚕那处的泪痣就是最好的证明，那颗痣位置不好，会给家人带来厄运。算命大师三言两语就把老太太哄骗住了，她那时候就让沈振则把沈栖送走，以免影响到沈康。

沈振则自是不愿，那时候陈淑礼的精神也很正常，也不认可送走沈栖的提议，这件事便不了了之。

沈康一直都病恹恹的，即便弟弟夺走了家人对自己为数不多的爱，沈栖也还是很关心他，时常陪着他玩，对沈康的事情比对自己的还上心。

沈栖九岁那年，沈康突发心脏病去世了。那是一场意外，不是任何人的错。

沈康死后，陈淑礼的精神就有些不正常了。

有一天晚上，沈栖听到奶奶跟陈淑礼哭诉："如果当时七丫头没有被救回来就好了。"

躲在门后的沈栖听到这句话，心里像被揪着一般，她的手紧紧地抓着门沿，指尖泛起青白色。

她在心里哭喊，希望妈妈能反驳奶奶。

但时间一分一秒地过去，她的妈妈只是坐在那里掩面哭泣。陈淑礼没有说话，但也没有反驳，就像是默认了这句话一样。

她就是他们所有人眼里的祸水。偶尔她也会讨厌沈康，认为自己所遭受的一切都是他带来的，但她更多的是想念弟弟，如果弟弟好好的，此刻应该已经快跟她一样高了吧？在面对奶奶重男轻女的言论时，弟弟会不会替她出头说"我最爱的就是姐姐了"？

沈栖仰起头，眼泪顺着眼角滑落。

她对许梧黯说："我应该让很多人失望了，我不是你们眼中集万千宠爱于一身的大小姐，嚣张只是我的保护色。我的原生家庭并不美满，我也只是一个活在弟弟的阴影下，被家里人嫌弃的物件。许梧黯，我不想做别人的影子。"

她很难受，心脏像是被人紧紧拽在手里，一下又一下收紧。但即便她心似被揪着般疼，她还是下意识地扬起笑，抬起手先一步拭去眼泪，嘴里含糊不清地说着"没事没事"。

不管什么时候，她总是习惯将笑容展现在他人面前。

沈栖想止住眼泪，但今天不知道怎么了，眼泪不断地从眼眶里流出。

她感觉自己这样子有点失态，或许会让许梧黯感到束手无措。她抬起头，刚想说话时，有一双手触摸到她的脸颊。

一声"对不起"卡在她的喉咙，沈栖愣愣地盯着对方。

许梧黯拇指稍稍顿了下，而后轻柔地替她抹去眼眶边的眼泪。

"'不完美'才是这个世界的常态，'不完美'是促使我们变得更完美的动力。

"我们都一样。

"而且沈栖，你要记住，你不是任何人的影子。你是独一无二的存在，是照耀我的'太阳'。"

月亮挂上了树梢，公园里的人渐渐减少，喷泉也关闭了。

等沈栖哭够了，时间已经很晚了。许梧黯扶着沈栖起来，两人并肩往公园大门走去。

沈栖想坐公交车回去，许梧黯便说陪她一起。

两人上了公交车，车上只有他们两个乘客。

沈栖一直无精打采的，上车后就靠在椅背上闭目养神。

她满脑子都是刚刚许梧黯在公园里说的那几句话。他的话确实让沈栖有所动容，她也在想，或许她可以不用一直做一个人的影子。

但许梧黯的那一句"我们都一样"，让沈栖有点在意。

她能感觉到，这关乎秘密的话一出，许梧黯就会主动向她靠近。

车厢内很寂静，只在车子到站时会响起播报声。

可能是人比较少的原因，车内只开了几盏灯，光线很暗，路过街边的霓虹灯时，灯光透过车窗照了进来，整个车厢内都是五颜六色的霓虹灯影。

许梧黯比沈栖要先到站，但到站时他没有下车，而是继续陪沈栖坐着。

沈栖听到广播里"北苑一城"四个字，缓缓睁开眼，见许梧黯没有下车的打算，问道："你不下车吗？"

许梧黯睨了她一眼："先送你。"

下了公交车后许梧黯也没走，而是跟沈栖一起走到了她家楼下。

走到单元门，许梧黯才道："我该回家了。"

沈栖下意识道："好，那我送你。"

话一说出口她才反应过来，她再送他回去，许梧黯不白送她回家了吗？

许梧黯自然也察觉到了："不用，我打了车，等会儿坐车回去。"

沈栖笑了笑："那我就先上去了，你快回吧。"

沈栖刷了门卡，准备上楼，回过头见许梧黯还站在原地，便朝他挥了挥手："我先上去了，晚安，许梧黯。"

许梧黯"嗯"了一声："晚安。"

沈栖推开家门，发现家里的灯还亮着，沈振则和沈文锦坐在沙发上，就连平日里这个时间已经上床休息的陈淑礼也在客厅里。

听到门口的动静，屋子里的人不约而同地看了过来。

沈振则见到沈栖，立马从沙发上站了起来："七七！"

沈文锦快步走到沈栖身边，握住她的肩膀："七七，你没事吧？我知道奶奶的话让你很难过，但是你的安全是最重要的。大晚上的，你跑哪里去了？"

沈栖没说话，而是转头看向朝她走来的沈振则。

沈振则说："我们都很担心你，找了你半天，打你电话也打不通。你怎么能一声不吭地从奶奶家跑出来呢？"

沈栖闻言低下头不说话。

其实这句话挺讽刺的，如果当时他们真的非常着急，在沈栖跑出门的那一刻就会追上来，自然也不会找不到她。

沈栖轻轻推开沈文锦的手，轻声道："我没事，你们不用担心。我回房间休息去了。"

沈栖没有再抬头去看任何人的表情，她觉得她现在身心疲惫，累得不行，已经没有任何精力再去猜测别人的想法了。

她听见门外传来细碎的说话声，大致就是在说今天的事情。

沈栖不想听，撑起最后一丝力气走进洗手间。

当花洒喷出的水流下时，她浑身都恢复了力气。

冒着热气的水洒在她的脸上，哗哗往下流着。想到今天的事情，沈栖的眼泪不禁又从眼眶里流出。热水混着眼泪往下流。

她知道了一件事，或许有时候真的不用勉强自己成为什么样的人。

月亮高高挂起，月光透过紧闭的窗户照在窗前的一小块地板上。

沈栖房间的门被人悄悄开了一条缝，微弱的灯光顺着缝隙照了进来。

开门的人在门口看了一会儿，最终还是叹了一口气转身离开了。

房门合上。

沈栖背对着门，放在身侧的手微微蜷缩了下。

早上，沈栖是被敲门声吵醒的。

洗漱完走出房间的时候她才发现，不止沈振则，就连陈淑礼也已经起来了。

真是罕见。

沈振则从桌上拿起一个牛皮纸袋："你妈妈已经把早餐都给你准备好了，时间不早了，咱们路上吃吧。"

沈栖点点头，走到玄关处换鞋。

等上车后她才想起来一件事，问道："爸，你之前说要搬到这个小区来，你确定了吗？"

沈振则点点头："房子都看好了，就在十二栋，离得不远，方便我照顾你。"

"嗯。"沈栖点点头没再说话。

沈振则之前住的小区离这里有点远，开车过来需要十几分钟。最近沈振则的工作重心转移回了俞峡，他便不用像以前那样经常出差了。

沈栖虽然面上没什么情绪波动，但心里还是忍不住有些雀跃。

爸爸还是关心她的。

今天算是一中正式开学，大批学生熙熙攘攘地往学校里走去，不少住校的学生还搬着行李。

沈栖刚到教室就看到乔瞧已经坐在自己的位子上了。

沈栖的座位离乔瞧很近，沈栖坐在第三排，乔瞧坐在第四排，两人中间隔了一条过道。

也许是因为沈栖来了，路楠便将桌上的书本拢了拢，把越过桌线的书本拿起来叠放在另一侧。

沈栖放好书包后，偷偷从兜里拿出手机，一边在键盘上打字，一边问同桌："老班说过开学典礼几点开始吗？"

话音落下的一瞬间，她编辑好的短信也刚好发出去。

Shenqi：许学霸，今天的开学典礼会有你的一席之地吗？

她看电视剧的时候，经常会看到身为学霸的男主角在开学典礼上致辞，一下就吸引了众多女生的注意。

消息发出后，沈栖便抬起头看向自己的同桌。

路楠听到沈栖问他，便开口答道："八点十五分操场上集合。"

沈栖点点头，看了一眼时间，现在才七点三十五分。

乔瞧大概是涂好了防晒霜，兴致勃勃地拉了张椅子，坐到沈栖身边找她闲聊。

"我听我爸说你爸要搬家了，搬到你那个小区去？"

沈栖佩服地道："你消息怎么比我还灵通？我都是今天才知道。"

乔瞧摆摆手："嘻，我爸妈在餐桌上提起这件事我才知道的，你爸好像让我爸帮忙在你那边找个合适的房子。"

沈栖："是因为下半年他的工作重心转移回俞峡了，也不会经常出差了，所以才想搬到离我近一点的地方，说是方便照顾我。但我看他这架势，是想要监督我还差不多。"

话音刚落，她的手机轻轻振动了下。

大概是因为还没到正式上课时间，许梧黯回了信息。

许梧黯：要上台领奖。

沈栖看到信息，眼眸也不自觉跟着弯了起来。

"同学们，老师们，大家早上好。今天是我们一中新一学年的开学典礼。在这特别的日子里，我们迎来了……"

主席台上校长的发言语调很慢，内容有些枯燥。

终于熬过校长的致辞，老师们开始为上一学期评分优异的学生颁奖。

沈栖猜想"三好学生"之类的奖项里肯定会有许梧黯。

果不其然，台上传来"高三十二班许梧黯，高三十四班陈蓉……"

听到台上传来许梧黯的名字，沈栖顿时清醒了，转头问自己身侧的路楠："你知道现在颁的是什么奖吗？"

路楠推了一下鼻梁上的眼镜："理科班期末考试年级前十名。"

沈栖朝台上看去，许梧黯正好走到主席台的正中间。

他穿着一中黑白配色的校服，面上没有一丝表情。他个子高，校服穿得十分板正，黑色的校裤衬得他的腿很修长。

他站在那里，备受瞩目。

乔瞧也看到了许梧黯，往后退了一步撞上沈栖的身体："哎，是许梧黯！"

沈栖看了她一眼。

"早听说他是状元苗子，真的太厉害了。"乔瞧接着道，"啧，你看，校服穿在他身上给人的感觉就不一样了。要是他性格再好点，不得了。"

"高三一班，魏舒清。"

沈栖正思考着许梧黯在台上能不能看到自己时，乔瞧突然用手肘撞了撞她："沈栖，有美女。"

沈栖回过神："什么？"

乔瞧指了下主席台："那儿。"

沈栖顺着乔瞧指着的方向看了过去，主席台上不知道何时站了另一批人，其中有个扎着高马尾辫的高个子女生为突出。虽然距离有些远，但沈栖还是隐约能看出女生精致的五官。那个女生清清冷冷地站在一侧，倒是跟许梧黯有些相称。

她忍不住又想，跟许梧黯站在同一高度是一种什么样的体验呢？

那她恐怕不用发信息问许梧黯看不看得见站在人海中的她了，

而是站在他身侧，成为他一转头就可以看见的存在。

一个想法在沈栖心里萌芽。她要努力学习，以后跟许梧黯在一个城市上大学。

开学典礼结束后，学生们马不停蹄地直奔出口。

沈栖拎着两瓶水跑回操场，站在外围往主席台看了一眼。

那里只有几个老师和几个帮忙搬运东西的学生，看了几圈她都没有发现许梧黯的身影。

他已经走了？

没找到许梧黯的沈栖有些失望，皱着眉头往台阶下走。

她迈着步子慢吞吞地往前走，突然听到身后传来一声："沈栖？"

沈栖顿时回过头，看到许梧黯就站在自己身后不到三米远的地方。

她几步走上前，脸上扬起笑容："我还以为你走了呢。"

许梧黯刚才从学校体育馆那边的办公室出来，就看见沈栖站在操场入口那儿张望。

现在听到这话，许梧黯意识到沈栖刚刚应该是在等自己。

他问："你在找我吗？"

沈栖点点头："对啊，我走前看你还在主席台上，以为你还要很久才结束，就先去小卖部买水去了。"

她把矿泉水递给许梧黯："给你。我刚刚去买水，顺便也给你买了一瓶。"

两人一起回教学楼的路上，沈栖想起之前乔瞧说的有关于许梧黯的传言。在一中很多人都害怕他，他在一中没有朋友，那许梧黯中午吃饭、体育课自由活动、下课去洗手间都是一个人吗？

就像刚刚，学校里基本都是成群结队的，像许梧黯这样一个人走的倒是少见。

她脑子里想着这些乱七八糟的事情，不知不觉就到了高一的教学楼楼下。

高三整个年级都在另一栋教学楼上课，跟高一高二不在同一栋楼。许梧黯和沈栖也不同路。

沈栖拍了拍许梧黯的肩膀："那我就先上去了。"

许梧黯点点头，转身准备走上回廊。

沈栖站在原地，在他转身的那一瞬间还是喊住了他："许梧黯。"

许梧黯脚步一顿，缓缓回过身。

沈栖问："放学要不要一起走？我等你上完晚自习。"

许梧黯犹豫了一下："好。"

第六章 ▶
不会让你一个人 ⅠⅠ

高一九班的教室里，原本喧闹的教室突然安静下来。

沈栖疑惑地抬起头，就看见方春强捧着教案走上讲台："请同学们回到自己的位子上。"

方春强："今天是咱们正式开学的第一天，经过前段时间的军训……"

方春强的话说到一半时沈栖就开始神游。

她才进入高中生活，但许梧黯再过一年就高三毕业了，他很大概率会去外地上大学。也就是说，她就这么一年可以和许梧黯相处得多一点。

沈栖又想起许梧黯上次在公园说的那一句"我们都一样"，他的秘密逐渐浮出水面，就在快要露出一点头角的时候，许梧黯忽然止了声，停住了继续讲出这个秘密的举动。

她很想让许梧黯好起来，想让他多笑笑，不想让他抑郁症加重，但很多事情在不了解情况时是没有对策的。她现在只知道他的生活压力一部分来源于不断向他施压的家庭，另一部分则是来源于她不知道的秘密。沈栖觉得，或许影响许梧黯的后者占得更多一点。

沈栖的脑子乱成一团。

她对许梧黯的了解还是不够多，但眼下她也不好直接去问许梧黯。她只能切换思路，先将许梧黯那些"显而易见的病因"给解决了。

丁零零——

晚自习的下课铃声响起，班上的人窸窸窣窣地开始收拾东西，也有早收拾好书包的人在打铃的一瞬间就从后门冲了出去。

沈栖见到正在门口等待她的乔瞧，抬手挥了挥："乔乔，你先回去吧，我等许梧黯一起回去。"

"好吧，注意安全！"说完，乔瞧蹦蹦跳跳地离开了。

告别乔瞧后，沈栖写了会儿作业有点累了，趴在桌上睡了过去。

等沈栖睡醒后，天已经完全黑了。她抬头看了一眼教室，四下无人的教室显得格外寂静，让人感觉到一丝恐惧。

沈栖唰的一下站了起来，往教室外走去——她害怕得待不下去了。

她走出教室，从兜里掏出手机给许梧黯发消息，问他下课时间。

沈栖又站在教学楼楼下等着。

在下面没站一会儿，沈栖就有些后悔了，在楼上的教室里待着起码还有明亮的灯光，但在这教学楼楼下，除了一盏昏暗的路灯再无其他。

夜里起着风，还带着夏季的燥热。

这个点有不少老师下班，沈栖所在的这个位置又正对着教学楼出口，她站在门口的身影很惹眼。

"沈栖？"

沈栖抬起头，一眼就看到方春强手里提着一个帆布包站在她的面前。

他问："这个点你怎么还不回家呢？"

沈栖乖巧地回答："老师，我在等人。"

方春强："等谁啊？"

开学第一天，这个时间还在学校的只有高三生。

沈栖不知道该在方春强面前怎么称呼许梧黯，只好说了句："等我哥。"

"哦，那行，那你们晚上回去的时候注意安全。"

方春强不疑有他，叮嘱了沈栖几句就提着帆布包先走了。

方春强一走，这个地方又只剩下沈栖一人。

不知道等了多久，高三的教学楼终于响起了放学铃声。一中高三年级有六七百人，放学铃一响，学生从教学楼里出来，没一会儿这里就挤满了黑压压的一片人。

沈栖赶紧往后退了两步，望着黑压压的人群，她开始反思，自己在这里等许梧黯绝对是一个愚蠢的选择。

嗡嗡嗡——

突然，沈栖捏在手里的手机开始振动。她垂眼一看，是许梧黯打来的电话。

沈栖将手机拿至耳边："喂？"

因为周围声音嘈杂，她听不见电话那头的许梧黯说了什么。沈栖提高音量："我听不见你说什么，许梧黯，你再说一遍。"

"我说……"

耳边骤然响起的声音在这嘈杂的环境中显得格外突兀，沈栖愣了一瞬，立马抬起头。

她看到许梧黯正站在她的身前。

"我看见你了。"

手机听筒里也传来他那有些清冷的声音，让她心安。

因为许梧黯家距离一中只有十分钟不到的路程，沈栖打算跟许梧黯一起走路回去，等到了他家小区门口，她再打车回家。

沈栖和许梧黯回去的路上，一直有高三学生一起同行。

其中有几个学生可能认识许梧黯，看到他身边跟着一个人，还是一个女生时，表现得特别惊讶。

但不管那些人的目光落在他们身上多少次，都始终没有一个人过来跟许梧黯打个招呼。

可能许梧黯在他们眼里就是一个怪人，连带着跟在他身边的沈栖都被他们看作不正常的人。

沈栖有些不高兴，她不喜欢那些人像是看奇怪生物一般看许梧黯。

她拉着许梧黯加快步伐，想把那些人甩在身后。

面对突然的加速，许梧黯有些疑虑："怎么突然加快步子了？"

沈栖气不过，只能阴阳怪气地说："刚刚那地方有讨厌的东西。"

沈栖拉着许梧黯往前走了数十米，又拐了个弯才停下步子。她回头看了几眼，确定已经甩掉了那群讨厌的人之后才松懈下来。

她松开拉着许梧黯胳膊的手，背过身，像老奶奶散步一样背着手慢悠悠地往前走着。

许梧黯只默默地跟在她身后。

拐进直通小区的小道，这里的人倒是少了不少。

小道看着比大路那边阴暗一些，也略安静一些。花坛边上还趴着夜间出行的流浪猫，猫懒洋洋地趴在地面上，面对路过的行人也没有受到惊吓。

"你一会儿回到家就睡觉了吗？"沈栖微微侧过头轻声问。

许梧黯摇头："还早。"

对于许梧黯这种第二天早上五点多就要起来做题的人来说，晚上十点半其实已经算很晚了。

她皱了皱眉："这还早啊？你回到家还有什么事要做？"

许梧黯说："我有几张试卷没有做完，做完再睡。"

闻言，沈栖开始在心里盘算起时间。

现在是晚上十点半左右，许梧黯到家收拾好就快十一点了，做几张试卷的话，按沈栖暑期观察许梧黯做题的速度来看也要个把小时。

想到这儿，沈栖感觉到一股窒息感油然而生。

沈栖说："时间太赶了吧，你不能分一些周末做吗？"

"还有其他安排。"

听到这里，沈栖有点同情许梧黯。

虽然也是为了自己的未来而努力，但对他而言，超负荷的学习和父母的期望哪一个不是压在他身上的负担？

"你要注意休息嘛！不好好休息，第二天也会没精神学习的。"

两人就这么你一句我一句地聊着，很快就走到了小区门口。

沈栖从兜里拿出手机，刚准备打开打车软件叫车，突然，自己的后衣领被人拽住了。

她侧过头问："干什么？"

许梧黯轻轻地抓着她的衣领，拉着她往公交车站走。

此时恰逢公交车靠边停站，许梧黯扯着沈栖上了公交车，两个人坐在后门处的座位上。

沈栖坐在座位上想了一会儿，笑着说："许梧黯，你现在是要送我回家？"

许梧黯轻轻地"嗯"了一声。

沈栖收回视线时，耳边却传来许梧黯的声音。

"不管什么时候，发生什么事情，我都会送你回家。

"我不会让你一个人的。"

因为从小缺少关爱，沈栖习惯了独处，但习惯归习惯，并不代表她喜欢。

因为童年的阴影，她一开始会害怕一个人坐出租车、一个人走夜路。她会缠着身边的大人让他们陪着她，一步都不要离开。

但她身边不会一直有人陪。

上小学的时候，因为上补习班放学晚了，天已经黑了，周围的小朋友都有家长来接送，沈栖也打电话让沈振则来接她。但沈振则只告诉她，他在外面出差，让沈栖自己打车回去。她打电话给陈淑礼，电话却是无人接听。

这种事情多了，久而久之沈栖也就习惯了。

她开始尝试自己迈出那一步，一个人走夜路、一个人打出租车，很多不敢一个人去做的事情她都开始尝试去做。

沈栖会在坐出租车前把车牌号发给乔瞧，坐在车上时要跟一个人通着电话，目光盯着周围的路况，一刻也不敢松懈。

可能是她伪装得太好，大家都觉得这些事情对于沈栖来说也是平常事，所以从来没有人跟她说："不管什么时候，发生什么事情，我都会送你回家，我不会让你一个人的。"

许梧黯是第一个。

车子到站了，许梧黯刚准备跟着沈栖一同下车时，肩膀就被人摁住了。

许梧黯抬头。没等他开口，沈栖就说："送到这里就行了，你直接回去吧。"

这是辆环城公交车，沈栖这一站刚好是公交车掉头的车站，许梧黯也不用下车转车。

没等他拒绝，沈栖就赶紧下了车。

车门关上后，许梧黯隔着窗户看到沈栖正站在站牌下冲他挥着手。她身形小小的，站在那儿挥手的样子倒是十分可爱。

沈栖站在原地，透过车窗看向许梧黯，他的眉眼跟从前一样清冷，好像在他脸上永远看不到其他情绪。

车子发动之际，她刚放下手，就看到车窗那边的许梧黯缓缓举起手摇了摇，唇角轻轻弯起，脸上难得带着一丝笑意。

她轻声说："明天见，许梧黯。"

沈栖不是不想许梧黯送她到楼下，但今天实在是太晚了，许梧黯回家还有一堆事情要做，沈栖不想他因为自己而耽误了休息。

他能送她一程就已经很好了。他能在公交车上陪她这十几分钟，就已经超过了沈栖身边的很多人。

沈栖回到家，屋内一片漆黑。她看了一眼鞋架，陈淑礼的那双拖鞋整整齐齐地摆在鞋架上面。

收回视线，沈栖低头换好鞋就往房间里走去。

回到房间，沈栖先给许梧黯发了信息，说了一下自己想跟他一起学习的想法。

沈栖洗完澡从浴室出来，头发还没吹，径直走到桌前去看手机。

十分钟前，许梧黯回了她的信息：好。

沈栖一喜，没有片刻犹豫，立马点了视频通话。

视频通话的铃声不过响了几声就被接起，下一秒，许梧黯那一张清冷的脸出现在手机屏幕上。

镜头虽近，但许梧黯脸上依然照不出任何瑕疵。

她轻咳一声："那我们开始吧。"

沈栖将手机支在桌上做好准备，刚要拉开椅子坐下时，手机里突然传来许梧黯的声音："你刚洗完头？"

沈栖下意识抬手摸向头上包着的头巾："对，我刚洗好。"

"先去吹干吧，"许梧黯说，"不然容易感冒。"

等沈栖吹完头发出来，时间已经十二点半了。

她走到书桌前拉开椅子坐下："我来啦！"

沈栖瞥了一眼手机屏幕，许梧黯那边的镜头范围不是很大，只有半个身子和露出的点点卷面。她眯着眼看了一会儿才问："你在写什么？"

手上的动作一顿，许梧黯抬眸朝她看来："英语。"

"许梧黯，你最厉害的学科是哪门啊？"

"数学和英语吧，"许梧黯顿了下，"教你的话，哪一门都行。"

沈栖"哦"了一声，从书包里拿出一本英语书："今天别的课都没上，就英语上了，我就温习和预习一下吧！"

话音刚落，她倏然抬头朝镜头靠近，眼眸笑得弯弯的："许梧黯，我以前也是英语这一科最好。"

啪嗒——

沈栖的话刚讲完，许梧黯那头忽然没了镜头，似乎是手机滑落了。

"怎么了？"沈栖朝电话那头的人喊了声。

手机屏幕的镜头转了半天才回到许梧黯的脸上，他拿着手机，屏幕角度和刚刚不一样。沈栖听到他说"高中继续保持吧"。

说完，镜头再次被拉远，许梧黯也重新拿起笔，低头看他面前的试卷。

沈栖反复琢磨刚刚的话，她总觉得她刚刚从许梧黯的语气中听到了一丝笑意。

因前一天睡得太晚，沈栖醒来的时候已经快八点钟了。沈栖赶紧换好衣服下床。

走出房间，沈栖注意到空旷的家里一个人都没有。她看了一眼鞋架上的鞋子，跟昨天一样摆在那里，看来妈妈一夜未归。

沈栖来不及细想这件事，随手从冰箱里拿了几片面包就飞奔出门。

早上八点，正好是早高峰时期，沈栖家所在的春湾水岸离一中原本只有三十分钟的车程，但因为堵车，她花了快一个小时才到学校。

沈栖到学校时，跟她预想中的一样，已经开始上第二节课了。

不过他们班今天第二节上的是英语课，英语老师人很温柔。

英语老师见沈栖迟到也没表现出不高兴的样子，反而还温柔地询问沈栖是不是昨天晚上学习学到太晚。

听到这句话，沈栖回想起昨天她看了一晚上英语，愧疚感顿时消散，就连胸脯都不自觉地挺了挺。

英语老师没让沈栖站太久，挥挥手让她进了教室。

讲台上，英语老师早已进入状态开始讲课。

因为昨晚预习了，沈栖一下就捕捉到关键词，找到了英语老师讲课的课本地方，正了正身子开始听课。

英语课很快下课，第三节是沈栖最不喜欢的数学课。

教数学的老师叫王凿光，脾气很暴躁，在学校里很出名，沈栖在军训的时候就对这个老师的脾性有所耳闻。

乔瞧迟到出现在教室门口的那一瞬间，沈栖就开始同情起乔瞧来。

讲台上的王凿光问道："你怎么迟到了？"

乔瞧立马接话，一副嬉皮笑脸的模样："对不起，老师，我昨天学习到太晚，刚开学我还没适应，今天起晚了。"

果不其然，沈栖听到讲台上传来一声冷笑："学习？你书包呢？"

听到王凿光的话，乔瞧瞬间愣在原地。

王凿光的脾气真的跟传言中一样火暴，丝毫没给乔瞧留一点面子，手里拿着课本就在讲台上开骂："现在的学生也不知道是怎么了，怎么撒谎都不打草稿的？你说你学习到太晚，你要装也要装得像样一点吧？"

王凿光不知是骂完乔瞧还不过瘾，还是想拿乔瞧杀鸡儆猴，转而就开始抨击讲台下的学生："我觉得你们九班真的是一点学习氛围都没有！今天是我正式来上课的第二天，你们整个班级的班风给我的感觉就是很乱！班上认真学习的有几个人？是不是大部分人都想着过来混混日子就算了？真把一中当什么休闲度假村了吗？以前的九班可是仅次于四个重点班的班级！正好现在才高一，我来听听你们自己高考的目标，准备考哪所大学，啊？"

班上同学的头一个比一个低，他们生怕被牵扯其中。

也许是见到没有人回应自己的话，王凿光不高兴了："没人说话是吧？那我抽学号提问，被叫到学号的同学站起来给我说说你的高考目标。二十九号！"

沈栖："……"

"二十九号同学在哪儿？沈栖？这是 q ī 还是 x ī ？"

沈栖叹了一口气，双手撑着桌子站了起来："报告，是 q ī 。"

王凿光放下名单："是你啊，来吧，说说你的高考目标。"

沈栖挠挠头，她确实还没有规划过自己的未来，但她想跟许梧黯去同一个城市。

想到这儿，倒是给了沈栖灵感，她脱口而出："老师，我的目标是考上 A 市的大学。"

许梧黯是能考上 A 大和 B 大的，这两所学校都在 A 市，沈栖有点想跟过去。

见沈栖有目标，王凿光很满意："有目标就是好的，哪一所学校你可以再好好看看，坐下吧！你们要时刻以高三的状态准备着。"

被放过后，沈栖坐下松了一口气。

乔瞧被王凿光勒令到教室后面罚站。

这一堂课沈栖强撑着意识听了一整节课，一节课下来她满脑子都是那些数学符号。

一下课，王凿光前脚刚走，乔瞧后脚就跑到了沈栖座位旁边："你什么时候定了目标啊？之前都没听你说过。"

沈栖收起桌上的书，身体像泄了气的气球一般软在桌上。她有气无力地说："就刚刚。"

乔瞧撇撇嘴："原来是随口说的啊，我以为是真的呢！"

"谁说不是真的？"沈栖坐起来翻了个白眼，"是刚刚想到的，但也不是胡说的，我真打算考 A 市的学校。"

乔瞧若有所思地看着沈栖。

大课间铃声响起，沈栖站起身扯着乔瞧的手臂往外走："大课间啦！"

晚自习放学后，沈栖刚准备照例待在教室等许梧黯放学后一起走，手机里就收到了许梧黯发来的信息。

姓许的木头： 放学不用等我了，你先回家。

沈栖有些疑惑。

Shenqi： 为什么不用等了？

许梧黯应该是正在看手机，回消息的速度也很快：我们班还有些事情，结束很晚了，晚点我爸妈会来接我，你早点回去休息吧。

沈栖见状回了个"OK"，开始收拾自己的东西，想着要是他回家早还是可以一起线上学习一会儿。

收拾好书包后，乔瞧也正好走到她桌前："七七，我先走了啊。"

沈栖一下拉上拉链站了起来："我跟你一块儿回去。"

沈栖瞥了一眼乔瞧身后背着的包——白色的书包松松垮垮地挂在乔瞧的另一个肩头，随着两人走路的动作小幅度地摆动着。

"你怎么一本书都不带？乔瞧同学，要认真学习。"

乔瞧笑呵呵地颠了下书包："这刚开学，回家当然是放松的啦！"

话音刚落，没等沈栖说什么，乔瞧侧头问："你带了？"

闻言，沈栖朝她翻了个白眼，而后侧身露出背包示意了一下："那当然。"

乔瞧见状咋舌："沈栖你变了，你以前不是这样的。"

沈栖听后反而心情很好，她没接话，但脸上的笑容已经表达了她此刻的心情。

夜晚的商业街正是最热闹的时候，人潮如流，纵横交错的马路上车子川流不息，两侧建筑物上的霓虹灯闪烁不停，路灯照出来的光洒落在街道的各个角落。

沈栖陪着乔瞧买奶茶。

夏日的晚风还有些燥热，沈栖在原地站了一会儿感觉有些累，朝四周看了看，这块还算热闹。沈栖的目光四处看着，忽然，目光在触及某一处时顿住。

不远处的十字路口，有一个少年正和一个老人家相谈甚欢。

少年的面孔有些陌生又有些熟悉，沈栖只在脑海中搜寻了片刻就将他认了出来。

他是那晚在小巷里围堵许梧黯的人。他会不会知道许梧黯的故事？

沈栖偷偷盯着那个男生。

男生不知道和老人讲了什么，逗得老人开怀大笑。两人站在原地没聊多久，男生就挥手离开。他双手插着兜，嘴上还叼着烟，走路的姿势也吊儿郎当的。

沈栖身体一僵，只见男生双手插着兜往天桥上走去。

沈栖没多想，跟身后的乔瞧说了声"先走了"，就拔腿追了上去，与男生隔着不远不近的距离。

这时间天桥上人不多，行人松松散散地在天桥上行走，男生走在人群中，一身花哨的打扮显得格外突兀。

天桥一侧坐着一个衣衫褴褛的老人，他面前摆着一块板子，上面写着"生活不易、家里人生重病"之类的文字。

就在她失神的这一瞬间，前面走着的男生忽然停住了步子。

沈栖也跟着他停了下来。

只见男生在那个老人面前站了片刻，而后从口袋里拿出一张红色纸币递给老人。

沈栖一愣。

男生给完钱就走了，只有老人还不停地朝着他的方向鞠躬道谢。

沈栖的思绪有些混乱。

她肯定没有认错这个人，他就是那晚在小巷围堵许梧黯的人，好像还是那群人的老大。但沈栖实在难以将面前这个给老人钱的男生和那晚的混混头子联系到一起。

沈栖神色复杂，在原地站了片刻后才抬步朝老人走去。她站在老人面前，眼眸盯着他牌子上写着的求助。这样的乞讨理由沈栖见过很多很多次，虽然知道其中真假参半，但她每一次都会忍不住拿出一点钱给对方。

　　她从口袋里摸出仅剩的一张纸钞，弯腰递给老人。

　　老人坐在地上抬眸看她，眼里满是浑浊，唇瓣轻颤："谢谢。"

　　她见不得人世间的苦楚，每次看到这样的老人，有时候就算知道对方可能是骗子，她也还是忍不住心软。身边的朋友看到她的举动会好心提醒她，但她只会笑着说："没事，就当积德了。"

　　今天是她第一次遇到跟自己一样会相信或者同情这种路边乞讨者的人。

　　但沈栖想不明白，这样的人为什么会去围堵许梧黯？在她的意识里，她先入为主地认定了那晚围堵许梧黯的人都不是什么好人，并且对他们厌恶至极。

　　但今晚的事情让她对此事有了矛盾的心理。她想不明白。

第七章

传言

ZHUOZHU
TAIYANG

"虽然明天是周末，但也请同学们不要在学习上有所懈怠。周末闲暇时，大家还是可以看看书……"

一到周五，班上的气氛就变得有些不一样。

班主任在讲台上说着周末的注意事项，讲台下的学生已经收拾好书包，准备在铃声响起的那一瞬间冲出教室。

乔瞧和沈栖留下一起做值日，嚷嚷着周末要放松，于是组织大家去野炊。沈栖发消息询问许梧黯，想让他陪自己一起去。顶不住沈栖的软磨硬泡，许梧黯同意了。

沈栖欢呼雀跃地打扫完后，在乔瞧家里吃了晚饭就回家了。

虽然乔瞧和乔奶奶一直留她在家里住，但沈栖还是执意回家看一下妈妈。

这两天晚上陈淑礼都没回家，沈栖打电话询问过，但陈淑礼只说自己有事情，也没说什么具体原因，就说周五会回来。

沈栖提醒陈淑礼要抽空去医院复诊，但话一说出口就被陈淑礼挂断了电话。

她只能作罢。

今天周五，沈栖想早点回去看陈淑礼回来了没有。

回到春湾水岸，沈栖打开家门，家里明亮的灯光让她松了一口气。

家里的光线虽然明亮，但气压异常低。

陈淑礼静静地坐在沙发上，也没玩手机也没看电视，只是静静地盯着某一处发呆。

沈栖站在吧台前，侧过头朝沙发那儿问了一句："你今天去医院复查了吗？"

陈淑礼听到沈栖的问话，头也没抬："你管好自己的事情就行，别管我。"

沈栖一愣，听陈淑礼这话的意思，陈淑礼今天没有去医院复查。

她放下水杯走过去："你今天没去复查。"

她说的是肯定句。

陈淑礼听着沈栖说话的语气，有些不太舒服，侧过头瞥了她一眼："是，我没去。"

沈栖的心落入谷底。每次都这样。

沈栖不能理解，为什么陈淑礼明明知道自己生病了，却不愿意去医院好好接受治疗。医生都已经说了，陈淑礼的情况已经比刚开始那两年好很多了，现在只要按时接受心理治疗，按时吃药，不是没有痊愈的可能。

可明明有这个希望，陈淑礼却总是会把开来的药给倒掉，每个月一次的心理康复也不愿意去做。

沈栖觉得她不是不能痊愈，是她根本就不想痊愈，所以她不配合医生，不吃药，不去做心理康复。沈栖能猜到妈妈的想法，但没办法支持对方。

沈栖轻轻闭了下眼，再睁开眼时眼神已经比刚刚柔和了很多。

她走到陈淑礼身边，耐心劝说道："我不是非逼着你去医院，我是想要你快点好起来。妈妈，你知道的，我们大家都希望你快点好起来。只要你的病好了，你也能开心很多，不是吗？弟弟已经——"

不知道这些话里哪一句戳到了陈淑礼的逆鳞，她突然抬起头，恶狠狠地看向沈栖："我知道，在你们眼里我就是一个疯子，你们所有人对我是面前一套，背后又是一套。沈栖，你是不是很恨我？

恨不得我跟你弟弟一样去死？你嘴里说着让我去医院，但其实你把我害成这样很开心吧？让我吃药？你们可以做到心里没有任何负担地忘记沈康，我做不到！"

沈栖一愣。

"沈栖，你别想着已经过去很久了，你就可以把沈康忘记了。所有人都能忘记沈康，唯独你不能！他是你弟弟，是你害死了你的亲弟弟！"

陈淑礼站了起来，眼神直勾勾地盯着沈栖："沈栖，你是他姐姐，你怎么能让我忘记你的亲弟弟呢？不只我不能忘记，你也不能忘记！"

陈淑礼面目已经有些狰狞，眼里的恨意却是再也藏不住了。

啪——

一个巴掌落在沈栖脸上，她退倒在沙发上，紧闭着双眼，耳朵嗡嗡作响。

陈淑礼情绪的转变快到她一时也没有反应过来。

陈淑礼虽然情绪不稳定，但经过这些年的疗养，已经比最开始那几年好了很多。这些年来，虽然陈淑礼偶尔还是会提到沈康，对沈栖也不管不顾，但像今天这样直接指着她的鼻子咒骂她，直接上手打她却还是第一回。

不过在沈栖看来，妈妈每一次看她的眼神里何尝不是带着今天这样的情绪呢？

沈栖也是今天才知道，妈妈可能病情又变得严重了。

沈栖睁开眼，眼里带着一种不知名的情绪。她笑了一声，轻声道："妈妈，我没忘记沈康。"

沈栖打电话给沈振则，沈振则十分钟没到就赶到了沈栖这边，他跟沈栖一起把陈淑礼送到了医院。

到医院的时候，沈栖没有上去，而是在车里等沈振则。

她知道自己跟着去，只会让陈淑礼更加崩溃。

在车里不知道等了多久，沈栖睡着了。

她做了一个梦，梦到自己被关在一个狭小的房间里。房间里只有一张很小的床，墙壁上唯一的窗子也很小。

被关在这个房间里的人不只她一个，还有几个跟她差不多年纪的小孩。他们和她一样，双手双脚都被麻绳绑着，嘴巴上也被胶带封着，发不出一丝声音。

沈栖看不清他们的脸。尽管房间光线很亮，但沈栖还是看不清他们的脸。她费力地睁着眼睛，小孩们的脸还是模糊的。

沈栖很害怕，但做不出一丝反抗的举动。

晕倒之际，她看到有人打开了这个房间的门走了进来，然后蹲在了她的面前，笑着说："长得这么好看，一定能卖个好价钱。"

"七七？七七，醒一醒。"

沈栖从梦中醒来，微微侧过头就看到了沈振则的脸。

她意识到自己睡着了，现在是在车上。

沈振则问："你是不是太累了？赶紧回去去休息吧。"

沈栖闭了闭眼，缓了一会儿。

感觉到自己的意识集中了一些，她才侧过头问："妈妈怎么样了？"

沈振则移开视线不看她："我让她住院了。七七啊，你妈妈说的那些话你不要放在心上。妈妈这两天在外面不开心，回来没控制住情绪。"

"我知道的。"

"你妈妈她不是有意这么说你的，你也知道她——"

"爸爸，"沈栖轻声打断他，"妈妈的病情可能加重了。"

沈振则骤然说不出话了。

沈栖侧过头看了一眼沈振则，他正对着她，视线却向下盯着手刹。他微张着嘴，却迟迟没有发出声音。

她清楚自己的父亲在纠结什么，也知道他内心有多么矛盾。

沈栖想问忍受了这么多年的爸爸是不是也想要解脱。

沈栖收回视线，身子缓缓向后靠。

她看向车窗外，看着医院车库里来来往往的车辆，忽然笑了一声。

因为这一声笑，沈振则愣了一下。

沈栖轻声道："爸爸，这么多年了，你累吗？我每次回到家里都感觉好累。"

他赶紧解释："七七，你不能这么想。她是你的妈妈，我也希望她的病能快点好起来。我们再努力一点，再顺着你妈妈的心意一点，我们一家人迟早会好起来的，不是吗？"

听到这话，沈栖忍不住难过。

这句话她起码听了五六年了，可生活好了吗？家里不还是一团糟吗？

但沈栖终究不会去反驳沈振则的话，她点点头："可能吧。"

沈振则沉默了一会儿，说："让你妈妈住院的事情，我和你外婆商量一下吧。"

沈栖一愣。虽然这是她所想的，但她原本以为自己的父亲不会答应。

沈振则说："你妈妈的病情加重了，在外面受到刺激对她也不好，住院观察可能会对病情好一些。"

沈栖犹豫了一会儿，说道："妈妈一直都没有吃药，她也不愿意去看医生。"

沈振则有些愧疚："这些事情我都没有注意到，我以为她的病情已经好转很多了。"

沈栖说："妈妈说，她不想忘记沈康。"

听到沈康的名字，沈振则的表情顿时一僵。他赶紧对沈栖说："七七，你记得的，弟弟当年是死于意外，不是你害死的。"

沈栖"嗯"了一声。

除了沈振则和沈文锦，几乎所有人都在说是她害死了自己的弟弟，有时候别人说的次数多了，她就会真的这么认为。

沈振则送沈栖回了家，他告诉沈栖，陈淑礼那边他会处理，沈栖只要照顾好自己就行。

沈栖点头应下。

沈振则走后，沈栖上楼洗澡准备睡下。

她今天太累了。明天还跟乔瞵约好要去野炊，许梧黯还特意向

155

补习班老师请了一上午的假，她不想因为这件事而爽约。

睡前她给许梧黯打了个电话，提醒他别忘了明天早上她会先过去找他。

许梧黯似乎从她的声音中听出了她情绪不高："沈栖，你不开心吗？"

沈栖一愣，下意识反驳道："没呀！你怎么这么想？"

可能是听沈栖的语气又恢复正常了，许梧黯沉默了一会儿，开口道："没有不开心就好。"

"没事，早点睡吧，晚安。"

"晚安。"

挂掉电话以后，沈栖翻来覆去睡不着觉。

没过多久，手机收到了一条来自许梧黯的消息，是一条链接。

沈栖点进去，发现是一个闯关打怪兽的小游戏。

游戏操作很简单，按上下左右键打怪就行。沈栖一路闯关，但让她没想到的是，成功到达终点后，界面上突然出现了很多太阳发着光的动画效果，中间一行字不断地闪烁：**恭喜"小太阳"到达终点，要相信自己是最棒的！**

游戏界面很粗糙，里面的小人也怪丑的，但沈栖看着这一幕还是感动不已。

她憋了一个晚上的眼泪忍不住流了下来，不过她是喜极而泣。

原来，还有人在乎她的情绪。

结婚后的沈栖想起这个浪漫的瞬间的时候，问许梧黯为什么还会做小游戏。

臭屁的许梧黯："很难吗？我从高一就开始自学编程了。"

沈栖："……"

第二天一早，沈栖被闹钟叫醒了。

出门前，沈栖看到镜子里的自己没什么气色，想到一会儿要见许梧黯，她拿出淡色的唇膏往自己唇瓣上涂了涂。

难得起了个大早，早晨的空气果然更清新一些。

沈栖蹲在街角，视线一瞥就看到不远处走来的许梧黯。

他还是老样子，穿着白T恤、黑裤子，肩上背了一个黑色的背包。

沈栖小跑过去，弯着眉眼笑："早上好啊，许梧黯。谢谢你昨天做的小游戏！"

许梧黯低眸看她，小姑娘穿着天蓝色的短T恤和牛仔短裤，乌黑的长鬓发披散着，都快到腰部了，头顶上还扎了个小揪揪，十分可爱活泼的样子，一眨一眨的眼睛诉说着她的开心和期待。许梧黯心里有些动容："能让你开心就好。"

沈栖不自然地往两边看了看，随后转移话题，掂量了两下许梧黯背的书包："你这里面还有书？"

许梧黯拨开她的手，也没做解释，只说了句"走吧"就先一步往小区门口走去。

沈栖连忙追上来，跟在他的身侧叽叽喳喳地讲着话。

一行人约好在东站的湖泊那边碰面，从北苑一城到东站路程比较远，坐公交车还得转车。

两人爬上了公交车的后座后，又陆陆续续上来几个人，车子才出发。

那群人坐在他们对面，看样子和他们差不多大，从上了车起，那几个人的视线就不停地落在两人身上。

沈栖悄悄地戳了戳许梧黯的手臂："你发现没有？"

许梧黯睨了她一眼。

"那几个人总是看我们。"沈栖把手放到嘴边，凑到许梧黯身边压低声音，"这就是我们这些长得好看的人的烦恼。"

许梧黯："……"

等沈栖和许梧黯到烧烤地点的时候，乔瞧和几个朋友已经把烤架支撑起来了。

沈栖刚走过去就注意到乔瞧在跟她挥手："这里！"

她赶紧小跑过去，还来不及开口说话，旁边突然撞过来一个人。那人抱着沈栖的腰，脸颊在沈栖身上蹭了蹭："好想你啊，七七。"

沈栖见状笑了起来："小月月！我有多长时间没见你了？"

林江月松开手，站在沈栖面前笑着。

她长着一张娃娃脸，头发扎成最常见的马尾辫，鼻梁上架着一副眼镜。

沈栖余光瞥见许梧黯，赶紧后退一步，把许梧黯拉上前："给你介绍一下，他叫许梧黯。"

林江月眨巴眨巴眼睛："我叫林江月，是七七的好朋友。"

许梧黯微微颔首。

互相介绍完，林江月拉着沈栖往乔瞧的方向走去。

沈栖被强拖着过去，只能回头冲许梧黯摆了摆手："你先自己去玩吧。"

这时，正在烧烤的几个男生看到许梧黯，忙凑过来跟他攀谈，几人都是上次聚会遇到过的。

那群男生直接把许梧黯拉到了烧烤架那边，这还是许梧黯时隔这么多年第一次一个人面对这种社交场合。

来到乔瞧身边后，沈栖又被林江月抱着蹭了蹭。

她嫌弃地推开林江月的脑袋："又来又来。"

林江月小声问："刚刚那男生是你朋友？"

沈栖闻言顺着她的视线往许梧黯那边看了一眼，他正和几个男生一起在弄烧烤。

沈栖心想，他终于肯踏出那所"囚牢"了。

沈栖往许梧黯的方向看了一眼。

许梧黯手忙脚乱地站在人群中间，手里拿着打火机，也不知道下一步要做什么。旁边的人跟他说话，他也紧皱着眉头。

看来还是不能一下子进展太快，万一让他感到烦了就前功尽弃了。

想到这里，沈栖冲林江月笑了笑："我得过去帮帮他，你们先聊着。"

"搞什么啊？你们几个男生连个火都生不好，还把活全部丢给许梧黯？"

沈栖凑到许梧黯身边："我帮你。"

许梧黯把打火机递给沈栖，沈栖接过后三两下就把炉子里的火给生起来了。

他还有些惊讶，没想到小姑娘还挺利索的。

沈栖把打火机丢回去："快快快，上肉了。"

几个男生闻言马上拿来肉串放了上去。许梧黯在一旁看着，也没空位给他插手做事。

沈栖烤着肉，动作有模有样的。

很快，几串小里脊都烤熟了，一群男生立马上来抢。沈栖给他们一人发了一串里脊肉，剩下的都递到许梧黯面前，献宝似的邀功："吃肉吃肉。"

那几个男生见状忙嚷嚷："沈栖，不公平啊！凭什么给人家那么多，就给我们一串？"

沈栖仰起下巴："我自己烤的，给你一串都是好的了，你吃不吃？不吃还给我。"

"吃吃吃。"旁边有男生笑道。

沈栖烤完第二轮肉，刚准备拿去给许梧黯吃，就发现他人不见了。

朋友跟她说许梧黯去湖边了，沈栖连忙丢下夹子跑了过去。

湖面波光粼粼，许梧黯正对着湖面放空自己。

沈栖替他包揽了全部的活，他索性也不在那里碍手碍脚，跑到湖边来看看景色。

不知道从什么时候起，他好像变得和从前不一样了，他愿意踏出一步走向别人，也不再抗拒别人接触他。

这一切都源于那个"小太阳"，"小太阳"拼了命地想要把他世界里的黑暗全部驱散。

但有些事，不是一朝一夕可以让人放下的。

"许梧黯。"

许梧黯一转头，沈栖那张白净的脸就出现在他的视线中。

她歪着脑袋问："太阳这么大，晒黑了怎么办？"

许梧黯收回视线，看向湖里的小鱼："晒黑就晒黑吧。"

沈栖笑嘻嘻地凑近，用手指戳了戳他的脸颊："要是晒黑了，说不定就不好看了。"

许梧黯："……"

沈栖在湖边逗了许梧黯几句，许梧黯索性就在旁边的大石头上坐下，也不搭理她了。

吃完烧烤，一群男生坐下来，准备玩游戏。

一个叫蒋南浔的男生问道："大家说说，玩什么？"

乔瞧提议："那就老土一点，玩'真心话大冒险'吧？"

"一、二、三，转！"

瓶子在桌上猛转几圈，转了几个圈后速度才慢慢缓下来。

一桌子的人都瞪着眼睛盯着瓶口，只见瓶口转了一圈后指向了许梧黯。

蒋南浔一拍掌："五哥，开门红啊！"

沈栖听到这个称呼，憋着笑看了许梧黯一眼。五哥？什么时候他有了这么个尊称？

见转到了自己，许梧黯面不改色，直接抽了张离自己最近的牌。

"大冒险啊！快看看内容是什么。"

沈栖凑过去看了一眼，嘴里念了出来："跟在场的一名异性拍一张合照当朋友圈封面，并且一周不能换下来。"

蒋南浔兴致缺缺："这牌这么没意思啊，一点都不好玩。"

沈栖拉了拉许梧黯的袖子，抬头冲他笑："选我，我跟你拍。"

最后，沈栖和许梧黯当着大家的面拍了一张合照。

沈栖看着那张合照乐滋滋的，照片上她笑得嫣然，许梧黯也被她强制要求扯出了一个不太自然的笑。

照片拍完后，好几个人提出要加许梧黯的微信，美其名曰要监督他有没有完成惩罚。

许梧黯没拒绝，直接把手机扔过去让他们自己加。

游戏玩到最后，一群人已经觉得乏味了。

蒋南浔拿起瓶子："那就再来最后一把，来个收尾啊！"

"行。"

瓶子被打横放在桌上，蒋南浔手指一拨，瓶子转了起来，一群人的视线都盯着瓶子，就想看看是哪个倒霉蛋最后一个中奖。

慢慢地，瓶子停了下来，瓶口对着许梧黯。

蒋南浔笑道："五哥，开头和结尾都被你包了。"

许梧黯看了他一眼："我选真心话。"

温然："最后一把游戏，就简单点吧，我想不到问什么问题了，咱们抽张牌吧——嗯，说说你记忆中最难忘的事发生在哪个地方。"

"啊，这也太简单了吧？"

一群人眼巴巴地盯着许梧黯，就准备听他回答完最后一个问题就收官。

原以为这是一个非常容易回答的问题，没想到许梧黯拿起旁边特别调制的"黑暗饮料"，一口气喝了下去。

在场的人都愣住了。这么容易的问题，他不能回答？

许梧黯喝完饮料就站起身往湖边走去。

沈栖愣住，心里隐隐有一个猜想，这大概是和他的秘密有关。

许梧黯身上到底藏了什么秘密？

她站起来打圆场："好了好了，不玩了。"

说完，她追着许梧黯跑了过去。

剩下的人面面相觑。

温然小声问："那个问题问得不妥吗？"

"其实还好吧，挺容易回答的啊。"

有人猜："难道是有什么不让人知道的秘密？"

"好了好了，别猜了，收拾东西回家喽。"

许梧黯今天第一次喝作为惩罚用的"黑暗饮料"，嗓子辣辣的，异常不舒服。他不想回答刚刚那个问题，也不想面对从前那些事情。

突然，他感觉到自己的衣角被拽住了。

许梧黯回头一看，沈栖站在他身后，脸上带着笑。

沈栖："我们得走了。"

许梧黯垂了垂眼眸，他心里在做一个决定。

沈栖扯了扯他的衣摆："好了好了，我们走吧。"

"沈栖。"他突然喊她。

沈栖回过头，眼底一片茫然："怎么了？"

"我是从宜安来的。"

如果对方是"小太阳"的话，那他也做好准备让她知道自己那并不光彩的过往了。

沈栖愣了一下。

"我记忆最深刻的地方就是宜安，一辈子也忘不掉。"

许梧黯声音清冷，他的视线没有落在她身上，反而看着一旁的湖泊。他的神色比往常萎靡一点，看起来很是落寞。

沈栖轻轻抬手拍了拍许梧黯的背。

她对上许梧黯那双暗淡的眼睛，笑着说："忘不掉的事就让我们以后一起去面对吧。"

沈栖想过许梧黯会愿意把过去的事情说出来，但她没想到会是在这个情况下。

她愿意去了解许梧黯之前经历的事情，也愿意当一个倾听者，就跟他愿意了解她的过去一样。

但这个前提是，许梧黯要想清楚是否该告诉她。

她笑了下，说："如果你愿意说给我听，我很高兴能够了解你，就跟你了解我一样。"

沈栖抬头："你做好准备了吗？"

许梧黯突然不说话了。

沈栖看出他的隐忍，他在强压自己的情绪。

她不想逼他，牵住他的衣袖，说："等你做好准备了再告诉我吧，我们慢慢来。"

公交车上。

窗外已近天黑，公交车在城市的霓虹灯下穿梭，车身摇摇摆摆。

气氛比往常安静，她稍稍侧头看了一眼许梧黯。他靠在椅背上，唇瓣紧抿着，视线一动不动地盯着前方某一处。他的眉宇微皱着，似乎他正因为什么事情而烦恼。

沈栖轻轻眨了眨眼。

她不知道许梧黯现在在想什么，但她觉得大概跟下午的事有关。

车子穿过大桥，霓虹灯的灯光登时打在了沈栖的脸上，只一瞬间，又因为建筑物遮挡住了灯光，她脸上的灯光消失了。

沈栖松了松肩膀，缓缓舒出一口气。她下定决心一般侧过头问："许梧黯，你今天跟我说了一个你的秘密，我也跟你说一个我的秘密好不好？"

许梧黯侧目看她。

沈栖就当他默认了："你还记得我上次跟你说的关于我弟弟的事情吗？"

许梧黯神色一顿，迟疑片刻后缓慢地点点头。

沈栖身子微微朝前："其实我也没有很讨厌我弟弟。"

想到沈康，沈栖心底不禁泛起苦意。她对沈康的感情太过复杂，他们是这世界上除了爸妈之外血缘最近的人。他们住过同一间房子，这种血脉相连的关系是斩不断的，他们本该是最亲密的人。

沈栖承认，她小时候确实因为家人对弟弟过分偏心而对他产生过那么一瞬间的怨恨。经历了那么一件痛苦的事情，她被家人找回来后，依然没有得到家人的关心。那时候她曾在心中怨恨地想，要是没有弟弟就好了。

后来，沈康真的被查出患有先天性心脏病。

沈栖那时候还在上小学，很多词汇听不懂，但她知道一件事，就是弟弟可能会因为心脏病发作去世。

知道这个消息的时候，她被吓得浑身发冷。她再次想起那次自己在心里的怨恨，在想会不会是自己的怨恨让沈康被查出这个病。她害怕，她没想过真的要让自己的弟弟消失。

知道沈康生病后，她不敢再因为沈康的事情和家人要性子，自己也开始尽心尽力地照顾和疼爱弟弟，小心翼翼地呵护他。

她就放松了一天，缠着爸妈去郊外野炊给自己过生日，就那么一天，沈康心脏病发作，从郊外赶回市区送到医院，抢救了十多个小时，最终还是没救过来。

　　沈康去世以后，沈栖成了所有人发泄痛苦的对象。也是从那天开始，她收起自己的所有脾气。在家人将沈康去世的怒火发到她身上的时候，她只是一声不吭地承受着。

　　有一次，沈文锦看不下去将她带到自己家，那个晚上她是抱着小姑睡觉的。她已经很久没有跟人一起睡过觉了，自从沈康出生以后，她就没有抱过自己的妈妈。

　　黑暗中，沈文锦问她："七七，你会恨自己的弟弟吗？"

　　沈栖紧闭着眼睛，眼睑却止不住地颤抖。她没睁眼，也没回答这个问题。

　　但她想，她不会恨，也不敢再恨了。

　　她注定要成为沈康的影子。

　　沈栖眼眶有些发红，鼻头有些酸，但还是接着往下讲："因为我那时候一念之间的想法，导致后来弟弟真的从这个世界消失，我就不敢对这些有任何怨言了。"

　　许梧黯侧过头盯着她，好半天才道："之前我们说过，你不会再成为任何人的影子。"

　　沈栖吸了吸鼻子："我知道，虽然因为弟弟我承受了很多，但我知道跟他没有关系，我弟弟很可爱，他跟其他小孩不一样，他从出生以来就很乖。我每次抱着他玩的时候，他都会抱着我亲我。昨天我妈好像又想到我弟弟了，她朝我骂了很多很难听的话，其中提到了我弟弟，我就忽然有点想他。"

　　她忽然顿了下："许梧黯，我有点想去看看我弟弟。"

　　"去哪儿？"许梧黯问。

　　"我弟弟在宜安，我想找个假期回去看看他。"

　　听到这个地名，许梧黯忽然呼吸一滞。

　　宜安，又是宜安。

　　沈栖软着声："许梧黯，到时候你陪我一块儿回去好不好？"

她在请求他。

许梧黯喉咙一紧，目光在落到她挂着泪的眼睑上时，拒绝的话怎么也说不出口。半响，他闭眼，哑声应道："好。沈栖，其实……我们应该很早就见过了。"

时间回到沈栖的童年时期。

沈栖来到了一个陌生中带着一丝熟悉感的地方，看了看周围，她缓步向前面的便利店走去。在那里，她看到了一个蹲在墙角哭泣的少年。

那天是沈康的忌日，她随父母去宜安的墓地看望沈康。

中途父亲将车停在便利店门口，说下车去买点东西。

她就在便利店门口等父母。

突然，耳边传来细碎的辱骂声，没过一会儿，从巷子里走出来一群凶神恶煞的男生。

等了几分钟，沈栖好奇地走进巷子里，看到一个比她大一些的男孩坐在地上，浑身上下无一处不是湿的，头发也很乱，看起来像是被人欺负了。

沈栖走过去在他的面前蹲下。

也许是注意到了动静，男生抬起头。他的脸很好看，有一双和沈栖一样的桃花眼。

此时他的眼眶通红，看到她的下一秒，他就移开了视线不与她对视。

沈栖蹲在他面前，一双眼睛眨啊眨。

男生忍不住回头问她干什么。

她从口袋里摸出一张纸巾递给他，用软软的腔调说："哥哥别哭，哥哥的眼睛好漂亮。爸爸还说，哭了会变丑。"

沈栖从梦中惊醒。

此时还是深夜，房间里除却空调运作的"呼呼"声再无其他。沈栖坐在床上大口大口喘着气，脑海里不断地浮现刚刚在梦中的场景。

她额间冒着冷汗。

良久，沈栖缓过神。她深吸一口气，侧身从床头柜上拿起遥控器关掉了空调，继而又拉起被子躺了下去。

她重新闭上眼，刚刚梦中的场景在脑海里怎么也挥之不去。

与其说那是梦，倒不如说是她从前经历过的事情。

一直到现在沈栖才想起自己为什么会觉得许梧黯有些熟悉。

直到昨天许梧黯说出口，她才知道，原来巷子里的那个男生就是许梧黯。

她那时候上小学五年级，因为沈康的事情，心智比同龄孩子成熟一些。

因为沈康的去世，沈栖习惯扮演"小太阳"，去讨好身边的每一个人。她什么都懂，但是会把自己装成一副什么都不懂的模样。

就像遇到许梧黯，沈栖看得出来他是受了委屈，但她不会说出来，她知道许梧黯也会好面子，所以她夸他眼睛很好看。

她想，有时候装出一副人畜无害的模样，反而会让人放松不少。

紧张的周一。

丁零零——

尖锐的铃声划破校园的宁静，声音刺耳，却让九班的学生马上松懈了下来。

方春强站在讲台上拍了拍黑板。

"大家静一静啊，都回到各自的位子上。我跟大家说一件事情。

"在今年国庆到来之前，我们学校将举行一年一度的中秋晚会和运动会。中秋晚会报名节目可以以班级为单位，也可以以社团为单位，组队形式并无特别要求，跨班也可以，一切自由！有表演意向的自行组队上报给文艺委员。当然最后上台的节目是需要通过老师选拔的，希望各位同学踊跃参加。

"但是在此之前，月考也要来临了，就在下周一，大家做好准备迎接考试。"

…………

"好消息和坏消息为什么要一起来啊！"乔瞧哭丧着脸，挽着沈栖的手在操场散步。

"不过七七，中秋晚会你要参加吗？"

沈栖闻言笑了声，漫不经心地反问："我上去能表演什么？表演一套散打？"

乔瞧一听顿时乐了，贼兮兮地笑着："这好啊。"

"再不走快点就没饭吃了。"沈栖笑骂了声，拉着乔瞧快步朝食堂走去。

其实沈栖对舞台还是有憧憬的。

她小时候就很喜欢吉他和音乐，但是爸爸不支持，妈妈不喜欢。她从小被当作一个男孩养着。只有沈文锦懂她，暑假特意给她买了吉他，教她弹。她其实也很想站在舞台上表演一次。

但是，她还是认为在聚光灯笼罩下的舞台并不是她该上的地方。

她只会静静地坐在台下，看着舞台上闪闪发光的女孩，暗自羡慕。

放学后，沈栖照例在教学楼下等许梧黯一起放学。

一中分大小周，大周的周五，高三学生是跟高一高二的一起放学。沈栖蹲在楼下没等多久，就看到许梧黯从楼梯上走了下来。

她挎上包，一蹦一跳地走到许梧黯身边，脸上洋溢着笑："走吧，许梧黯。"

大周的周五，是一中校门口最热闹的时候。人潮的拥挤不断使沈栖和许梧黯之间的距离越来越近，两人手臂贴着手臂，身体不断被人流推搡着撞在一起。

忽然，沈栖的手肘被人拽住，力道促使她往旁边跨了一步，再然后，前方拉着她手肘的力道引着她往前走。她低垂着头，目光定定地落在紧紧拽着她手肘的手上。

沈栖抬头，视线向上移，看到了许梧黯的后背。她被他护在身后，他替她挡开人流。她忽然觉得，许梧黯的肩膀有着十足的安全感。

一直等走出拥挤的人群，周围的人才少了很多。

许梧黯也松开了沈栖的手，沈栖立马快步向前走了两步，走到他身边跟他并肩。

两人就这么并肩慢吞吞地朝不远处的公交车站走去。

沈栖忽然想起白天方春强讲的中秋活动："许梧黯，你们班通知了中秋晚会的事情吗？"

许梧黯微微颔首，视线不自觉偏向沈栖。

"你们高三今年还可以参加中秋晚会啊？我还以为你们不能参加了呢。"

许梧黯抬了抬一侧的肩膀，回答道："一中在这块管得没那么严，高三不强制参加，想去看的就去看，不想去的就留在教室里自习。"

沈栖抬头："许梧黯，那你要去看吗？"

许梧黯一默，立刻移开视线。

沈栖一见他这个反应就知道他并没有想去看中秋晚会的意思，八成是会选择留在教室自习，这才符合许梧黯的个性。

两人在公交车上没有交谈，各自在想着事情。

到站了，公交车靠边停下，沈栖一把挎上背包走出座位："先走啦！"

许梧黯抬手挥了挥，以示再见。

沈栖飞速下了车，回头时车门正好关闭，她视线移至后排许梧黯的身上，脸上再次扬起笑，用口型说道"后天见"。

沈栖一边哼歌一边朝家走，想到今晚好好休息，明天在家学习一天。

许梧黯一周就只有周日是属于他自己的时间。沈栖如果不找他，他还是会习惯在家里上网课，巩固学习。

许梧黯说："我以前也是这么过来的。"

他习惯过劳学习了。

让许梧黯的轻度抑郁症痊愈是她目前最想完成的事，这段时间和他相处时，虽然他的状态变得好一些了，但还不够。

所以她提出想占用许梧黯周日时间的请求，希望他能帮她辅导一下学习，陪她一块儿弹吉他。

他之前没有朋友，只能一个人疯狂地学习，封闭自己。现在他有朋友了，沈栖就不会再让他感到孤单了。

陈淑礼已经出院了，转到了外婆家里继续疗养。沈栖一个人在家，绕道去超市买了一些泡面和面包。

"就这些是吗？一共三十。"收银员说。

沈栖从钱包里抽出一张五十元的钞票递给收银员，一抬头，目光在触及对方的面庞时愣住。

收银员戴着一顶黑色的鸭舌帽，身上穿着超市统一的工作服，头发也比之前短了不少。虽然和之前两次见到时有些不一样，但沈栖还是一眼就认出了是那个男生。

他是那晚找许梧黯麻烦的男生，也是她在天桥那儿遇到的给了乞丐钱的男生。

"找你钱。"男生侧过身，刚准备将钱递给沈栖，但在注意到沈栖的目光时也跟着愣住。他单挑了一下眉，"是你？"

沈栖哑然，没想到不只自己认出了他，他也认出了自己。

沈栖看了看男生胸前的工牌，他叫林浩。

没等她说话，沈栖身后的顾客已经开始催促。

沈栖忙从林浩手中拿过零钱，侧头说了一声"谢谢"，拎起购物袋匆匆离开超市。

一直等到她走出超市，她才敢回头看一眼林浩。

后者正在给客人结账，操作熟练，脸上也带着超市营业员惯有的笑容。

他好像跟自己认识的混混很不一样。想起那晚他们围堵许梧黯时说的话，她心里升腾出疑问。

他们到底为什么要找许梧黯的麻烦？他们说的许梧黯的事情又是什么？

她强压下心中的困惑，转身走回家。

回到家里。

沈栖单手支着脑袋，面前摆着一张试卷。她手指不停地按着水笔，神色也是愣愣的。

黄昏，夕阳透过纱窗照进房间，打在她的桌面上。

叮一声响，沈栖回过神来。她睨了一眼桌上的手机，见是垃圾短信便没再管，侧身换了个方向支着脑袋。

她的思绪有些乱。回到家后她是准备做一张卷子的，但选择题刚写了两道，她的思绪就控制不住地乱飞，飞回刚刚在楼下超市时候的场景。她满脑子都是那个晚上，林浩站在许梧黯面前说的话。

沈栖烦得不行。

又一条手机短信进来，她唰一下站起身。

她决定了，还是去问一下。

等她急匆匆跑到楼下超市，在门口往收银处一看，收银台那儿已经换成了一个女生。

林浩走了，她来晚了。

沈栖心里有些懊恼，心情顿时低落了不少。她就近找了一处长椅坐下休息。

时值九月，虽已经入秋，但天气的温度还是跟夏天没差。傍晚的室外虽不如白天燥热，但也带着夏天惯有的闷热感。

沈栖拿出手机，手指在屏幕上滑动了几下，最后点进了和许梧黯的聊天框。

她垂着眼眸，一动不动地盯着两人的对话框。沈栖轻咬了下唇，开始打字：许梧黯，你之前在宜安……

沈栖手指一僵，牙齿也慢慢松开紧咬着的唇。她叹了一口气，指尖微微偏移，按下删除键。

算了，她不能急。

沈栖收了手机，两手在身体两侧一撑，刚要起身时，身边忽然落座了一人。

来人笑着道了一句："你还记得我吗？"

沈栖倏然侧头，目光在触及对方时，瞳孔猝不及防地放大。

是他，林浩。

"你怎么在这儿？"沈栖声音有些僵。

林浩耸了下肩："感觉你跟我还挺有缘的，所以来打个招呼。"

沈栖蓦然收回视线，两侧的手指死死地抠着椅面。她尽力调整着自己的呼吸，让自己看起来一切如常。

她心里很纠结，一方面，她并不想和针对过许梧黯的人有任何联系，另一方面，她又想从林浩的口中打探出有关许梧黯的事情。

气氛安静了下来。

良久，沈栖从纠结的情绪中缓了过来。她一言不发地站起身。

她想通了，她不想跟针对过许梧黯的人接触，对于许梧黯的事情，她没必要急于此时知道。

就算许梧黯一直放不下，她和他依然是朋友。这和他自身的秘密无关。

见沈栖准备走，林浩终是忍不住喊了一声："你……"

沈栖步子一顿，侧头看了他一眼就收回了视线。

林浩顿时急了，也跟着站起身朝沈栖喊："你跟许梧黯到底是什么关系？"

沈栖停住了步伐，但没有回头。

林浩在身后继续喊道："你离许梧黯远一点吧，否则会给自己惹上麻烦的，他不是什么好人。"

最后一句话入耳，沈栖感觉自己脑中有一根紧绷着的弦断了。

她转过身，三两步走到林浩跟前。她眉眼和唇角耷拉着，眉眼间细看还能看出一些怒气："你了解他吗？凭什么说他不是好人？"

林浩一见她这副模样，反倒乐了："哟，刚刚跟你说话不理人，一提到许梧黯就回来了，还生气了。你跟许梧黯什么关系啊？"

"用你管吗？"

林浩不怒反笑："我是好心提醒你。你小心被他牵连。"

沈栖皱了皱眉："你说清楚。"

"他身上麻烦事不断，你离他远一点。不然你以为就凭你上次那个哄小孩的招数就能解决所有事情吗？"

沈栖一下就从他的话中抓住了关键："你知道我上次是骗你的？"

林浩嗤笑："不然呢？"

沈栖眼中还带着警惕之色，但她已经有些狐疑："那为什么还放我们走？"

林浩说：“我可没有牵连无辜的习惯。”

"谢谢。上次你们为什么要去找许梧黯的麻烦？"沈栖直白地道。

"闲着无聊呗。"林浩玩世不恭地笑着。

他虽是这么说，但沈栖一点也不相信。她很不愿意将那个晚上帮助乞丐的男生与面前这个人联系到一起。

"上次在天桥，我看到你了，"沈栖沉默片刻，继续道，"我看到你帮助了一个流浪汉。"

林浩听到这话，脸上的笑容渐渐消失。

沈栖轻轻眨了眨眼，语气平淡："你不要告诉我，你是打劫许梧黯的钱去帮助其他人。"

"说不定真的跟你想的那样呢？我也不是什么好人。"

"你们和许梧黯之间到底发生过什么事情？"沈栖直直地盯着林浩。

听完这话，林浩并没有接话，而是静静地盯着沈栖。

气氛一时冷了下来，对视之间透着一种无形的压力。

良久，是林浩率先打破的沉默。

林浩笑道："看来你俩关系也没有多好嘛，他连他自己的事情都不告诉你。"

沈栖冷冷地瞥了他一眼："你少挑拨离间。"

林浩挑眉："那交个朋友。交个朋友我就告诉你。"

沈栖瞥了一眼座位，最终还是在另一侧坐下。

见她落座也不说话，林浩算是知道了她的意思，清了清嗓子开口："其实我也是看你跟我堂妹认识，我才跟你说这些。"

沈栖一愣："堂妹？"

"林江月。"

沈栖瞬间蒙了，蓦地侧过头："你是林林的堂哥？怎么没听她提过？"

"可能是我之前一直生活在宜安吧，跟江月也是逢年过节的时候才见。我看过她动态里你和她的合照，之前送她去学校的时候也见过你，所以那晚我就认出你了。

"许梧黯的事情有点复杂，我不是当事人，知道得也不多，只知道他以前也是宜安那边的。找许梧黯麻烦是受朋友所托，让我质问许梧黯几个问题。"

沈栖还没从林浩和林江月的关系中缓过神，又被他的话给吸引了注意力："你当时那情况可不像是问几个问题。"

林浩笑了笑："那是拉他进小巷，他自己没看清路撞倒了路边的自行车，自己摔的。不过我拉他的手法确实粗暴了一点。"

沈栖皱了皱眉："你们想质问他什么？"

"还没来得及问你就来了啊，"林浩顿了下，"不过也就是围绕那件事……"

"什么事情？"沈栖一下就从中抓住了重点。

林浩的声音戛然而止。

沈栖见他这个反应，就知道她自己问到了这件事最重要的点。她催促："到底是什么事情？"

沉默片刻，林浩叹了口气，声音缓慢又清晰——

"许梧黯害死过一个人。"

啪嗒一声，小区里的路灯统一亮起了光。

沈栖难以置信地看着林浩，声音里都透着荒谬感："你开什么玩笑？"

林浩耸耸肩："我听到的版本是这样的，一个女生因为许梧黯轻生了。换一种说法讲，许梧黯也算是'凶手'吧？"

沈栖噌一下站了起来："请你注意言辞，'凶手'这词的严重性有多大你知道吗？许梧黯不可能是凶手。"

林浩仰起头："你和他才接触多久，你怎么就这么肯定？"

"不可能就是不可能，因为他是许梧黯。"

沈栖忍住情绪，一字一句地重复："有些事情单听一面之词是没办法知道事情的全貌的。你也只是道听途说，但这不一定是事实。有些谣言传得多了就会被人误会成是真的。"

沈栖话说到这儿，就没接着往下说了。

听到许梧黯被人这么说，她有点控制不住自己的情绪。

沈栖垂下眼帘，轻声道："算了。谢谢你跟我说这些，我先走了。"

话音刚落，沈栖就快步离开了这儿，往外走了几步后甚至跑了起来。

她一路跑回家，房间门合上的那一瞬间，沈栖才松了自己紧绷着的神经。

夜幕已经降临，屋子里除了书桌上的一盏台灯再无其他光源。她趿拉着拖鞋，慢吞吞地走到书桌前。

沈栖微微抬眼，目光落在了桌角的那一张合照上。

那是上次郊游时，许梧黯和她完成的那一场大冒险的合照。照片拍下来的当天，她就将照片拿去楼下的照相馆洗了出来，装在相框里，摆在自己的书桌上。这一周，每当她学累了看到这张照片时，心里的苦闷便会一扫而空。

她怔怔地盯着照片看了许久，脑海中想起刚刚林浩说的话。

沈栖赶忙摇了摇头，走到书桌前坐下。

她不信这些莫须有的谣言，她会等许梧黯自己跟她说这件事，她只相信许梧黯。

半夜，沈栖写完最后一张卷子。

她伸了伸腰，拿起被反扣在桌面的手机，发现不久前手机刚收到一条"好友添加提示"。

对方的头像是"蜡笔小新"，没有昵称。

沈栖通过好友没多久，"蜡笔小新"发来了一条信息：*我是林浩。*

就在沈栖满脑子困惑的时候，对方适时给了她解答：*我想跟你说声抱歉。*

"对方正在输入中"足足显示了三分钟，沈栖也不见他有什么信息发来。

过了没多久，对面就发了一串长长的文字。

林浩的大致意思就是，他刚刚听她讲完那些话，也觉得自己有点问题，他对许梧黯并没有恶意，包括上一次也没有对许梧黯进行实质性的伤害。后期如果沈栖需要，他可以帮沈栖去弄清楚许梧黯的事情。

沈栖盯着这条信息看了半晌，打下一句话——

谢谢你，但是暂时不用，我等他主动跟我说。

发完这句话，她退出了跟林浩的聊天框，但是也没有选择删掉林浩。

沈栖已经想清楚了，她并不想从别人的口中了解许梧黯。

周日，因为要和许梧黯一块儿学习，沈栖起了个大早。待收拾好书包后，她才坐在床前给许梧黯发信息。

shenqi：早上好！我已经收拾好东西啦，一会儿到哪儿等你？

发完信息，刚一放下手机就听到了信息的响铃声。

沈栖拿起手机一看，果然是许梧黯发来的信息。

姓许的木头：在你家楼下了。

姓许的木头：给你带了早餐。

沈栖噌一下站了起来，趿拉着拖鞋快步走到窗边往下看。

沈栖家在高层，从她房间往下看只能隐约看见楼下那棵银杏树旁站了一个人。

沈栖没耽搁一秒，立马拎起背包冲出家门。

叮——

电梯门一打开，她边抬手拉着自己的书包肩带，边快步往单元门外跑去。

"许梧黯！"

离许梧黯还有十几米的距离，沈栖停下来喊了一声，朝他挥了挥手，又朝他飞奔过去。

"你……好……早啊！"沈栖一路狂奔，站定以后气缓不上来，单手扶着腰不停地喘气，"你怎么到我家楼下……也不……也不跟我说一下？"

许梧黯反问："跑得这么急？"

没等沈栖回答，他便收回视线，将手中的豆浆插上吸管再递给沈栖。

沈栖从他手中接过豆浆，一秒也没等就往自己嘴里送。

"烫——"

沈栖被烫得浑身一激灵，眼眶中瞬间冒出泪花。些许豆浆从吸管处溢出来，洒在她的前襟。

许梧黯拿出纸巾，微仰下巴示意她自己用手来拿纸巾。

沈栖两眼冒着泪花，委屈巴巴地抬手扯下纸巾，往前襟擦了擦。

许梧黯往后拎住了沈栖的书包轻轻地掂了掂："好像没几本书。"

沈栖配合许梧黯卸下书包，十分自然地让他拿着："这周都是卷子。"

市图书馆周末的人流量不少，但沈栖和许梧黯去得早，到的时候还有不少位子可供他们选择。

两人选了一个靠窗的位子坐下，沈栖掏出试卷："明天就要月考了，我昨天晚上做了英语的卷子，你帮我检查一下吧？"

许梧黯颔首，拿过她的卷子开始看。

沈栖也没闲着，许梧黯看她英语卷子的时候她就拿出别的卷子先写。等许梧黯看了个大概后，她再放下手中的卷子凑过去听许梧黯讲题。

"这个时态你还没搞懂，上次也是这个问题。"

沈栖见完形填空题被许梧黯圈了七个错处，顿时变得有些蔫。

许梧黯睨了她一眼，注意到她的情绪有些低沉，声音不自觉放柔："虽然是一个类型的题，但这张卷子比你上周的难很多，错得多也正常。我再给你讲一遍吧。"

沈栖点点头，拉着椅子往许梧黯身边挪了挪。

许梧黯讲题很细致，跟他平时的状态很不一样。他会把讲题的速度放慢，语气也会比平时柔和很多，题目里一些大小问题他都会专门拎出来跟沈栖再讲一遍。有时讲完了他还会出一道类似的题目让沈栖再做一次。

或许是因为许梧黯是一对一地辅导自己，沈栖觉得他讲题比老师讲得还要好。

一旦进入学习状态，时间就会过得很快。最后一张卷子在许梧黯的指导下写完，沈栖顿时感觉身上轻了不少。

中午时间到了，沈栖感觉有些饿了。

许梧黯一眼看穿她的心思，合上笔帽开始收拾东西："去吃饭吧？"

"好啊！"沈栖的眉眼顿时舒展开来。

两人在图书馆附近选了一家面馆解决午餐。

虽然已是九月，但天气还是燥热，沈栖的食欲也减了不少。草草地吃完午饭后，沈栖原本是计划晚上再去弹吉他的，但今天上午的学习效率比预想的要高，卷子也都做完了，她便打算跟许梧黯直接去沈文锦那儿。

许梧黯和沈栖的家里人都不喜欢吉他，所以他们的吉他一般都是放在沈文锦那的，想弹的时候就直接去那儿弹。

沈栖现在已经能简单地弹一些曲子了，虽然跟许梧黯的水平还是有些差距，但她已经很开心了。有时，许梧黯在弹她熟悉的曲子时，她就会在旁边哼唱。沈文锦发现她唱歌的音色和音准都不错，就鼓励她大胆地唱出来。

一开始沈栖有些不好意思，怕自己跑调会被别人笑话，但在沈文锦的鼓励下，她尝试着唱了一首。唱完以后，一向话少的许梧黯主动夸了她，沈栖也就放下了心里的不安。后面甚至不需要他人的提醒，她也能直接跟上许梧黯弹奏的节奏开始哼唱。

许梧黯对她突然加入这类行为从未感到过不适，也会调整自己弹奏的节奏，努力跟上沈栖的调子。

现在亦是。沈栖一边跟着许梧黯的调子唱歌，一边用手指在自己的琴弦上弹奏。她弹奏的不是这首歌的曲调，只是随意加了几个音，但这样弹出来的效果并不突兀。

最后一个音落下，沈栖立马凑到许梧黯身边："许梧黯，我最近新学了一首歌，你能不能去把那首歌的曲子也学下来，后面我们一起唱呀？"

许梧黯放下吉他："哪首？"

"就是——"

"哎，我说，"没等沈栖说出歌名，一旁吃午饭的沈文锦忽然插了进来，"你俩现在配合得不错嘛！过段时间学校不是有个中秋晚会吗？你们要不要参加？"

沈栖看向许梧黯，心里有些犹豫。

许梧黯虽然喜欢吉他，平时也喜欢和沈栖这样一弹一唱的氛围，但要上面对那么多观众的舞台，他不确定自己能不能接受。

沈栖也知道许梧黯的顾虑。

想到这儿，沈栖脸上再度扬起笑："不去不去，我们不是专业的啦。"

从沈文锦家出来时，许梧黯和沈栖坐在回家的公交车上。

沈栖刚将视线移到不远处的天桥上，耳畔就突然传来一句话——

"你想参加吗？"

沈栖一愣，下意识回过头："什么？"

"沈老师说的中秋晚会，你想参加吗？"许梧黯的声音很平静，像是一处很深的水潭，听不出任何波动。

沈栖："你呢？"

许梧黯顿了下，道："你要是想去，我可以陪你。"

话音伴随着车流声落在她的耳畔，沈栖心里某一处地方忽然陷了下去，有一股暖流从不知名的地方涌了出来，烘得她心里暖暖的。

她其实知道许梧黯应该很难迈出这一步，但他还是以她为先，想顺从她的想法。

她更不想勉强许梧黯了。

沈栖缓慢地摇了摇头："不想去，那天看表演就够了。"

许梧黯没吭声，而是静静地看着她："嗯。沈栖，明天考试加油，争取进年级前三百名。"

"加油！"

周一，艳阳高照，为期两天的月考正式开始，于周二上午结束。

丁零零——

铃声响起，在大家的唉声叹气中，终于度过了紧张的月考。班主任抬眼环顾了一下教室，扬声道："好了，停笔交卷，从最后一排开始往前传。"

手头的试卷递出去后，沈栖的身子顿时软了下来。她趴在桌上嘟囔了一句："解放了。"

"下午会在阶梯教室进行中秋节目选拔呢！我从前方打听到了最新消息——身为特长生的付雯好像已经被提前选上了。"

路楠前脚刚从位子上离开，乔瞧后脚就坐上了他的位子，身子往沈栖身旁一趴，就开始跟沈栖讨论刚才打听到的这些消息。

"七七，考都考完了，你真不去试试，放松一下吗？"乔瞧摇摇沈栖的手臂，一脸期待。

沈栖却提不起什么劲，她今天是生理期，身体从早上开始就不舒服，教室里的冷空调又吹得她瑟瑟发抖。

"我不去凑热闹了。"

"哦……不过，七七，你怎么这么蔫？'大姨妈'来了？"

沈栖虚弱地点点头，把身上的衣服拉紧了点。

"那我去给你买——"话还没说完，乔瞧眼睛一转，看着趴在桌子上虚弱的沈栖，一个主意从她脑海中闪过。

"七七！你出去一下，有人找。"乔瞧一掌拍在沈栖的桌子上，发出的响声震耳欲聋。沈栖一脸困意地抬起头，看了看坏笑的乔瞧，随即又往后门望去，视线猝不及防地撞上一对熟悉的眸子。

沈栖惊讶地小跑到来人身边："许梧黯！你怎么来啦？"

许梧黯颔首，看了看她："你没去吃饭吗？"

"身体不太舒服，没什么胃口。"沈栖无精打采地回答。

"小卖部有卖姜茶。你喝吧。"许梧黯将手中的购物袋递给沈栖，袋子里除了姜茶以外，还有自热米饭和一些糖果。

沈栖接过购物袋，喜笑颜开："谢谢你！许梧黯你好贴心！有你真是太好了！"

躲在教室角落里看着这一切的乔瞧：怎么不感谢通风报信的我？

许梧黯面对沈栖的直言，脸泛起了红。

"我不说了。"注意到许梧黯的小窘迫，也懂他的小心思，沈栖抬手在自己嘴巴上做了一个"拉拉链"的动作，弯着眉眼看他。

许梧黯看到心情变好的沈栖，心情也被感染，唇微微弯了弯：

"考得怎么样？"

"还不错！谢谢你帮我补习！"沈栖忽然想起刚才乔瞧跟她提起的中秋晚会，道，"许梧黯，中秋晚会的时候我来找你，跟你坐一块儿好吗？"

许梧黯"嗯"了一声。

"中秋晚会下午就要选拔了，听说我们班的特长生付雯已经被提前选上了，你们班呢？"

许梧黯："没人报名。"

听到这个答案沈栖并不意外："也是，你们高三重点班嘛，更注重学习，应该也不想参加这些活动。"

许梧黯眸子低垂，其实，在喷泉那次，沈栖有说过她想在舞台上表演，他回去仔细想过了，如果能和小太阳一起登台帮她完成愿望，对他而言就很值得了。

确定了自己的想法后，许梧黯步子一顿，侧身问："一起去表演吗？"

这是许梧黯第二次主动说起了。

沈栖诧异："你……确定吗？"

许梧黯轻声道："嗯，我仔细想过了。"

沈栖已经蒙了，脑袋还在飞速运转。就在这时，沈栖感到自己的手腕忽然被人抓住。她抬头，撞上许梧黯那一双漆黑的眼眸，只是这一双眼眸跟平时不太一样，好似有了一点温度。

许梧黯使力扯了扯："现在，此刻，去试一试吗？"

很突然，但沈栖对上许梧黯的眼睛时，心中忽然有了方向。

她倏然一笑："好。我们一起吧！"

公交车窗外的霓虹灯一闪一闪的，五颜六色的光照在脸上使人感到扎眼。

沈栖侧了侧脑袋，眼眸一抬发现许梧黯在看她，她笑了下："许梧黯，你偷看我！被我抓住了。"

许梧黯叹了一口气，好半天才道出一声："对不起，沈栖。"

沈栖一顿，身体从椅背上坐起来："为什么要跟我道歉？"

许梧黯没说话。

沈栖想起白天的事情，问："是中午那件事吗？"

许梧黯依然没有说话，身子正了正，不再偏向她。

见他这反应，沈栖就知道自己猜对了。

"你没必要跟我道歉呀，"她抬手抓住许梧黯短袖的衣摆，"是我唱歌走音了，我还没跟你道歉呢！"

今天中午在许梧黯问出那句"试一试"之后，两人就赶紧去了阶梯教室报名。当时选拔已经基本结束了，但是沈栖死缠烂打，求活动老师再给一次机会，最后活动老师同意让他们表演一次。

原本一切都在他们的预料之中，但在起唱时，沈栖对上了评委老师的视线。老师的眼中透着犀利，一脸的不苟言笑。只那么一眼，她的心开始慌张，起唱的第一句就不在调上。

那首歌她与许梧黯配合很多很多次，但她起唱就失误了。

她性子向来活泼，从不畏惧人多的场合，更别提现在只是在一个陌生人面前唱歌，这对平时的她来说完全不是问题，但她那时畏惧了。

这样的场合对她来说是陌生的。

许梧黯弹得很好，却因为她的失误，最终没被选上。

公交车里，许梧黯侧过头，眼眸一动不动地盯着沈栖："没有。是我太突然了，应该早点带你去报名。"

沈栖怔住，一下没理解许梧黯说的话。

"而且，你唱得很好，很好听，我很喜欢。"他的声音很轻，细听还有些微微沙哑。

在许梧黯说出这句话的瞬间，沈栖感觉自己的眼眶一热。

她迅速侧过脑袋，掩饰自己的情绪。

沈栖能从许梧黯的声音中听出他暗涌的情绪，开始的那一声"对不起"，他一定也是踌躇了很久才说出来的。而后面那一声反驳她的"没有"，确实是毫不犹豫就说出口的。

一直到临近下车，沈栖都不敢看许梧黯的眼睛，她很感谢许梧黯拉着她迈出了自己犹豫很久的一步，但她也觉得很愧对许梧黯，暗怪自己不争气。

下车时，沈栖从位子上站了起来，手扶上栏杆准备下车。

忽然，有一只手抓住她的手腕："沈栖。"

沈栖步子一顿，她听见耳后传来一个沙哑而又坚定的声音："记住，你今天很棒。"

她遇到了一个人，一个不管她做得是好还是坏，都坚定地站在她身边的人。

中秋晚会的当天，月考成绩也出来了。

沈栖的排名是年级第二百九十八名，挤进了前三百名，完成了预期目标。

知道了自己的成绩，一下课沈栖就给许梧黯发了短信分享喜悦。

Shenqi：我考进年级前三百名啦！

姓许的木头：我知道。

Shenqi：那你呢？

姓许的木头：不知道，还没看。

Shenqi：……你都不看你的，先看我的了？

姓许的木头：我应该是正常发挥。我比较关注你会不会超常发挥。

Shenqi：我做到了！努力没有白费！

发完消息的沈栖已经笑得合不拢嘴，上课铃声响起后，安心关了手机开始听课。

中秋晚会七点开始。下午的课上完以后，沈栖就直接去许梧黯的班级找他。

高三的教室跟高一高二的不在同一栋楼，走到这边，她明显感觉这边的环境更为安静。路过走廊朝里看去，哪怕是下课时间，学生们也依然坐在位子上看书做题。

沈栖轻车熟路地走到许梧黯的班级门口，他们重点班的学习氛围更是浓厚，每个人的桌上都堆满了厚厚的一沓书，人埋在书后做着一张又一张卷子。

她飞速巡视了一圈，目光落在了教室后排的许梧黯身上。

许梧黯是单人双桌，一个人坐在教室靠窗的位子。

沈栖悄悄溜进教室，有几个后排的学生注意到她，一路看着她走到许梧黯旁边拉开椅子坐下才收回视线。

许梧黯注意到身侧有人落座，还没侧过头，就听见身旁的人用气音跟他打了一声招呼："你好呀，同桌。"

许梧黯捏着笔的动作一顿。

这一道声音很轻，就像是羽毛落在他的心里轻轻地拂了拂，使他的神色也跟着变得恍惚。

许梧黯不着痕迹地笑笑："同桌，恭喜你考进前三百名。"

沈栖按住他的手："谢谢同桌，作为奖励，中秋晚会马上就要开始了，陪我一起去看节目吧！"

他抬眼，点了点头，放下手中的笔跟她一同走出了教室。

踏出教室以后，沈栖狠狠地呼吸了一口气："总算可以正常说话了，你们教室那么安静，我都不敢大声讲话。"

许梧黯瞥了一眼旁边的教室，有学生听到他俩的声音看了过来。

沈栖也注意到了，再度闭上了嘴。

直到走出高三的教学楼，沈栖才道："你们高三好恐怖。"

许梧黯："也不用那么刻意，正常说话都行。"

"你们班真的没一个人出来去看晚会，我拉你出来会不会影响你？"

"不差这一点时间。"

耳旁响起学校广播播报中秋晚会马上就要开始的声音，沈栖拉着他往礼堂跑。

有乔瞧给他们占位，沈栖就算是最后到达礼堂，也依然有一个不错的好位子。

她与许梧黯刚一坐下，礼堂的灯光瞬间熄灭。随即，舞台上的幕布被拉开，两个着盛装的主持人从幕后走上前："尊敬的各位领导……"

整整十九个节目表演完，主持人说完最后的谢场词，中秋晚会完美落幕。

沈栖站起身，准备跟着人潮走出礼堂。

礼堂的四个出口大门都打开了，但仍没办法让同学们迅速离开礼堂。沈栖站着等了半天，只向前挪动了两小步。

她一侧头，见许梧黯还安然地坐在位子上："起来起来。"

晚会结束以后也不需要集合，同学们各自散场回家。

听完沈栖的话，许梧黯不仅没动，还顺势扯住了沈栖的手腕："等等吧。"

沈栖不懂他心里在琢磨什么，云里雾里地坐下。乔瞧隔着人群喊了她一声，她朝乔瞧挥手让乔瞧先走。

她和许梧黯就在位子上这么坐着，一直等到礼堂内的人只剩下几个老师，许梧黯才拉着她往其中一个捧着文件夹的老师走去。

"陈老师。"

陈立转过身见是许梧黯，了然道："是许梧黯啊，你们沈老师已经跟我说过了。"

许梧黯点点头。

陈立摸出钥匙递到许梧黯手上，用手扶了一下眼镜："走的时候不要忘记关电和锁门，之后把钥匙直接给沈老师就可以了。"

和老师交涉完，许梧黯就带着沈栖往后台走去。

沈栖被他抓着手腕牵引着，全然不知道他葫芦里卖的是什么药。

一直等走到后台的等候室，沈栖终于忍不住问："什么情况呀？"

许梧黯松开握着她手腕的手，头朝一侧偏了偏，示意沈栖看过去。

沈栖循着他示意的方向望去，目光在触及那儿的物品时愣住。那里有几张凌乱的椅子，椅子没什么特别的，吸引沈栖目光的是放在椅子旁的两把吉他。

她倏然回头："你带来的吗？"

许梧黯笔直地站在她跟前，低着头，长长的眼睫毛映出一片阴影："想试试吗？"

沈栖没懂他说的话。

只见许梧黯已经朝椅子那边走去，拿起放在地上的两把吉他，一把递给了沈栖，自己拿着另一把径直往门外走去。

走到候场室门口时，他忽然停住，转过身。他换了一只手拿吉他，另一只手朝沈栖摊开："跟我一起吧？"

沈栖稀里糊涂地被他带上了舞台。

此时礼堂内已经没有其他人，场下座位的灯也被关了，场内唯一的光源只剩下舞台上两盏斜斜射下的聚光灯。

许梧黯在两盏聚光灯下各摆了一张椅子，让沈栖坐在其中一张椅子上，自己则坐到了另一边。他们隔着不远的距离，面朝着对方。

忽然，沈栖的耳旁响起一道舒缓的琴弦声，是许梧黯的手指在拨动琴弦。

他半坐在椅子上，一条腿屈膝，眼眸下垂，视线落在吉他上。

许梧黯弹奏的曲子是平时两人在沈文锦那儿最喜欢弹的曲子，曲子的难度系数不高，但对于沈栖这样的新手来说还是很难。她就算看着谱子也跟不上许梧黯的节奏，所以她大多时间都是唱，手上偶尔弹奏两个音跟进许梧黯的琴声。

沈栖正想得入神，耳旁的琴声忽然消失。

她抬头一看，许梧黯不知道什么时候抬起了头，正直直地盯着她看。

沈栖从他的眼神中看出了不似平时的情绪，她一下懂了许梧黯的意思。从今天散场留下开始，到后来将她带到这个没有观众的舞台上，都是他计划好的。她知道了许梧黯想要做什么。

她垂眼，手指发颤地抚上琴弦，突然，她的眼睑一颤。

她认出了这把吉他，是许梧黯的吉他。

他将自己的吉他给她在舞台上弹奏，哪怕她弹得不成曲调。

没等沈栖再往深了想，耳侧再次传来琴音。沈栖抬起手，犹豫半天最后按了下去，指尖滑过琴弦，发出噌的一声。

跟平时弹奏时差不多，她跟不上这首歌的曲调，只能磕磕绊绊地跟着许梧黯的音走。

只是慢慢地，她发现自己弹奏曲子有了调子，许梧黯在牵引着她的琴音。她细听许梧黯的琴声，发现他今天弹奏的速度比平时慢了不少。

耳畔传来熟悉的歌声，歌声很低沉、有磁性，沈栖没有抬头。许梧黯唱歌的声音向来好听，沈栖是知道这一点的，只是他性格内敛，唱的次数是少之又少。哪怕自己认识了许梧黯这么久，她听到许梧黯唱歌的次数也是寥寥无几。

沈栖知道，不管是指尖的琴音还是歌，都是许梧黯在引着她走。

慢慢地，她不再压抑自己悸动的心情，哑着声音跟许梧黯一起唱了起来。

舞台上的光照在沈栖身上，使她身上出现了一圈光晕。这和她想过的舞台不一样，这里没有观众，但这又和她想的舞台一样，有正式的大舞台，有聚光灯，身旁也有陪她一起的人。

沈栖缓缓闭上眼，原本不安的心渐渐平静。原来，这就是站在舞台上享受着聚光灯的感觉。

一首歌下来，沈栖再抬眼时，眼里一片湿润。

她看向许梧黯，许梧黯朝她弯了弯唇角："再来一首吧？"

沈栖放下的手指依然在发颤，但这时候的心境和刚开始的时候已经完全不同。她扶额，释然地笑了声，再抬头时，脸上带上了笑容："好啊。"

谢谢你，许梧黯。

谢谢你给我补习让我进步，又和我一起在台上唱歌，帮我完成小心愿。

中秋晚会就这样拉上了帷幕。

周日学习完，沈栖感觉自己的喉咙火辣辣地疼，脑袋也晕乎乎的。

开着冷空调，房间的温度让沈栖不禁哆嗦了一下。

她强撑着身体走下床关掉空调。她拉开窗帘一看，才下午四五点窗外就已经黑下来了，外面窸窸窣窣地下着小雨，窗户的玻璃上也挂着一些小雨珠。

沈栖从客厅的医药箱里找到温度计，一测，37.8℃——她发烧了。

她找到退烧药吃下，刚准备给沈振则发信息，手机铃声就响起。

是一个来自本地的陌生的号码。

沈栖没多想按下接听键，刚朝电话问了一句"你好，你是？"，就听见一道声音急促地传来："你现在在哪里？"

沈栖一愣："你打错电话了吧？"

"是我，林浩。"

沈栖怔了下，那一句"你怎么会有我电话"还没有问出口，林浩接下来的话瞬间让她感受到冷意更甚——

"许梧黯出事了。"

　　

外面的雨越下越大，整个城市被一片雨帘笼罩。街边的景物变得模糊，阴雨天的街道上基本没什么人，只有几辆驶过的车辆，显得有些冷清。

沈栖撑着伞跑过去，踩过青石板路上积起的小水洼，溅起的细小水珠落在她的裤脚上。沈栖却没有停留一刻，步履匆匆地直奔学校前面的巷子。

"总之，你先来城东这边吧，一中前面的那个老小区里。"

她的脑子乱成一团，脑海里不断浮现刚刚林浩说的话。他并没有说太多，但从他的声音中也能听出事情的严重性。

等沈栖跑到城东区这一块，林浩已经在那里等着了。

出租车在前面的大路口被堵住了，沈栖是提前下车跑过来的。她气喘吁吁地问道："许梧黯呢？"

"里面。但是这块区域很大，不知道他具体在哪个位置。"

沈栖抬脚就往老城区里走去。城东这一块都是老小区，几个小区连在一起，也没有什么围墙围着。这里很多房子都被收购了准备拆迁，里面住的人很少，一半都已经空了。

沈栖侧过头，急忙问："许梧黯到底怎么了？"

"听我朋友说是被人围堵，带到这边来了。"

"是谁？"

林浩摇了摇头："不知道。"

沈栖直接往里面跑去。老城区里是水泥路，因为长时间没有翻新，路上已经变得坑坑洼洼，稍微一不注意就有可能踩进水坑里。

下着雨，又起了风，撑着伞在小区里跑很不方便，风稍微一吹手上就有一股重力带着沈栖往后退，沈栖索性把伞扔了。

四处找不到人，沈栖越来越着急："怎么办啊？这一块都没找到。"

林浩刚要说话，尖锐的手机铃声从他口袋里响起。

他接起电话，听了一会儿脸色瞬间沉了下来："好，我马上来。"

说完，林浩立马扯着沈栖的手腕往左边的巷子拐进去："找到许梧黯了。"

沈栖猛地一抬头，根本来不及反应，只感觉到耳边传来一阵又一阵的雨声和风声。

渐渐地，透过雨帘，沈栖看到前方有一个青年正在朝他们招手。

林浩拉着她跑了过去。

那人撑着伞，往旁边的巷子里指了一下，压低声音道："他在里面，我找到他的时候就只剩下他一个人了。"

沈栖闻言立马往巷子里跑过去。

青年本想跟上去，手腕突然一紧，他回头一看，看见林浩朝他摇了摇头。

第八章
宣之于口的秘密

四周到处都是雨声，旁边的自行车棚被雨声敲打出的声音响而乱，花坛里的流浪猫蜷缩在草丛当中，睁着一双绿油油的眼睛向外看着。

墙沿坐着一个少年，他的头发已经被雨水淋湿了，额前的碎发湿漉漉的，往下滴着水珠。他身上的校服沾满了泥印，眼睛下方有一处伤口。

他仰着头，丝毫不在意自己脸上的伤口，也不在意下着的雨，任由雨水哗啦哗啦地打在他的脸上、身上，手臂无力地搭在弯曲的膝盖上面。

沈栖看到的就是这样一幅场景。

她的脚步慢了下来，颤着声喊了一声许梧黯。

许梧黯一愣，眼里的神采慢慢恢复了。他侧过头，撞上了沈栖的视线。

沈栖心里的那一道防线崩塌了，她快步走上前，腿一软跪趴在许梧黯面前，眼泪夺眶而出。她再也压抑不住，放声哭了出来。

来的路上沈栖就有想过见到许梧黯会是什么样的场景，但真正看到这一幕的时候还是没有忍住自己的情绪，心脏像是被什么东西狠狠一撞，眼泪止不住地流。

许梧黯看着眼前号啕大哭的沈栖，强忍着身上的痛，抬起头帮她擦掉眼泪，嘶哑着声音说："我没事。"

他没有问沈栖怎么会在这里，而是第一时间告诉她他没事。

可是他这样像是没事吗？

听到许梧黯的话，沈栖哭得更凶了，她颤抖着手去抓他的肩膀："你哪里疼吗？许梧黯，你哪里受伤了？"

许梧黯嘴角轻轻弯了一下："我不疼。"

沈栖呼吸一滞，她以前很想看许梧黯笑，但从没有想过会在这个情况下看到他弯着唇角笑的样子。她宁愿看许梧黯像往常一样，遇到事情皱一下眉头。

看到他眼下那处伤口，沈栖的眼泪又止不住地往下流。

她边哭边伸出手去擦许梧黯脸上的雨水，不想让雨水碰到他的伤口。

许梧黯抓住她的手，轻声解释："那是我摔倒时蹭到石头划伤的，我不疼。"

"怎么可能不疼？我求你了，你别装出一副什么事情都没有的样子好不好？"

沈栖看着他脸上的伤口，根本不敢上手去触摸，生怕不小心弄疼了许梧黯。

她现在局促不安，大脑一片空白，根本不知道下一步该做什么，只坐在那儿哭。

许梧黯受不了沈栖这样，他轻轻拍着沈栖的背："别哭了，沈栖。"

在看到沈栖之前，许梧黯面对这越发大的雨，心里只想着如果今天自己不在了，大家会不会都轻松一点。

想到刚刚席林宇对自己的所作所为，他心里没有一丝恨意，他只是顺从，任由他发泄情绪。他不觉得席林宇是错的，席林宇恨他，对他有太深的恨意。而他也不过是在赎罪，能做的也不过是忏悔。

最近他的生活太过于舒畅，直到记忆中都快模糊了的那段往事随着席林宇的出现，又一次展现在他面前。

曾经被当成"杀人凶手"，被恶语相向，那才是他永远不能忘记的时候，忘记了，就会有人来帮他回忆。

他真的不恨席林宇和江望吗？

怎么可能？只是他现在习惯了，恨意也随着时间慢慢变淡，因为人们嘴里的风言风语，他选择了去接受这个惩罚。

今天席林宇发泄完怒火，临走时说："你怎么好意思忘记江盼？你连因你而死的人都能忘记吗？那我就替你回想一下。"

听到这句话，他突然想到了沈栖，那个围绕在他身边的"小太阳"。

他真的害了别人吗？他真的应该愧疚吗？如果是沈栖，她也会这么觉得吗？

在大脑一片空白的时候，许梧黯突然听到耳边传来沈栖的声音，她在喊他的名字。

他抬起头看向她，他突然想到上一次也是这样子，他被人围住，沈栖也是这么出现在他面前的。

她好像总是能在他身处困境时第一时间出现在他身边。

突然，耳边沈栖的哭泣声停了。

许梧黯抬了抬眼看过去，沈栖已经撑着水泥地站了起来，站起来的时候还拽着他的胳膊，想把他也拉起来。

他听到沈栖说："起来，许梧黯，我相信你。"

沈栖的声音不大，在这一片雨声中显得更加不清楚，但许梧黯还是听到了，这个声音也落到了他的心底。

他抬起头，站起身，雨势越发大，雨水打在他的脸上，顺着他的脸颊滑落。他问沈栖："你有没有想过，万一我本来就有错呢？"

她知道许梧黯指的是从前的事情——林浩所说的那个传言。

沈栖说："如果你真的错了，那我陪你一起面对。"

不知道是沈栖的哪一句话触动了许梧黯，他的身体像是一瞬间被人抽走了全部力气，紧绷的情绪也随之消散一空。他慢慢垂下脑袋，在沈栖退开身子的一瞬间，他的前额垂在了沈栖的肩膀上。

沈栖一颤，很快又扶住许梧黯，一只手在他的脊背上轻轻拍打，似在安抚他。

许梧黯的声音传来，他说："他们都说是我害死她的。"

这一瞬间，沈栖突然感受到了许梧黯的情绪。

他在朝她敞开自己的内心，在把自己最脆弱的一面暴露给她。

沈栖强忍着泪水，笑着说："他们说的就一定正确吗？那我奶奶、我妈妈都说是我害死我弟弟的呢。你说，我弟弟是我害死的吗？"

哪怕许梧黯还没有把事情的全部真相告诉她，但从他的话语中，沈栖得到一个线索——她和许梧黯都是被别人误解的。

许梧黯沉默。

沈栖知道许梧黯现在在想什么，她说："你也说过我弟弟不是我害死的，但谣言就如洪水猛兽。别人说得多就一定是正确的吗？我不相信陌生人的话，我只相信我认识的你。"

说完这句话，沈栖感觉到许梧黯放在她身侧的手动了动。

良久，他嘶哑着声音说："不是我的错。"

沈栖听到这句话，眼眶突然就红了，眼泪顺着眼角滑落，她颤着声道："嗯，不是你的错。"

沈栖带着许梧黯从巷子里出来时，林浩还站在外面街边的屋檐下。

见到两人，他一声不吭地走了过来，到沈栖身边时，他把身上的薄外套往沈栖怀中一扔："穿上。"

沈栖垂着眼，没拒绝，她将怀中的外套抖开，然后踮起脚披在许梧黯肩上。

林浩看到这一幕都被气笑了，咬着牙吸了一口气，半笑不笑道："借花献佛？现在要去哪里？"

沈栖说："去医院。"

林浩和沈栖在巷口就分开了，沈栖带着许梧黯打车去了医院。他们去了急诊楼，医生给许梧黯做好相应的检查后，让他们去隔壁处理一下伤口。

待许梧黯的伤口处理完后，他们便坐在门口等检查报告。

沈栖要许梧黯把这件事跟家里人说一声。

许梧黯坐在椅子上轻声说："他们出差了。"

沈栖义正词严地道："他们工作的事情哪里有你重要？"

许梧黯给父母打了电话，然后给沈文锦打电话请假，将事情的原委都说了。

医院离家并不远，沈文锦很快就来了。她给沈栖带了套衣服，催促她赶紧换上："我都叫你回去换身衣服了！你看，你的头发全湿着，感冒了怎么办？"

"不，这时候许梧黯身边需要有人陪伴。"

沈文锦摇了摇头，随即也拿出衣服给许梧黯："我在街上给你买的，尺码不知道合适不合适，你先凑合穿一下。等我们问完医生情况就回去。"

"好。谢谢沈老师。"

沈文锦先是领着许梧黯去找医生拍了片子，许梧黯的情况不算严重，在家休息几天就可以了。身体上的问题不严重，难解决的是心理的问题。

沈文锦转而带着许梧黯去找了他常看的心理医生："能知道许梧黯情况怎么样吗？"

医生看了看检查结果，先问了许梧黯几个问题，又带他去隔壁做心理测试。等许梧黯走后，医生才跟沈文锦说："他身边是不是出现了什么新朋友或者新变故？"

沈文锦一惊："是。我侄女，最近跟他一起学习。"

医生喝了口茶："他最近的生活态度积极了许多，我想，可能因为你侄女带给了他不一样的感受。但是，他的家长还是对他的病情不管不顾吗？以前的事给他留下的心理创伤已经很严重了，如果学习上家里还是给他那么大压力，也不注重他的情绪，那说不定又会颓靡下去。"

沈文锦点头："我会再跟他的父母好好沟通的。"

因为学校还有事情要处理，带着两个孩子看完医生后，沈文锦把他们先送回她家，叮嘱了沈栖几句就走了。

沈栖让许梧黯躺在床上，她刚准备出去给许梧黯倒水时，许梧黯抓住了她的手腕："沈栖。"

沈栖回过头，许梧黯垂着眼，声音嘶哑得不行："你真的相信我吗？"

沈栖垂下眼眸，深深吸了一口气。

她坐到床沿，道："许梧黯，你能跟我说说你的故事吗？"

许梧黯初二以前一直生活在宜安，小学的时候因为父母处于事业上升期，他一直被丢在外婆家。

外婆和外公对他很好，但他们毕竟是老年人，照顾不到孩子的情绪。许梧黯只知道从他记事起，父母就一直让他好好学习，给他报很多辅导班，买很多学习资料。同龄人还在外面玩闹的时候，许梧黯基本上都是坐在房间里捧着一本书痴痴地学着。

他就像是被关在笼子里的一只鸟，常年跟书本做伴，每天重复枯燥的生活，身边也没什么朋友。

外婆、外公看不下去，想让他跟其他小朋友出去玩，但都会被他的父母阻止。他的父母说，这都是为了他的将来好。

许梧黯也会听父母的话，因为只要学习好了，他的父母就会夸赞他。他虽跟着外婆外公住，但每次开家长会时，他的父母都不会缺席。他们只要一去家长会，就会受到老师的夸奖和家长的追捧。父母在一群家长中间流露出骄傲的神色，但回去后又会责怪他让第二名追得太紧了。

他讨厌父母拿他当满足虚荣心的工具，却没有办法反抗。

后来，他考进了宜安最好的初中。

许梧黯那时候并不知道，那里就是他噩梦开始的地方。

刚进校，许梧黯就因为出色的外表和优异的成绩成了众多女生崇拜的对象。

许梧黯开始并没有在意，他只管过好自己的生活，其余的一切都不去搭理。

很多想要接近他的女生都被他这种冷淡的态度击退，唯独一个女生例外。

她的名字叫江盼，是班上的特长生，跳芭蕾舞，留着一头长而鬈的头发。

江盼长得很漂亮。那个年纪很多人还不会打扮自己，江盼就已经将自己收拾得十分精致。

江盼有一个哥哥，名字叫江望。

席林宇比他们大两届，在学校里老是惹是生非。席林宇跟江盼从小一起长大，青梅竹马，两小无猜。

江盼是要什么有什么，被宠着长大的小公主，所以在她第一眼看到许梧黯的时候，就对许梧黯直接示好。

许梧黯很少跟除家人以外的女性接触，对于江盼的靠近，也是下意识拒绝的。

江盼可能是出于自己的好胜心，在被许梧黯冷淡对待时依旧没有放弃接近他。

时间长了，许梧黯赶不走江盼就开始躲她。

每次放学的时候，江盼都会跟他一块儿走。有一次许梧黯故意留在教室待到很晚才出去，可是当他出校门的时候，却看到江盼正拿着一杯奶昔，笑呵呵地靠在树上："你好慢啊，我都等你半天了。"

许梧黯的唇角顿时耷拉了下来，他冷着脸："别等我。"

江盼歪着脑袋跟着他走："你又管不着我，除非你和我做朋友，不然你可没有权利管我。"

许梧黯有些无语，在过马路的时候加快了步子。

江盼也不甘落后，很快就赶上他了。

许梧黯直接跑了起来。

在马路上跑步很危险，但许梧黯那时一心只想快点甩开身后这个跟屁虫。

这个方法很奏效，江盼因为跟不上他，渐渐被落在后面。

大概是许梧黯懒得玩这种你追我赶的游戏，他的步子渐渐慢了下来，但江盼也很快追了上来。

可能是察觉到许梧黯生气了，江盼没有走到他身边，而是隔着一个不远不近的距离继续跟着他。

绿灯亮了，许梧黯过完马路，身后一声尖锐的汽车鸣笛声突然传来。他一回头，就看到一辆汽车飞驰而来，将正在跑过马路的江盼撞飞了几米远。因为惯性，车子被紧急踩了刹车后还是往前开了几米，车轮正好从江盼的腿上轧了过去。

车下的少女散着长发，原本拿在手上的那一杯奶昔也洒了一地。

"对……对不起……江盼，你……"许梧黯扶着江盼的肩膀，另一只手止不住地颤抖。他慌乱中掏出手机拨打了120。很快救护车来了，有人把江盼抬上了车，许梧黯也跟着上了车。

在医院，许梧黯的外婆、外公和江盼的父母、哥哥相继赶到。

江望在看到许梧黯的一瞬间就压抑不住怒火，冲上来拉住了许梧黯的衣领，红着眼说："我妹妹要是有个三长两短，许梧黯，你给我等着！"

后来，手术结束，江盼双腿高位截肢，在重症监护室待了三天，捡回来一条命。

后来，在江家人眼里，他变成了比撞了人的司机还可恶的存在。

听到这里，沈栖的心里一紧。

许梧黯看了看窗外："在事情真相没有出来之前，大家都说是我害了江盼，就连我的外婆、外公都觉得这是我的错，一直拉着我去跟江家道歉。事故结果出来以后，我还是罪魁祸首。"

沈栖问："那肇事司机呢？后来被抓捕归案了吗？"

许梧黯点头："事故发生没多久就被抓回来了。"

车祸发生以后，司机肇事逃逸，但最终还是被警方抓了回来。警方看了车上的行车记录仪，确定了此事跟许梧黯并没有关系。司机疲劳驾驶，撞上了正常过红绿灯的江盼，造成了一场本不该发生的悲剧。

但哪怕事实摆在众人面前，他们依然觉得是许梧黯的错。

司机被抓了进去，众人没有了发泄口，便把气全部发泄到了许梧黯身上。

"江盼呢？她醒来以后也是跟大家一起指责你吗？"

许梧黯沉默了一会儿，轻声道："她出院以后，就轻生了。"

沈栖愣住了。

江盼醒来以后一直不能接受自己双腿截肢的事实，她是跳芭蕾舞的，双腿对她来说有多重要不言而喻。

她接受不了自己以后再也不能跳舞和行走，出院后一个月，便轻生了。

一个十三岁的少女翩然离世，她的名字也成为许梧黯一辈子都挥之不去的阴影。

听到这里，沈栖已经有些受不了了。

她觉得自己跟许梧黯真的是一个世界的人，从小被束缚，被当作是害死别人的凶手。

事情的真相明明大家都清楚，但大家还是会选择忽视事实，给自己的内心找一个发泄口。

沈栖就是因为当年沈康的事情，成了别人发泄情绪的垃圾桶。

沈栖看着许梧黯的眼睛，能想到在那件事之后许梧黯遭受了什么样的对待。

他本来就不喜欢跟人交流，班上也没有朋友，不会有人为他出头。

江盼走后，许梧黯的噩梦就开始了。

席林宇是江盼的青梅竹马，一直把江盼当公主一般宠着。他把江盼的离去全部归因于许梧黯，开始处处针对许梧黯。他在学校本就到处惹是生非，所以哪怕是他当众扯着许梧黯去角落找麻烦，也不会有人出来阻止。

许梧黯一开始还会反抗，只不过这时，他们就会在旁边说："这是你害死江盼的代价，你不想接受也得接受。"

江望对许梧黯也是心存恨意，始终认为如果不是因为许梧黯，自己的妹妹就不会死。

身边的人一直在骂许梧黯"杀人凶手"，这些谣言越传越离谱。

时间长了，所有人都说是他害死江盼的，就连许梧黯的家里人也都觉得他有问题。人们只会听自己想听到的，而事实他们根本就不在意。

班上的旁观者有很多，却没有一个人选择帮助他，大家都害怕下一个被针对的是自己。

后来老师知道了这件事，给了席林宇一伙人处分。但这又有什么用呢？他们根本不在乎，只是变本加厉地在别的方面针对他。

有一件事让许梧黯印象很深刻。

那一年，许梧黯的外公因为突发心梗去世了。

他去学校请假帮家里处理外公的丧事，为了纪念外公，他手臂上戴着黑孝布，被江望一行人看到了。那时候江盼才去世不到一个月，江望身边的一个人上前去扯他的黑孝布。他开始反抗，但几个男生一齐拉住他，使他动弹不得。

许梧黯眼睁睁地看着自己那块黑孝布被男生扯下，然后丢在地上用脚踩。他嘲讽道："你这不是为江盼戴的吧？听说一个人如果犯错害死另一个人，他的家人也会受到相应的惩罚。许梧黯，你说这是不是你的报应？"

他想，这真的是他的报应吗？

后来他的父母在俞峡的工作稳定了，就把他带到了俞峡一起生活。

他进了一中的初中部，开始了自己的新生活。

但因为宜安那些挥之不去的阴影、常年累积下来的压抑，许梧黯患上了抑郁症。哪怕一中这里没有人会针对他，但他还是不愿意跟别人交流，只习惯一个人一天到晚捧着书学习。

尽管如此，许梧黯还是觉得很庆幸，因为他不用老担心会突然有人来找他了，只需要日复一日地在父母的视线下学习就行。

他的成绩很好，让父母觉得十分有面子。他经常听到父母夸奖他："我单位领导听说你在这次竞赛中获得了第一名，还夸了你呢。"

许梧黯听到这些话时心里没什么波澜，只是淡淡地应下声。

沈栖问："是不是来到俞峡以后，那些人还是对你纠缠不休？"

眼睑轻轻颤了一下，许梧黯缓缓点了下头。

他原本以为自己会逃离那座"牢笼"，但其实没有，那群人还是会来找他。刚开始，席林宇不知道从哪里打听到了他在一中上学，总是会不甘心地带着江望一起来一中门口找他麻烦。

后来席林宇断断续续又来了几次，再后来就没有亲自来了，可能是已经不在乎许梧黯这个人了，只是让人按时来找许梧黯问话。他还经常给许梧黯发那些咒骂的短信，不想让许梧黯过得太舒心。

今天是许梧黯时隔几年再次见到席林宇。

听席林宇话中的意思，他是从别人口中听到了许梧黯在这边和一个女生走得很近的消息，他忍受不了许梧黯的生活步入正轨。

听完全部的故事，沈栖才算明白了许梧黯为什么之前会有种种异样的表现。

他在被林浩他们围住问话的时候完全不反抗，不在乎他们说什么、做什么。

沈栖想到刚认识许梧黯的时候给他送的那杯奶昔，他当时浑身都是抗拒。

"你之前不碰奶昔，是因为江盼吗？"

许梧黯垂着眼："是。"

江盼平时最喜欢喝的就是这些甜甜的饮料，她走后，江望和席林宇经常会买奶昔送来，盯着许梧黯让他喝下去。时间长了，许梧黯闻到这个味道就会感到莫名恶心。

许梧黯身上的谜团今天都有了答案，沈栖的心脏一阵接着一阵地疼，她真的想象不到许梧黯是怎么从一开始的反抗到后来的顺从，再到对这件事习以为常的。

沈栖低下头，说："许梧黯，我觉得你没有错。

"你有没有想过，或许不只是他们，你也困住了自己。

"我觉得你没错，你当时只是正常的、随你自己的心意在拒绝一个女孩的示好，发生意外是谁也没想到的。对于那个女孩，你也已经为这'赎罪'负担了太多。并不是很多人都那么说，这件事就是对的。

"你不能让这件事由对的变成错的啊！

"许梧黯你这么聪明，懂的道理也肯定比我多。

"他们铸造的牢笼困不住你，可你困住了你自己。

"不只是我相信，你也要相信自己从来没有错，好不好？"

那一瞬间，许梧黯心里筑起的防线开始破裂。

许梧黯垂下头，时隔几年，他的情感好像在慢慢地恢复，眼泪从他的眼眶里流出，顺着眼角滑过他的脸颊。

他感觉到这一滴泪水是温热的，他好像已经忘记了自己上一次流泪是什么时候了。

接着，沈栖听到一声带着颤音、很是沙哑的声音——

"好。"

许梧黯的父母是晚上回到俞峡的，说是最快下午赶到，但在听到许梧黯已经被沈文锦带着去医院处理好了伤口以后，他们还是选择把手头的工作处理完才回来。

沈栖送许梧黯回家，一路上气氛有些安静。

沈栖知道，许梧黯今天释放了太多压抑的情绪，现在是该让他静下心好好想一想了。

一直走到许梧黯家楼下，许梧黯才反应过来："我忘记了，先送你回家吧。"

沈栖笑了下："没事啊，我都送你到这里了，你就上去吧。"

许梧黯抿了抿唇："你一个人坐车回去不安全。"

听到这话，沈栖心里涌起一股暖流。

哪怕他现在脑子里乱成一团，但他还是在意着她的安全问题。

沈栖抬手在他肩膀上拍了拍："别担心我呀，我今天晚上不回自己家，我住北苑这边，明天有空的话我来找你。"

许梧黯一愣："你不上学了吗？"

沈栖抬了抬下巴："我请假陪你。"

许梧黯说："你是想偷懒吧？"

沈栖："……"

她有些生气地瞪了他一眼："不识好人心！我是真的想请假陪你，你把我当什么了？"

也许是觉得沈栖炸毛的样子可爱，许梧黯突然弯起唇角笑了下，说："别陪我了，去上学吧，不然会耽误功课。"

沈栖顿时败下阵来，她一直对许梧黯的笑容没有抵抗力。

沈栖支支吾吾地说："那我放学来找你行吗？"

许梧黯含笑点头。

沈栖看着他这张带着笑容的脸，觉得自己真是值了，想到许梧黯病好了以后可能会变成一个"时刻温柔的大帅哥"，沈栖更加坚定了一定要让许梧黯痊愈的想法。

她拒绝了许梧黯送她回沈文锦家，跟许梧黯挥了挥手就准备离开。

只是刚迈出一步，她就被许梧黯抓住了。

沈栖侧过身："干吗？"

许梧黯垂着眼，脸上的笑容已经消失，让人不禁怀疑刚刚看到的他脸上的笑容是否是真实的。

沈栖原本飘飘然的心顿时紧绷起来，她靠近许梧黯："怎么啦？你又想到什么事情了吗？"

许梧黯抿着唇，在沈栖的笑意中将自己的想法说了出来："国庆节我们一起回宜安吧。"

她记得自己上一次跟许梧黯提了这件事，许梧黯虽然答应了，但她能感觉到他心里其实是有些勉强的。

其实自从转学以后，许梧黯就再也没有去过宜安。外婆一个人在宜安生活，逢年过节的时候，父母只会把外婆接过来一起住几天，然后再送她回去。

有时候要回老家扫墓，父母让他一起回去，他都以自己要上辅导班为由拒绝了。

他不想回去，不想回到那个噩梦一般的地方。

但今天的事情过后，他开始反思。

如果他真的觉得自己没错，那为什么不敢回宜安呢？

如果再碰到席林宇和江望，那他为什么不能反抗呢？

从最开始沈栖在巷子里替他解围，再到今天他绝望之际沈栖突然出现并为此痛哭，他突然明白一件事。

沈栖说，是他自己困住了自己。其实他早该察觉到，从他放任他人伤害自己时，他就救不了自己，他才是那个放弃了他自己的人。他应该开始改变想法。

前段时间外婆打电话给他，国庆节想让他回去陪她，但许梧黯一直没有应下来，老人家因为这件事很是伤心。

许梧黯想，自己现在就得跨过那一道坎，也好回去陪外婆。

听到许梧黯的话，沈栖原本紧绷着的心顿时放松了。

她刚刚还在担心，担心许梧黯是不是又多想了，但看到他现在愿意走出第一步，她突然就松了一口气，替许梧黯高兴。

　　沈栖抬头冲许梧黯笑了下："当然没问题。"

　　宜安那个地方，她也应该回去，试着放下心结。

　　许梧黯一打开家门就看到了坐在沙发上的许母。

　　许母看到许梧黯，立马放下手中的手机站起身："回来了？"

　　许梧黯轻轻"嗯"了一声。

　　许母走了过来，抬手抓住许梧黯的肩膀："给妈瞧瞧，现在身体好点了吗？"

　　她抓在许梧黯肩膀上的手没有控制力度，许梧黯疼得皱了下眉头。

　　注意到许梧黯的表情，许母立马撒开手："身上也有伤吗？严不严重啊？快点回房间休息吧，妈给你刚炖上鸡汤，等会儿炖好了我端过来给你。"

　　许梧黯点头。

　　"医生怎么说？"

　　许母一边搀扶着他的胳膊，一边小心翼翼地问。

　　许梧黯刚想说话，这时，一侧的书房门被打开了，许父从里面走了出来："我跟你沈老师联系过了，听说你是跟之前宜安的那家人起争执，不小心弄成这样的？"

　　许梧黯垂眸，想到席林宇应该也算是江家人，他不咸不淡地"嗯"了一声。

　　许母听到这话突然就生气了，侧过头就将怒气往许父身上发："又是那家人！我早就跟你说过了，让你对那人不要姑息，你非不听！那群人在宜安的时候就处处针对小五，我想着事情过去了，他们也受到惩罚了，就算了。事情过去了那么多年，我们也搬到俞峡了，但是那群人居然跑到俞峡来了！你看看他们把你儿子折腾成什么样子了，你还忍气吞声的！"

　　许父也憋了一肚子的火："我只是担心小五在这件事情上会太过冲动，他凡事要先跟我商量一下。"

"你这句话是什么意思你当我不清楚？为了你在单位里的名声，为了你的职位，为了能落得一个好名声，你真是一点都不顾念你的儿子啊！"许母越说越气，眼泪险些掉下来，"当年我就跟你说了，这件事不能就那么算了，你非说退一步海阔天空，说你的事业处在上升期，不让我揪着这件事情不放。当年的事情是我们家的错吗？许杨，你睁开眼睛看看你儿子，他脸上的伤敢情不是落在你身上，你不知道疼是吧？"

当年那件事，警方证明了与许梧黯无关，但江家全然无视警方的调查。那时候许父的事业刚处在上升期，位子还没坐稳，他担心如果追究闹事人的麻烦，江家人会跑到他单位闹事，对他的影响不太好，所以哪怕许梧黯遭受了那么多不公，他依然选择忍让。

后来许父在单位站稳脚跟，成功调来了俞峡，他才带着妻儿搬离宜安，说要在俞峡定居，把当年的事情忘记，过好之后的生活。

但在那件事里受影响最大的许梧黯没有一点发言权。

所有人都可以好好开始新生活，只有他必须带着之前的记忆，强迫自己在俞峡好好生活。

再然后，那群人来俞峡找他，许梧黯知道，他根本就不能忘记当年的那件事。

他也一直记得许父说过的话，要忍着。

所以哪怕他来俞峡之后还一直被那群人找麻烦，他也一直忍着没有告诉任何人。这一次，在沈栖的陪同下，他第一次做出了反抗。

许母对许父彻底失望了，也懒得再跟他多费口舌，带着许梧黯进房间后，就把房门反锁了。

她让许梧黯上床躺着，自己坐在床边："小五啊。"

许梧黯抬了抬眼，看着许母没有说话。

许母说："那群人找到你以后跟你说什么了吗？你老实跟妈说，这些年来那群人是不是一直在找你？"

许梧黯一愣，忽然不知道该说什么。

见许梧黯沉默了，许母就猜到了事情是什么样的，她气道："这些人真是阴魂不散。小五，这些事情你怎么不跟爸妈说呢？"

许梧黯垂下眼睫："你们不是只想听有关我学习上的事情吗？"

此话一出，许母原本的怒火顿时灭了。

她忘记了，她和许父一直以来最关心的永远只有许梧黯的学习成绩，只关心他在学校考了第几名，找的辅导老师好不好之类的。

许母看了看四周："你现在上高三了，知道什么事情最重要。这件事情妈妈会为你处理好的，你现在好好休息，我们把伤养好再说。"

叮嘱完，许母就出去了。

那晚，许梧黯听着隔壁传来的压低音量的争吵声，一晚上没有睡觉。

沈栖确实想听许梧黯的话去学校好好上课，但她忘记了自己发烧又淋了雨的事情，第二天头晕目眩的，起不来床。

沈文锦见她这样，一下就想到她是昨天淋了雨的原因，生气地把退烧药和一碗粥放在她的床头柜上："你真是一点都不顾及自己的身体，把粥喝了再吃药。"

沈栖端起粥小口小口地喝着。

沈文锦替她请好假："我给你请好假了，今天你就待在家里好好休息，知道吗？"

说完这句话，她沉默了一会儿，又道："小七，你妈的事情我听你爸跟我说了。"

沈栖喝粥的动作一顿，继而她又好似没听到一般继续喝着。

沈文锦说："我跟你爸说了，你一个人在家也照顾不好自己，后面这段时间就一直住在我这里吧。反正这段时间梧黯也不会去学校，你有空还可以过去找他学习。"

沈栖闷声答应了。

沈文锦看着沈栖，最终还是没多说什么，和她打了声招呼就去学校了。

她没告诉许梧黯自己今天请假在家的事，怕许梧黯多想。

她睡了一个午觉醒来，发现许梧黯主动给她发了消息。

姓许的木头：在干什么？

沈栖看到这条消息忍不住笑出了声。

今天许母本来是要上班的，但因为许梧黯的事情她特意请了两天假。

昨晚，许母许父一直吵到半夜还没有睡，今天早上许母给许梧黯端来早饭的时候眼睛里还有很多红血丝，看来昨晚是哭过了。

他不想父母因为自己的事情吵架，轻声说："其实你不用为了我跟爸吵架。"

许母给他端粥的动作一顿，但很快恢复了正常。她把碗递到许梧黯的手上："好孩子。"

许母缓声道："当年的事情的确是我和你爸爸没有处理好，让你受了那么多的委屈。小五，你放心，以后有爸爸妈妈在，我们不会再让你受这么多委屈了。"

这句话许梧黯等了很多年，但在真正听到的这一刻，他心里却没什么波澜。

见许梧黯不说话，许母只当他不想提及这件事，于是转移了话题："听你外婆说，你昨天晚上答应她国庆节要回宜安陪她？"

许梧黯点点头。

这是昨天他跟沈栖说过的事情，沈栖说会陪他一起回去。

这是他该面对的。

许母点点头："挺好的，我和你爸因为单位的事情回不去，你回去陪陪她也挺好的。早上外婆打电话来的时候不知道有多高兴呢，一直在跟我说这件事。"

许梧黯轻轻地"嗯"了一声。

"补习班那边回头我帮你请假。"

听到这话，许梧黯有些愣住了。

他感觉自己的妈妈有些变化，变得好像比从前更关心他了，也没有那么在意他学习上的事情了。

如果是之前，他受伤请长假，许母虽然不多说什么，但一定会嘀咕几句，然后让他不要耽误了学习。

但这次，她一句没提学习的事情，甚至帮他向学校和辅导班都请假了。

"你是不是……听别人说了什么？"

听到许梧黪的问话，许母明显愣了一下。她很快就反应过来，抬手摸了摸许梧黪的脑袋："没有，我只是觉得你压力太大了，要试着放松。"

其实，许母确实听别人说了什么——她是听沈文锦和沈文锦身边的一个小姑娘说的。

昨天晚上从许梧黪房间出来后，她突然接到了许梧黪班主任沈文锦的电话，说想跟她见面聊聊，问她什么时候方便。

她心里正因为许梧黪的事情七上八下的，沈文锦这么一问，她立马就说自己现在过去找她。等她到了沈文锦家后，她发现家里不只有沈文锦，还有一个她之前在许梧黪身边见过的女孩。

许母没将沈栖放在心上，急忙向沈文锦询问有关于许梧黪的事情。

沈文锦给她看了两张病历。一张是许梧黪外伤的病历，日期写的是今天；一张是心理科的病历，日期是之前放暑假的时候。

她一直知道许梧黪有点抑郁症，但她认为这不是大病，所以一直没有放在心上，觉得学习压力大是正常的。

但是许母看了病历才知道，原来许梧黪的抑郁症从来就没有痊愈过。

沈文锦说："高一的时候我跟你们家长说过这件事，之前也给你们看了病历本，但你们认为轻微抑郁症只是矫情病，所以并不在意。许梧黪是我班的优秀学生，长期这样下去不行，所以我就擅自做主帮着照看许梧黪了。之前许梧黪的几次心理治疗我都陪着他去了，最近的一次是七月底。"

许母刚要说话，这时，坐在一旁的沈栖突然说："阿姨，我第一次见许梧黪的时候他被一群混混围堵在小巷里，但他没有一丝反抗的举动。他每天都活在阴影之下，在遇到我之前，他在学校里也没有朋友，我不敢想象如果他继续这样下去病情会不会越来越严重。我知道您是生他、养他的母亲，我也许没有太多资格跟您说这些，但我现在是他的朋友，我希望他快一点好起来。我知道他跟我一样，都是渴望家庭关爱的。所以我希望您可以多关注一下他的情绪，不要给他那么多学习上的压力。他真的已经够优秀了。"

沈文锦听完，也叹了一口气。

"我们学校已经在尽力减轻学生的压力了，但许梧黯的课余压力还是来源于你们。我知道家长望子成龙的心情，但没有什么比孩子的身心健康更加重要。

"加上今天的事情，我问他有没有跟你说过，他说'没事，不用说'，我听到的时候心里真的很不是滋味。虽然我只是许梧黯的老师，但我是真的很心疼这个孩子。我还是想你能跟许梧黯的爸爸好好聊一聊，许梧黯的成绩已经很好了，他能超出年级第二名很大的距离，适当放松对他来说真的不会有太大的影响。"

听到这些话时，许母心里很不是滋味。

她没有想过，这些扎心窝子的话居然是许梧黯的老师和一个小姑娘跟她说的。之前沈文锦也跟她说过让许梧黯适当放松的事情，但她一直没有重视，直到看到许梧黯和与他们越来越疏远，什么都不愿意告诉她，她才真的慌了。她虽然想让许梧黯成为她的骄傲，但她更不想失去这个儿子。

"那你明天就回学校了吗？"

这天午后，沈栖坐在飘窗上跟许梧黯说话。

许梧黯"嗯"了一声，手里捏着笔做题的动作却没有停下。

他受伤后请了个小长假，沈栖三天两头就来找他。

沈栖一抬头，见许梧黯仍坐在桌前做题，嘟囔道："你都学习了一个早上了，这会儿就休息一下吧？"

话音一落，许梧黯放下了手里的笔，将旋转椅转了一个方向，面对着沈栖："好。"

沈栖兴冲冲地开口："许梧黯，你家里人都叫你什么？我家里人喊我七七，是数字的那个'七'，你以后也可以这么喊我。"

许梧黯的眼睑轻轻颤了一下："喊你七七？合适吗？"

沈栖见状仰着头，理所当然地说："合适的！这个称呼都是我的家人喊的，我也想让你跟我更亲近一点嘛。"

沈栖常会想，自己的小名如果从许梧黯的嘴里喊出来会是什么样的感觉。

许梧黯在心里将"七七"两个字念了一遍，但让他喊出口，的确有点困难。

　　沈栖见他迟迟不出声，忙道："你先别说其他的，快告诉我你的小名。你父母都是怎么喊你的？总不可能一直喊你许梧黯吧？我先提醒你，你要是不告诉我我就要生气了。"

　　听到这话，许梧黯忍不住笑出了声。

　　沈栖见他不仅不说话，还出声笑了起来，顿时气不过了。她手脚并用，从飘窗上下来，来到许梧黯身边，将手机打横举在许梧黯脖颈旁边威胁道："不准笑，快说。"

　　许梧黯低头，轻声吐出了两个字："小五。"

　　沈栖没反应过来："啊？"

　　许梧黯却不说第二遍，转过身开始摆弄起手中的手机。

　　沈栖见他这样，以为他害羞了。

　　她笑着坐到许梧黯身边："'小五'是吗？"

　　见许梧黯的耳根红透了，沈栖佯装一副不在意的模样，拔高音量："好吧，小五，不说这个话题了。我换个微信名。"

　　她打开微信，改了自己的微信名。

　　沈栖把手机递了过去："你看！"

　　许梧黯垂眼一看，沈栖的昵称已经从原来的"Shenqi"变成了单字一个"五"。

　　沈栖笑嘻嘻地收回自己的手："我可是很珍视小五的。"

　　说完，沈栖蹦跶着去外面倒水。

　　许梧黯不动声色打开了微信，将微信名换成了单字一个"七"。

　　三天后，许梧黯身体恢复好了回到学校，这时，运动会也即将开幕。

　　这几天，班上的同学已经开始踊跃报名，因为开幕式的节目来还吵了很久，最后才定下来由八个女生跳舞，剩下的同学当群演。

　　晚自习上课前，付雯和几个女生排练回来，一坐到位子上就说："我看隔壁班有'吉祥物'，不然咱们班也搞一个吧？"

　　"什么吉祥物啊？"

"就是穿着玩偶服来参加开幕式。"

一个同学犹豫道："玩偶服吗？天气那么热，一直穿着玩偶服会中暑吧？"

"没事，就入场的时候穿上就行了。"

"我们班连个吉祥物都没有，也太寒酸了吧？"

"也对，光跳舞太简单了。"

…………

沈栖就坐在位子上，看着他们你一言我一语地争论着。

最后这个"班上吉祥物"的提议还是被采纳了，班主任决定以抽签的方式抽两个人。

沈栖觉得自己不会那么倒霉，但天不遂人愿，当她从讲台上抽中那个写着"幸运儿"的字条时，欲哭无泪。

什么幸运儿，这不就是实打实的倒霉蛋吗？

至于另一个倒霉蛋，是她的同桌路楠。

她只能含泪接受，放学后去找许梧黯寻求安慰："运动会开幕式上，你们班表演什么节目？"

许梧黯闻言淡声道："高三学生不参加运动会。"

说到这里，沈栖才反应过来，高一高二举行运动会的时候，高三的学生得在教室里上自习。

沈栖撇嘴："那你就看不到我了。"

许梧黯抬眼："你报了什么项目？"

沈栖骄傲地抬了抬头："短跑。"

许梧黯面不改色地侧过头，轻轻咳了一声："你怎么会想到报短跑项目？"

沈栖："因为时间短。"

短跑只需要十几秒就结束了，比的是速度，沈栖觉得自己的爆发力够强。

许梧黯看着小姑娘一脸轻松的模样，最终还是没说什么打击她的话。

交响曲响起，一中的运动会开幕式表演开始了。

"沈栖，你能不能跑快点？等会儿掉队了该被骂了。"

沈栖穿着厚重的玩偶服，头上顶着熊头套，边跑边喘气："来了！"

这玩偶服又重，穿起来又热。沈栖顶着玩偶服中途摔了一跤，导致进场晚。赶到的时候，路楠早已穿着玩偶服站在班级队伍里被观赏一圈了。

运动会的入场式上，入场队伍是从高二的班级开始的，沈栖在九班，排在后面几个出场。

"沈栖，要不你喝点水吧？穿这衣服可热了。"站在她身侧的同学关切地递过来一瓶矿泉水。

还没有入场，沈栖先把头套摘下来放在了身侧。

她接过同学递来的水，猛灌了大半瓶。

同学见状又给她递上了一张纸："擦擦汗吧。"

"谢谢你。"沈栖接过纸巾，觉得无比温暖。

也许是因为刚刚喝水喝多了，她没多久突然想上卫生间。

沈栖暗叫不好，把自己的头套往旁边同学那里一塞："帮我拿一下。"说完，她拖着笨重的身体就往外跑，也不顾身后的同学在叫她，一心只想快去快回，毕竟就快要轮到她们班级入场了。

沈栖费了千辛万苦跑到教学楼楼下，在拐角处看到拿着一沓资料的许梧黯。

沈栖连忙喊了一声："许梧黯！"

许梧黯听到沈栖的声音，一回头就看到一团黑乎乎的影子边挥着手边往他这个方向跑来。

沈栖跑到他面前，站稳脚跟后扶着他的肩膀直喘气："你怎么在这里？"

许梧黯垂眼一看，小姑娘穿着厚重的玩偶服，额前的碎发贴在她的脑门上。她的鬓角湿湿的，脸上还有细细的汗珠。

她这是热的吧？

沈栖抬起头看着许梧黯，擦了擦脸上的汗。

"我拿点资料。"等把她脸上的汗都擦去以后，许梧黯继续问，"热吗？"

沈栖一脸委屈地点点头。

许梧黯看了一眼操场上的太阳，轻声道："一会儿开幕式结束以后，学生要留在操场观看，不允许回教学楼，楼下有学生会的人守着。"

沈栖顿时蔫了："我们老师说过了。"

许梧黯抿了抿唇，问道："要不要跟我去自习室？老师不会一直在，只是偶尔过来。"

一中运动会期间，高三学生都是上自习课。许梧黯前段时间请了长假，他是学校的重点培养对象，各科老师准备在这三天里把他落下的课程补回去。

许梧黯话都说到这儿了，沈栖于是爽快答应了下来。

说完这件事，许梧黯突然问："你……不上厕所吗？"

见到许梧黯太过高兴，都忘记自己这么火急火燎跑来的原因了。于是迅速脱下身上的玩偶服，往许梧黯怀中一塞："帮我保管一下，我去趟卫生间。"

说完，她立马拐进一旁的卫生间里。

上完卫生间，洗手时，她看着镜子中自己的脸，用力拍了拍。

她在想刚刚为什么不在操场上把玩偶服脱了再来上卫生间。有时候自己确实太笨了。

沈栖跑回操场上时，前面还有一个班就轮到九班进场了。

她从同学手上接过头套，不好意思地鞠躬："对不起大家，我回来晚了。"

同学笑了下："没事，我刚刚还想提醒你可以把玩偶服脱了再过去，结果你跑得太快了。"

话音一落，同学的笑容突然变得有些勉强，她看了一眼周围，凑到沈栖耳边小声说："刚刚付雯来找你，看到你去了这么久还没回来，发了好大一通火。"

沈栖穿玩偶服的动作一顿。

这时，付雯怒气冲冲地从队伍前面走了过来："沈栖！你刚刚去哪里了？我们班都要进场了你知不知道？"

沈栖自知理亏，立马道歉："不好意思，我刚刚上洗手间去了。"

"你哪来那么多理由？偷懒就是偷懒！你知不知道因为你不在，耽误我们班的入场式了！刚刚在编排队形，因为你一个人不在，我们全班人都要调整队形。"

"其实吉祥物只要站在队伍最前面就行，不用重新调整队形。"

"对啊对啊，也没有太影响……"

同学七嘴八舌地开始说明真实情况，但是付雯还是叉着腰瞪着沈栖，一脸要她好看的样子。

沈栖虽然不喜欢付雯，但这件事她确实没什么好争辩的，本着多一事不如少一事的原则，沈栖耐着性子说："我刚刚实在急着上卫生间。对不起了，我等会儿请大家喝汽水吧。我们快开始了，先准备进场吧。"

乔瞧听到动静从后面跑了过来，站在沈栖身侧。

付雯根本不听沈栖的解释："进什么场？都别进场了！谁稀罕你那破汽水啊？现在道歉有用吗？再说了，想上厕所你就不能憋着吗？就快到我们入场了，你非得那时候去，你这是存心不把班级荣誉放在心上！"

乔瞧皱了一下眉头："你说话太过分了吧？别人去卫生间你也要管？"

"难道不该把重要的事情放在前面吗？不喝水不就行了？"

沈栖忍不住了："大夏天穿着玩偶服多闷、多热你体会过吗？喝水都不行吗？"

一旁的同学拉着付雯劝道："雯雯，别吵了，沈栖说得也没错，这玩偶服穿着是真的很热，穿一会儿就满头大汗了。"

眼看周围的同学都帮着沈栖说话，付雯气得不得了。

她拔高音量："那不是怪她自己倒霉吗？什么都不会的人只配穿玩偶服，她要是会跳舞，让她上来跟我们一起跳啊。说穿玩偶服热，怎么不见路楠说热？就她沈栖那么娇气？"

乔瞧瞬间来了脾气："你什么意思？你们跳舞的人就比别人高一等吗？要不是为了给你们这群跳舞的人做背景板，谁乐意大热天的穿着这么厚的衣服走啊？"

付雯嘲讽道："我跟沈栖说话关你什么事？你一直待在沈栖身边做她的走狗做习惯了是吗？沈栖是不是给你下蛊了？你这么——"

就一瞬间的工夫，付雯就闭嘴了，因为沈栖走过来把熊头套用力地丢在了她身上。

沈栖站在付雯面前，眼神凶狠，一眨不眨地盯着她："你为什么要侮辱其他人？你跟乔瞧道歉！"

付雯见沈栖这副样子有些害怕，但还是嘴硬道："我说错了吗？我凭什么道歉？"

乔瞧在后面站不住了，扯着嗓子喊道："你骂谁是走狗呢？你跟我说清楚！"

付雯顿时往后退了两步，周围一片安静。

沈栖刚说完话，路楠就从她身侧将她拉了过来："方春强来了！"

方春强作为班主任，本应该时刻跟在班级队伍旁边的，但因为办公室里有急事一直待在办公室处理事情就没有过来。也许是考虑到该进场了，他这才匆匆地从办公室赶过来，结果一到操场就看到这么一幅场景。

"你们几个别吵了！先给我好好参加开幕式！随后再来处置你们！"方春强怒了，大声喊道。

第九章
晚霞和他

"我知道是我上厕所耽误了时间，但是你觉不觉得她也很过分？"

自习室里，沈栖刚跟许梧黯抱怨了今天上午发生的事情，说到最后，她差点把自己给说生气了。后面入场式结束，沈栖和乔瞧还有付雯被方春强带到了办公室，三人被说教了一通，最后被罚打扫教室和包干区的卫生一周。

许梧黯停下笔，沉默了一瞬才道："过分。"

沈栖顿时瞪大眼睛："你在敷衍我？"

许梧黯抬起头看向她："没有。"

沈栖还是觉得许梧黯在敷衍自己，她说了那么多，许梧黯居然只简单地回了两个字。沈栖转过脑袋不看他，也不搭理他。

看着小姑娘拿后脑勺对着自己，许梧黯就知道她生气了。他叹了一口气，侧过身："我觉得那个女生做得不对。"

沈栖耳朵一动，开始听许梧黯讲话。

"但你也有不对的地方。"

沈栖立马侧过头，瞪着眼看他："我知道。但我跟你说这么多，不是要你跟我讲道理的！哼！"

许梧黯睨了她一眼："你把气撒在一个要帮你一起受惩罚的人身上，合适吗？"

此话一出，沈栖心里的怒火瞬时熄灭了。

她回过头，眨了眨眼睛："什么意思啊？"

许梧黯却不看她，自顾自地做题："字面意思。"

如果不是看到了他微微泛着红的耳朵，沈栖还真搞不明白许梧黯在想什么。但现在，她知道了。

沈栖将自己的凳子往许梧黯那边拉了拉，脑袋往许梧黯面前一凑："许梧黯，你要陪我一起去打扫卫生啊？"

许梧黯抿着唇没说话。

沈栖心想，他不说话就是默认了。她凑到他耳边，声音里含着笑："谢谢你。"

"两位，这是在交流学习？"

门口冷不防传来的声音吓得沈栖瞬间坐正了身子。

数学老师抱着一本习题本乐呵呵地走了进来："许梧黯，这位同学好像不是高三学生吧？"

沈栖坐在凳子上，眼睛瞪得圆圆的，愣是不敢讲话。

许梧黯认真道："李老师，这是高一的沈栖同学，目前运动会那边暂时没有她参加的项目，我把她带过来一起写作业。"

沈栖这才反应过来，红着脸连忙道："老师好，我可以回操场的，打扰你上课了。"

也许是觉得没有多大影响，老师朝沈栖摆摆手："不碍事、不碍事，多个人听课也没关系。"

沈栖红着脸低下头，但老师讲的高三课程她也听不懂啊。

沈栖心里说着要逼自己认真听课，不能在老师面前出糗，但李老师讲课还不到十分钟，她就已经将脸埋在臂弯里睡着了。

大概是怕被人看出她在睡觉，她一只手还拿着笔立着，做出一副趴在桌上思考的样子。

要不是沈栖轻微地打起了呼噜，许梧黯和李老师还没有发现她听课听睡着了。

李老师讲了约莫四十分钟就下课了，走之前他对许梧黯说："听你们班主任说了你的特殊情况，你自习完就回去好好休息。"

一中运动会期间，高一高二的学生是不上晚自习的，一到点就可以放学了。

老师走后，许梧黯又在自习室做了几张卷子。彼时外面的天已经暗了，天边开始出现红色的火烧云，窗外开始响起学生的嬉闹声。

许梧黯看了一眼时间，已经到放学时间了。

恰逢这时，沈栖慢吞吞地从臂弯中抬起头，半眯着眼睛问许梧黯："老师走了吗？"

许梧黯看向沈栖。也许是因为趴在桌上睡久了，沈栖的脸上压出一道痕迹，整张脸也睡得通红。她没什么精神地耷拉着眼皮，看了一眼窗外，打了个哈欠。

许梧黯收回视线，开始收拾桌上的纸笔："看你在睡觉，老师就走了。"

沈栖伸腰的动作一顿，愣了一秒，瞬时回过头："什么？"

许梧黯被她突然拔高的声音弄得一愣。

沈栖扒拉了一下许梧黯："我明明伪装得很好啊，老师怎么发现我在睡觉的？"

那也叫伪装？

许梧黯懒得揭穿她那拙劣的演技，轻声道："因为你打呼噜了。"

沈栖："……"

见沈栖突然没有了声音，许梧黯往她那个方向看了一眼。

反应过来，沈栖连忙解释："我最近感冒了，鼻子不通气，打呼噜很正常。"

收拾书包的动作一顿，许梧黯点了下头。

沈栖也知道她连自己都说服不了，更别说别人了。

她感觉自己的脸都丢光了，双脚踩在椅子上，伸出手臂抱住自己的膝盖，然后把脸往臂弯里一埋。

许梧黯站了起来："走了。"

沈栖没抬头，依旧将脸埋在臂弯里，瓮声瓮气地说："我没脸了，已经找不到前进的方向了。"

许梧黯觉得好笑，耐着性子说："没事的。"

沈栖瞬间抬起头，瞪他一眼："你根本不懂女孩的心思。"

许梧黯："……"是的，他不懂。

见好言好语劝了半天沈栖依旧不为所动，许梧黯想了一下，换了个办法。

他弯下腰去拉沈栖的手腕："走了。"

沈栖问："你难道要强行拉我走吗？让你陪我在这里待一会儿，你连这点耐心都没有吗？"

许梧黯手腕一用力，把沈栖拉了起来。

他说："不是，你找不到前进的方向就跟我走，我领着你。"

傍晚，天边有一片火烧云，周围的建筑都被这云彩染成了红色。

沈栖边拍照边嚷嚷着"好看"，要将照片发朋友圈。

许梧黯站在街边，微侧着头看着沈栖。

她笑得很开心，跟个小朋友一样在原地打转，力求找到最好的拍照角度。

"许梧黯！"

许梧黯闻声看去，就见沈栖背对着他，正举着手机自拍——以晚霞为背景，他与沈栖为主角。

沈栖喜滋滋地捧着手机上前，邀功似的给他看照片："怎么样？好看吗？我准备发朋友圈。"

沈栖的脸占了照片的一半，倒不会显得脸大不好看。她眉眼弯着，嘴角弯成一个好看的弧度，整张脸都很精致。

照片的另一边，许梧黯与晚霞各占一半，因为背着光，看不到他的脸，只能看到一个轮廓。

沈栖问他这张照片拍得怎么样，许梧黯很客观地给出评价："逆着光没拍好，不过你很好看。"

许梧黯原以为沈栖肯定会追求完美，拉着他再拍一张，结果沈栖反倒是收起手机，抬头冲他眨了眨眼睛："我是故意逆着光拍的，我才不要别人看清你的脸。"

沈栖歪着脑袋笑："那种好看的照片只能我自己欣赏。"

晚上，许梧黯躺在床上翻看着手机。他的微信好友不多，他点进朋友圈，第一条动态就是沈栖发的那一张照片。

他轻轻点了一下照片，将照片放大，仔细看着照片中红色的天空和沈栖的半边脸。

他看了半晌，手指长按照片，将照片保存了下来。

女子短跑五十米的比赛在运动会第三天上午举行。

沈栖早上跟许梧黯一起上学时，特意提醒了他今天自己要参加跑步比赛的事。原以为许梧黯会说些什么，结果她等了半天，只等到他一句"注意安全"。

"你不想看我比赛吗？"沈栖气鼓鼓的。

许梧黯闻言一愣，沉默了一会儿说："今天物理老师把自习课占用了。"

沈栖一听就懂了许梧黯的意思——他今天来不了。

她觉得可惜，也有些失望，但还是十分大度地说："没事，那你就在教室学习吧。"

许梧黯："你生气了吗？"

沈栖："没有。"

许梧黯以为她在嘴硬，有些不太相信她的话："我尽量来看你比赛，可以吗？"

沈栖赶紧道："我真的没有因为这件事生气。虽然我觉得有点遗憾，但我也知道不能逃课。"

她胡乱地解释着。

许梧黯想了一会儿，颔首道："我尽量出来。"

沈栖："……"

他根本就没懂她的意思。

"请参加高一女子组五十米短跑的同学尽快到检录处检录，请参加高一女子组五十米短跑的同学尽快到检录处检录。"

校园广播处响起喇叭声。

沈栖胸口别着号码布，校服已经被她换成了一套运动装。

"你快热热身吧，别到时候刚起跑就摔倒了。"乔瞧拿着校服跟在沈栖身边。

沈栖有点紧张，刚转身就看到了不远处站着热身的付雯和她身边的女生。

见沈栖一直盯着某个方向，乔瞧有些好奇地看过去。

"真晦气，付雯也跑五十米啊。"乔瞧暗骂了一句。

自前天早上开幕式上的那件事情之后，乔瞧对付雯的厌恶达到了顶峰。

沈栖淡然地收回视线："随便吧。"

乔瞧有些不放心地提醒道："七七，不是我多想，我觉得你还是小心一点，付雯这人心眼不知道有多坏呢。"

沈栖没当回事，大庭广众之下付雯也干不了什么。

比起付雯，她更在意的是许梧黯今天会不会来看她比赛。

这时，广播里喊选手过去排队准备开始比赛。

"1092号，第二跑道。"

裁判老师拿着小喇叭在跑道前喊，沈栖听到自己的号码，忙走上前。

沈栖站在第二跑道，短跑都是同一排起点，哪个跑道对她来说都无所谓。

注意到身后站了人，她回头看了一眼，哪承想直接和站在她左后方的付雯对上视线。

付雯看到沈栖的一瞬间冷哼了一声，率先移开了目光。

沈栖："……"

她安慰自己不生气，不跟付雯计较。

裁判老师举着喇叭在讲比赛的注意事项，耳边除了裁判老师的声音就是运动会的交响曲。

许梧黯会不会来看自己比赛呢？是不是人太多了她没看到他？

想着想着，沈栖的思绪飘远了。

"同学、同学？"

沈栖被身边的女生唤回神，顿时愣了一下，"啊"了一声。

女生扯着她的袖子往前走了一步："到我们了。"

沈栖立马有些不好意思地笑了一下："谢谢。"

等真正踩到起跑线的那一秒，面对赛道两侧的观众和大家投来的目光，沈栖突然开始紧张起来。

她按照要求蹲了下来，做出起跑的姿势。

就在她全神贯注地注意听枪响时，有一颗小石头不动声色地被人踢了过来，滚落在她的前方。

沈栖的脑子里一根弦紧绷着，也没注意到面前这颗小石头。

"各就各位，预备——"

砰——

随着一声枪响，同学们都起身冲了出去。然而沈栖刚往前跑了一步，脚不偏不倚地踩到了那一颗小石头上。

沈栖还没来得及反应，脚一滑，身子往前一扑，然后重重地摔倒在了地上。

"啊——"

"七七！"

耳边传来惊呼声，沈栖身上的痛感顿时席卷全身，脑袋放空了一瞬间，再回过神时，她感觉自己的脸上、手上和腿上一阵火辣辣的疼。

除了疼，沈栖更多的是感觉丢人。

她侧了一下脸，将脸朝向橡胶跑道，恨不得现场打个地洞钻下去。

乔瞧扒开人群跑到沈栖身侧，急切地问："七七，你怎么样？"

沈栖疼得动不了，强忍着痛意爬了起来，坐在地上。

她低头一看，自己的膝盖上已经被蹭出了血，手掌那里也红了一块。

乔瞧蹲在她的旁边，手指着她的脸："你脸上也红了。"

沈栖一惊，完了，要破相了。

这时，路楠的声音从身侧传来："还能站起来吗？"

沈栖动了动身体，一动身上就痛得不行，特别是腿上。

她摇了摇头。

就在这时，路楠一声不吭地蹲了下来，扯着她的胳膊搭在自己肩上，将她背了起来。

路楠轻松地背起她，边走边说："我送你去医务室。"

沈栖就这么被路楠背着从操场上走了过去。

一路上，路楠背着她的场景引得不少人频频侧目。

沈栖觉得丢人，伸手挡住自己的脸。

乔瞧跟在路楠身侧。

因为沈栖刚刚摔倒的动静闹得有点大，方春强原本在观众席坐着，突然接到学生打来的电话，告知他沈栖摔倒了，吓得他立马站了起来，快步走下观众席往医务室跑，结果在半路的时候就遇到了背着沈栖去医务室的路楠。

方春强刚才跑得有些急，一直喘着粗气："沈……沈栖怎么样？"

说完这句话，他就瞥见了沈栖腿上、手上渗着血的伤口："这么严重啊？怎么摔的？"

"起跑的时候摔倒的。"

"路楠，快，走快点，送到医务室去。"

沈栖很快就被送到了医务室。医务室的老师见此情况，赶紧让路楠把沈栖放到床上。

医务室老师拿着碘酒准备给沈栖消毒，刚弯下腰看见沈栖腿上的伤口，忍不住说了一句："摔得这么狠？"

她抬眸看了沈栖一眼："忍着点，会有点疼。"

沈栖点点头，咬住嘴唇。

突然，耳边传来医务室老师的惊呼："哎呀——"

沈栖抬眼看去，原来是医务室老师手里的棉签掉在地上了。

下一秒，医务室进来一个人。

沈栖没注意来人，只顾着低头看自己腿上的伤口，直到她面前落下一片阴影——有人站在了她的面前。

沈栖诧异地抬起头，居然是许梧黯。

她问："你怎么在这里？"

许梧黯却不回答她这个问题，去看她腿上的伤口："怎么摔了？"

这时，医务室老师找好棉签回来，推了推许梧黯："让一下，同学。"

她弯下腰，几乎是一点没给沈栖反应的时间，直接将涂满碘酒的棉签按在了沈栖的伤口上。

　　沈栖疼得一哆嗦，膝盖条件反射地抖了一下。

　　下一秒，她抬起头，眼里已经蓄满了泪水，撇着嘴巴喊了一声："好疼。"

　　许梧黯抿着唇，脸上的神色不是很好看。

　　他朝沈栖走了一步，沈栖刚要问他做什么，就听见他说："疼的话抓住我，我不怕疼。"

　　"好了，手上的伤口处理一下吧。"医务室老师说道。

　　沈栖松开拽着许梧黯衣摆的手，将自己的手伸了过去。

　　看着小姑娘伸手伸得慢吞吞的，感受到自己手掌下小姑娘不断颤抖的睫毛，许梧黯知道沈栖很害怕。

　　"好，手上也擦好了，注意别蹭到了。晚点你再去医院开药包一下，保险一点，好得快也不容易留疤。"

　　许梧黯这时指了下沈栖的脸："医生，她脸上也有伤。"

　　医务室老师这才注意到沈栖脸上也擦破了一块皮，给她上完药以后一直叮嘱她要去医院拿药。

　　医务室老师走后，沈栖看向许梧黯。

　　恰逢这时，许梧黯也看了过来，二人的视线正好对上。

　　撞上许梧黯的视线，沈栖突然感觉自己心里萌生出一股委屈感，鼻子一酸，嘴一撇，眼泪瞬间夺眶而出。

　　看着啜泣不止的沈栖，乔瞧在一旁还有些蒙。

　　刚刚说这点小伤没什么好哭的人是沈栖吧？

　　方春强见此情形也担心得不行，凑上前来左一句右一句地安慰沈栖，把站在一旁的许梧黯都挤得没影了。

　　沈文锦从医务室外跑了进来。看到沈栖腿上的伤口，她连连咋舌。

　　看到沈文锦，方春强直言道："沈老师你来了啊，我准备送沈栖去一趟医院拍个片看看有没有伤到骨头。"

　　沈文锦挥挥手："不用麻烦你了，方老师。我正好下午没事，我送沈栖去吧。"

方春强跟沈文锦道了谢，又叮嘱了沈栖几句就匆匆走出医务室。

路楠见状也不打算久留。他回头看向沈栖："那你注意伤口，我先走了。"

沈栖点点头："谢谢你，路楠。"

路楠淡漠地侧过头，说了一句"不用谢"就走出了医务室。

乔瞧也不打算留下来，跟着路楠出去了。

沈文锦让许梧黯把沈栖搀扶到外头路口，她先去开车。

沈文锦走后，沈栖刚收回视线就听见许梧黯问："能走吗？"

沈栖顿时露出一副委屈的表情，哀怨道："你看我这样子像是能走吗？"

小姑娘的眼睑上还挂着眼泪。因为刚刚哭过，鼻子还泛着红，她撇着嘴，一副可怜的样子。

许梧黯忽然想起自己刚刚在操场上看到的一幕，冷不防地冒出一句："我觉得还行，走两步应该不是问题。"

沈栖："……"

她不满道："你真的是过分。"

今天的许梧黯有些不一样，虽然也在照顾她，但他脸色不是特别好。

她抬起头，见许梧黯侧着身站在她面前，视线却不看她，而是看着门外。

结合他刚刚说的话，和他现在满脸不爽的反应，沈栖心里缓缓浮现一种猜想，脸上不自禁露出笑容，眼眸也跟着弯了起来。

其实听到操场上短跑比赛即将开始的广播时，许梧黯已经准备好跟老师请假了，可老师这时又带着他跟另外一个尖子生讨论奥数题的不同解法，许梧黯不好驳了老师面子，只能期望老师快点讲完，他好开口请假。

好不容易等老师讲完，许梧黯喘着气跑到操场时才发现沈栖好像发生了意外，被一个男同学背到医务室去了。

或许是不想继续被她探究，也是给自己找一个台阶下，许梧黯突然弯下腰，轻声问："那我背你走过去？"

沈栖点点头，"嗯"了一声。

许梧黯在她面前弯下腰，她双手搂住许梧黯的脖颈趴了上去。

许梧黯手臂托着她的膝弯，稳稳当当地站了起来，背着她开始往外走。

沈文锦将车开了过来，打开车门："快上车。"

许梧黯主动说道："沈老师，我课已经上完了，让我一起去照顾沈栖吧。"

沈文锦又看了一下沈栖，说道："行吧。有你在这傻丫头也安心点。"

车上，沈文锦一边开车，一边止不住担心地回头，嘴里发着牢骚："好好的，参加个运动会怎么弄成这样？腿上就算了，脸怎么也伤了？以后留疤了有你后悔的时候。"

听到这儿，沈栖心里突然萌生出一个悲观的想法。

如果她脸上真的留疤了，她没有从前长得那么好看了，她家里人或许还会觉得是一件好事吧？他们也不会再因为旁人的一句"红颜祸水"对她恶语相向了。

其实在上小学的时候，因为奶奶对她的厌恶，她一度想让自己变丑。她想，那样奶奶也不会那么讨厌她了。

也许是被人察觉到了自己的异样，沈栖感觉胳膊被人轻轻撞了一下。

她抬起头看向许梧黯，他却不看她，握着手机单手打着字。

叮——

沈栖感觉到放在口袋里的手机振动了两下。

她狐疑地看了一眼许梧黯，他正好放下手机往她这边看过来。

沈栖收回视线，从兜里拿出手机，是许梧黯发来的信息。

七：不会留疤的。

沈栖意识到他是在回应刚刚沈文锦的话。

五：你怎么突然说这个？

信息发过去的一瞬间，许梧黯的手机响了一声。

他低下头，开始回信息。

七：我看你不高兴。

沈栖看到这条消息的时候，唇角不自觉地弯了一下。

五：本来确实有点郁闷，但我现在已经好啦！

发完这条消息，沈栖抬头看了一眼许梧黯。

五：因为有你安慰我，我就很开心了。

前一天去医院拍过片子后，沈栖的腿并没有太大的问题，注意休养就好了。于是她第二天没有请假，跟许梧黯一起去上学。

刚下电梯，她就看到了等在单元楼门口的许梧黯。

沈栖拉了拉书包带，挥着手一瘸一拐地走过去："许梧黯！"

他赶紧往前走了两步扶住沈栖。

沈栖撑着他的手臂，笑嘻嘻地抬头："早上好呀，许梧黯。"

许梧黯微微领首："早。"

他充当了沈栖的人形拐杖，一只手臂屈着，方便沈栖抓着他的胳膊走路。

许梧黯问："沈老师呢？"

"她有事很早就去学校了。"

沈栖和许梧黯保持着这个姿势，磕磕绊绊地走到了学校。

许梧黯把她送到高一九班门口，走前叮嘱了句："今天不要到处乱跑了。"

沈栖举起手发誓："我一定乖乖听话。"

他们到校的时间很早，这时候教室里都没多少人。沈栖环视了一圈，只看到路楠和几个不熟的同学。

沈栖一瘸一拐地走到位子前，刚准备卸下书包坐下就听到路楠问："你的伤怎么样了？"

想到昨天还是路楠背她去医务室的，沈栖对她这个同桌增添了几分好感："没什么大问题，就是皮外伤。"

路楠点点头："你今天有需要帮忙的地方可以跟我说。"

没等她说话，沈栖的肩膀突然被人用力一撞，身后传来一句不耐烦的声音——

"让让好吗？"

沈栖一个没站稳，身子往前扑，险些将膝盖撞到桌子上，好在路楠起身得快，伸出手将她扶住了。

路楠把沈栖扶稳以后，脸色不佳地看向站在沈栖身后的付雯：
"你注意点行不行？沈栖腿上还有伤。"

付雯不以为意："就腿上有点擦伤，有什么好娇气的？而且我
又不是故意的。"

不等沈栖讲话，付雯就径直从他们面前离开了。沈栖不想包干
区还没打扫完再来个新的惩罚，只能吞下这口气坐回位子上。

课间，沈栖在教室里实在坐不住，便拉着乔瞧一块儿去小卖部
买了瓶果汁。

"你就这么好动，非得走两下是吧？"

"那一直坐着可不就成为一个废人了吗？"说完，沈栖拧开瓶
盖喝了一口果汁。

"一瘸一拐地走着，你也不怕出洋相。"

"嘿嘿，再陪我去一趟厕所吧。"

"行呢，大小姐。"

两人刚走到洗手间拐角，就听到洗手间门口有人在议论沈栖。

沈栖和乔瞧看了一眼对方，不约而同地停下脚步。

"沈栖才是有心机好吗？长得稍微好看一点就到处结交朋友，
昨天还让路楠背着她绕着操场走了大半圈。多少人看着啊，她就喜
欢做出洋相的事情。"

一个女生笑了一声："她不是摔倒了吗？路楠刚好站在那里，
只是顺便吧？而且沈栖跟路楠不是同桌吗？帮她也情有可原啦。沈
栖摔得还挺惨的，脸上都擦破皮了。"

付雯喷了声："就那么一点小伤有什么好娇气的？而且昨天从
医务室出来的时候，她也是被别的男生背出来的，那男生今天早上
也送她来教室了。你们猜猜那男生是谁？"

听到这里，沈栖已经有些站不住了。

她知道付雯嘴里不会吐出有关许梧黯的什么好话。

"谁啊？"

"就高三理科的第一名，叫许梧黯，你们之前在开学典礼上应

该看到过他，他上台领奖了的。"

"许梧黯啊！他挺厉害的，学校的荣誉榜上就他的名字最多了，人也长得很帅啊。"

付雯冷笑一声："那你知道许梧黯的传言吗？许梧黯的事在一中都不是什么秘密了。据说他心理有点问题，整个人非常孤僻，从来不跟人接触，听说是有精神病的。他们说学校要不是为了让许梧黯冲状元，早就把他这种脑子有问题的人给劝——"

"你给我闭嘴！"

沈栖突然出现，顺手将手里拿着的果汁泼了付雯一身，把在场的人都吓了一跳。

付雯也被吓蒙了。

付雯说许梧黯脑子有问题的时候沈栖就已经忍不住走出来了，只不过付雯说得太投入，丝毫没有注意到身侧快步走过来的沈栖。

付雯下意识地躲避，结果重心不稳往后倒去，一屁股摔坐在地上。

沈栖居高临下地看着她。

"人言可畏你知道吗？你对许梧黯了解多少？这样随意散播谣言可以毁了一个人你知道吗？你可得小心点，不然下次你在街上讲别人闲话的时候还得被泼一身。"

"你一直针对我，我真的懒得搭理你。

"但我现在发现了，不理你、纵容你，你只会越来越过分！

"以后你要是想挨骂直接来找我，我不嫌麻烦，但请你不要连累其他人！"

沈栖的嘴巴就跟机关枪一样讲个不停。

因为这边的动静，周围围上来不少人，但无一人敢上来劝解。

乔瞧也没上前劝沈栖，她知道这些话沈栖必须得说。

其实她一直都知道一件事——沈栖对别人的容忍度很高，但一旦有人触及她的逆鳞，她就会毫不犹豫地上前争辩。

沈栖嘲讽完付雯以后，去洗手池那里洗了个手，顺带用水搓了搓自己衣服上的污渍。

洗完手出来，她侧眸瞥了一眼还坐在地上的付雯，笑了一声，毫不在意地直接从人群中走出去，好似刚刚的当事人不是她。

沈栖这边的事情闹得很大，果然，她回到教室，屁股还没坐热，班长就朝她小心翼翼地喊了一声："沈栖，方老师让你去他办公室。"

沈栖点点头，站起身往教室门口走去。

乔瞧见状立马把手机塞到桌洞里，跟着沈栖跑了出去。

教室里，路楠还有些诧异于班长为什么表现得这么紧张。

等沈栖出去以后班长才松了一口气："你不知道刚刚的事情啊？刚刚沈栖在洗手间门口将果汁泼了付雯一身，付雯哭得可惨了。"

路楠："沈栖将果汁泼了付雯一身？"

"对啊。"

路楠啧了一声，竖了竖大拇指。

沈栖走到办公室，乔瞧非要跟她一块儿进去，坚持说这件事自己也有参与，要跟沈栖有福同享有难同当。

沈栖真是骂也骂不走她。乔瞧一进办公室就说："方老师，这次的事情我也有份。"

方春强被气得太阳穴突突直跳。

这次的情况比较严重，整个年级段都知道了这件事，沈栖被教导主任请了家长，具体的惩罚要等沈栖的家长来了再做商讨，估计要背处分。而付雯，凭借着自己"受害者"的名义，仗着超强的演技和父母在电话里不讲理的声讨，学校暂时未对她做出惩罚措施。

而沈振则又出差了，沈栖这件事只能由沈文锦出面，来代替沈振则挨骂。

方春强和沈文锦毕竟是同事，要给她留几分薄面，因此就和沈文锦在办公室里面说，沈栖则站在办公室门口罚站。

乔瞧也站在她身侧。这次不关乔瞧的事，沈栖还是把乔瞧摘了出去。

沈栖背着手靠在门口的墙上一声不吭，远远看过去十分委屈。

沈栖发着愣，突然感觉面前的阳光被一道人影遮挡了一半。

她抬眼一看，就看到了许梧黯那张清冷的脸。

沈栖已经不知道有多少次在这种情况下跟许梧黯对视了。

许梧黯垂眸道："你——"

还没等他说完，沈栖委屈地撇撇嘴："才不是我主动找事的。"

他问："遇到什么事情了？"

沈栖滔滔不绝地说完整件事后，抬起头看向许梧黯："你觉得我做得过分吗？"

许梧黯问："你要听实话吗？"

她有些气闷："嗯。"

"不过分。"

沈栖蓦地抬起头，一脸不可置信地看向许梧黯。

她原本以为许梧黯一定会说她过分的。

"你让我说实话，我客观评价，你做得不过分。她几次找你的碴儿，是要适当给点教训。"许梧黯微微弯腰，骤然拉近了跟她之间的距离，不过我不想你这样做，因为这样很容易伤害到你自己。下次遇到事情，你第一时间要想到我。我们一起解决。"

沈栖的眼里冒出泪花："好。"

其实，刚才沈栖没将事情的真正原因告诉许梧黯，而是避重就轻简单地说她和付雯互相看不顺眼而闹矛盾。她害怕许梧黯知道同学们周而复始地传他的谣言，他的情绪又会受到影响。

但许梧黯也知道事情不可能这么简单，他到高一九班问了其他在场的同学，了解了事情的来龙去脉后，直接去到九班找付雯。

付雯被沈栖当众说教了一番，此番正坐在位子上哭哭啼啼的。

她的身边围了两个女生在小声安慰。

班上有其他女生被她这哭声吵醒，转过头凶道："哭哭哭，有什么好哭的？你自己主动找事还有脸在这里哭？吵死了，让不让人睡觉？你要是还想哭就出去哭！"

付雯被说得一愣，张口就骂了过去："教室是你一个人的吗？你有什么资格让我出去？"

"下午就周考了，你一直在这儿哭影不影响我们？"

"你——"

"你什么你？你在教室里装一副委屈样儿给谁看？不是你主动

找沈栖麻烦的吗？"

"那又怎样？敢惹我，沈栖和那个精神病人许梧黯一个都别想跑。"

…………

许梧黯站在门口将里面的话听了个全。

他抬起眼帘，抬脚从后门走进教室，对着付雯说："说得好。"

教室里的争吵声戛然而止，瞬间一片安静。

付雯对上许梧黯的视线，张了张嘴却一句话都说不出来，心虚地移开了视线。

反倒是刚刚那个女生认出了许梧黯，对着付雯笑了声："你不是让人家别跑吗？正主来了，你倒是说啊！"

付雯被这么一激，眼眶更红了，噌一下站了起来，红着眼眶对着许梧黯道："你有没有病你自己心里清楚。这件事是高三的人嘴里传出来的，你有能耐去找他们啊，来我们高一这里要什么威风？"

"我确实有病。"许梧黯忽然道。

"你有没有病关我什么事情？"没有想到许梧黯会直接承认，付雯有点意外。

许梧黯冷眼看她："既然不关你事，那你以后别再到处招惹我和沈栖。"

"两个疯子！我……我懒得理你们！"付雯自知理亏，说话声音逐渐变小，但又不想丢了威风，她踢开椅子，手肘往许梧黯身上推了一下，"让开！"

下一秒，她的手腕被人抓住。付雯尖叫。

许梧黯抿着唇，抓着她手腕的手紧了几分，开始将人往门的方向带："去跟沈栖道歉。"

"你再不放开我跟你没完！"付雯持续挣扎。

许梧黯充耳不闻，扯着她的手腕就往办公室走。这动静不小，下课时间引了不少人的注意，平时付雯露出的优越感和喜欢讨论他人私生活的陋习早就引起众人不满，同学们暗地里纷纷认为许梧黯做得好。

他一路拉着付雯到了办公室，直接把付雯领到方春强面前：

"报告。"

路过沈栖时，付雯委屈地瞪了她一眼。站在门口的沈栖也吓坏了，直接跟在两人身后进了办公室。

见此情景，办公室里的几位老师有点吃惊。付雯一见到老师立即流下了眼泪，跑到方春强的身边诉苦。

冷眼等付雯说完，许梧黯开口道："老师，我确实患有抑郁症，不太擅长与人接触，大家可能觉得我孤僻、自闭。"

许梧黯自揭伤口的话一说出口，办公室的老师们都有点惊了。沈文锦立马起身拉了拉许梧黯的手臂，示意他别说了。许梧黯坚定地看了看同样惊讶的沈栖，继续说。

"我也以为我会一直这样下去，一个人写作业、一个人吃饭、一个人生活、一个人到老，但沈栖同学的出现改变了一切。她会关心我的病情，照顾我的情绪，带我探索很多新奇的东西，给了我很多温暖，也给了我很多勇气。

"包括这次事件也是她听到了恶言恶语，为了保护我而做出了冲动的行为。这件事因我而起，我可以替她接受学校所有的处罚。

"而且关于沈栖运动会受伤这事，得到沈老师的允许后，我昨天去看了一下学校操场的监控，发现付雯同学有搞小动作的嫌疑，我拍了监控的画面并且打印了出来，老师们可以看看。她确实欠沈栖一个道歉。"

说着，许梧黯递给方春强一张打印的照片。付雯看到照片的一瞬间脸都黑了。

"而且这件事的根源是付雯同学口不择言，未得证实就在背后乱传他人隐私，挑衅在先。这属于语言暴力，应该被重视，不该被轻易谅解。我虽有抑郁症，但并没有影响到别人。而付雯同学的四处传播流言行为已经影响到我了。高三我只想好好学习，顺利地参加接下来的高考。

"我想说的说完了。"

听到这些话，沈栖忽然感觉心潮翻腾，一股暖流涌上了心头。

在许梧黯来这里之前，她站在办公室外听老师你一言我一语的训斥声，在年级主任提出要给处分时她也没有感到难受，反而心里平静，淡漠地等待着自己的"判决"。

只是许梧黯突然闯进办公室是她意料之外的事。

她现在有点想哭，不是后悔也不是不甘，只是因为许梧黯决定替自己承担惩罚……只是因为许梧黯自揭伤口只为保护她……

沈栖眼眶一热，眼泪顺着她的眼角滑落。

她伸手扯住许梧黯的衣袖，声音轻而沙哑："许梧黯，你不用……"

许梧黯却是侧过头，朝她徐徐一笑报以宽慰，像是在说"别担心，一切交给我"。

沈栖心中的防线瞬时崩塌，眼泪哗哗地从眼眶里涌出。她不停地抬手去拭眼泪，却怎么都擦不干净。

年级主任原本抱胸坐在椅子上看着其他老师处理沈栖事件，但从许梧黯进来后就慢慢放下了抱胸的双手。在听到许梧黯说一切惩罚由他来承担时，年级主任顿时没控制住情绪，一下从椅子上站了起来，好半天才道："不行！"

许梧黯要是因为这件事背了个处分，先不说他家里人会不会来闹，就连高三的年级组组长也不乐意。他们也没资格将高一学生的事情牵涉到高三学生那儿去。

方春强也立马道："许梧黯，你也说了你现在已经高三了，可别再牵扯其他的事情了。而且我们也还没决定该怎么处理，你先别急。但付雯如果真的有心伤害同学，这件事肯定不能姑息。"

付雯闻言，僵着肩膀往后缩了缩。

沈文锦一听，忙站起来安抚："许梧黯，你先坐下。你替沈栖担什么责！"

许梧黯点点头，但是没有坐，而是走到沈栖身边和她并排站着。

没过一会儿，校长来了。随之赶来的是付雯的家长。

两位同样戏份很足的家长一进办公室就开始哭天喊地，但是有校长坐镇，他们也不敢太过分。

许梧黯是一中明年重点冲击理科状元的好苗子。一中和俞中是当地最好的中学，但前两年的市状元都落在俞中头上。一中校长对许梧黯寄予了厚望，所以是不愿意他在今年出任何问题的。

目前社会越发关注学生的心理健康，关于许梧黯的谣言被人恶意传播，学校也开始重视，当下便发了公告不允许学生对任何同学实施"语言暴力"。

沈栖怼付雯的话以及许梧黯在办公室的这段肺腑之言，都被路过的学生们拍了视频，后来也被其他学生看到了。大家围着看视频，被许梧黯敢于自揭伤疤、直面自己病情的行为感动，而且也知道了许梧黯并非得了传言里那种"可能会伤害他人"的抑郁症，没有刻意地立人设、装模作样、排斥他人。

而付雯，经调查，运动会上刻意伤害同学的行为也被坐实，学校给她记了大过。

一时，沈栖和许梧黯都成了学校里的名人，大家也都对许梧黯另眼相待了，不再害怕靠近他，男生们更是主动约他打球。一开始许梧黯还不太适应，但是在沈栖的鼓励下，也慢慢地开始接受他人的善意。

不过沈栖该受的还是得受着，她和付雯各背一个处分，并且两个人都要写一千字的检讨，周一在国旗下公开说明并且道歉。

检讨一出，事情的对错学生和老师们自有判断。

所有的事情都在朝着更好的方向发展。

而出差回来的沈振则了解所有事情后，知道沈栖受了委屈，原本还想去学校找付雯的父母讨说法，被沈文锦拦下，表示事情已经解决，就不要徒添麻烦了。沈振则叹了一口气，他对沈栖的爱好像总是晚一步。

ZHUOZHU
TAIYANG

第十章 悄悄许下约定

即将放国庆长假，一中的学生们最后一天不用上晚自习。

放学的路上，傍晚的余晖照在路边的花草上。

沈栖跟在许梧黯身边，走了一段路后，她扯了扯许梧黯的衣袖，说：“腿疼，还没有完全好，走不动路了。”

许梧黯闻言叹了一口气，蹲下身子让沈栖趴上来，自己背她回去。

沈栖欢欢喜喜地爬上许梧黯的背：“小五，谢谢你。”

许梧黯背着她走着，轻轻地“嗯”了一声。

沈栖又在他耳边轻声道：“许梧黯，还记得我们之前说好的吗？”

“记得。”

“明天我们要一起回宜安了。”

“嗯。”

“别害怕，我会一直陪着你的。”

“一起面对。”

国庆假的第一天。

"在这儿呢！"

高铁车厢里，沈栖一眼找到了她和许梧黯的座位，拉着他就坐下了。

许梧黯眼部有些发青，坐下以后他靠着椅背，闭着眼睛，思绪万千。

沈栖察觉到他的情绪有些不对劲，担心地问："是不是哪里不舒服啊？"

"没事，没睡好。"

他们要回的是宜安，是他噩梦开始的地方，心里憋着事总归是睡不好的。

沈栖抚平了许梧黯皱巴巴的衣角："那现在好好补个觉吧。我还等着你带我在宜安好好玩一下呢。"

听到沈栖的话，许梧黯心中原本焦躁不安的情绪似乎被一双手温柔地抚平了，眼睛缓缓闭上。

在沈栖身边，他是可以睡一个好觉。

不知道过了多久，沈栖关掉手机侧过头时，看到许梧黯已经睡着了。

少年的睫毛很长，胸口随着呼吸缓缓起伏。他睡得不是很安稳，眼睛虽闭着，但细看还是有些轻颤。

从俞峡到宜安的高铁车程是两个小时左右，许梧黯在快要到站的时候醒来了。

沈栖专心地玩着手机游戏，眼睛没有离开手机屏幕："快到了吗？"

许梧黯看了一眼窗外，已经到了宜安的市区："还有几分钟就到车站了。"

"那咱俩收拾收拾准备下车吧。"

前几天，两人和各自的父母说明情况后，准备在宜安待个一两天就回去，一中的国庆假期放得不长，高三年级甚至只放三天假，沈栖的假期也就比许梧黯多一天。

下了车，许梧黯直接带着沈栖坐上车站出口的出租车。

出租车司机看出来二人是学生，热情地和他们攀谈起来，问他们是不是来宜安旅游的。

沈栖不想让司机觉得尴尬，便接话道："不是，我们是回家看亲戚的。"

"你们是宜安人啊？"

"也不算是，我一直在俞峡那边长大的。"

"俞峡是个好地方，大城市，跟我们这边不一样。"

沈栖尴尬地笑了下："没有，其实差不多啦。小城市也有小城市的好，舒服，惬意，有归属感。"

司机听完瞬间爽朗大笑："小姑娘就是会说。"

许梧黯的外婆家就在市中心，居住的房子是一座独栋小楼房。

知道许梧黯要回来，许梧黯的外婆一大早就张罗着买菜烧饭，烧了一大桌的菜，坐在客厅的沙发上等着许梧黯。

两人来到楼下。许梧黯时隔四年回到这里，虽然感激外婆迎接他回家的用心，但是看到周边熟悉的景色时，伴随而来的窒息感还是压得他有些喘不过气，脸色也有些发白。

这时，沈栖突然拍了拍他的肩膀。

许梧黯一怔，目光有些木讷地看向沈栖。

沈栖踮起脚，在他耳边轻声说了一句"别怕"。

许梧黯其实不喜欢别人触碰他。之前心理医生说，这是因为他之前所遭受的经历，让他本能地对外界的人产生排斥心理。

但沈栖不一样，从许梧黯暑假在沈文锦家中遇到沈栖时，他一眼就认出来，小时候在巷子里塞给自己小字条、救自己的小女孩就是沈栖。

所以他认为可能是这个原因他才不讨厌她碰触自己。但慢慢地，他更觉得是因为对方是沈栖，是她本身。

后来知道了沈栖的故事，心疼她的同时，他也觉得他们是同一个世界的人，他们同病相怜，互相吸引。

但慢慢地，他又彻底了解了沈栖，她没有像他那么悲观，反而还处处照顾他，想把他拉出深渊，去到有光的地方。

她身陷淤泥里，却拼命地想要成为他世界里的那一束光。

这时候，许梧黯终于能理解沈栖那一句话的意思了——

"我待在你身边，没人能欺负你。"

外婆许久没看到许梧黯，有些激动。注意到沈栖时，外婆迟疑了一秒："这位是？"

许梧黯刚要说话，沈栖却抢先一步笑脸相迎："外婆好，我叫沈栖，你可以喊我七七。我是许梧黯的好朋友。"

"你好你好，欢迎你来家里做客。"老人家热情地招呼他们。

许梧黯的外婆真的很想念许梧黯，刚让许梧黯坐下就一个劲地拿东西给两个人吃，拉着许梧黯的手说了很多话。说着说着，她的眼眶就不自觉地红了。

沈栖坐在一侧，鼻子有些酸。

她没有感受过老人家这么浓烈的爱，她的外婆将全部心思放在她妈妈身上，对她向来是一种很客气的态度。奶奶对她的态度就更不用说了。

其实这样挺好的，许梧黯是有人疼爱的。这样她也高兴。

一顿饭，外婆自己没吃多少，光顾着给沈栖和许梧黯夹菜了。

沈栖的米饭上堆了小山一样的菜，外婆又夹了一个大鸡腿过来："来，七七，吃鸡腿。我烧的鸡腿啊，小五小时候可喜欢吃了。"

沈栖忙端碗接过："谢谢外婆。"

"是外婆谢谢你，小五这孩子小时候一直忙着学习，也没什么朋友，后来又出了那一档子事情，就……"外婆突然止住话，大概是意识到不该说，叹了口气笑了笑，"唉，不说了不说了，都过去了。现在看到小五交到好朋友，我这老婆子心里也高兴。"

沈栖知道外婆是想到许梧黯之前那件事，她看了一眼许梧黯，他什么话也没说，就安静地坐在那儿扒着米饭。

沈栖收回视线，夹起菜放在外婆碗里："外婆，你也吃。"

她朝外婆笑了下："外婆，你别担心许梧黯啦！许梧黯现在在学校很招人喜欢的。大家都想跟他做朋友呢！"

"真的啊？"

"真的，他们都可佩服许梧黯了，说要拿他当目标。"

听沈栖这么说，外婆乐得合不拢嘴："对了，七七，你看着应该是比小五小吧？那你跟小五是怎么认识的？"

"我现在读高一，许梧黯的班主任是我小姑，我是暑假在我小姑家里写作业认识他的。"沈栖笑着抓了抓脸，"因为我成绩差嘛，还让许梧黯帮我温习了功课。"

"挺好、挺好。"

饭后，沈栖和许梧黯没出门，就待在家里。

沈栖第一次来到许梧黯在外婆家的房间，房间陈设很简单，只有一张床、一张书桌和一个不算特别大的衣柜，床对面的墙壁上贴满了奖状。

沈栖粗略地扫了几眼，大多是许梧黯从小到大得的三好学生奖，还有很多竞赛得来的奖状，书桌上还摆着几个金灿灿的奖杯。

沈栖拿起一个奖杯看了看，上面干净光滑，没有落一点灰尘。

想必许梧黯的外婆应该经常来许梧黯的房间打扫卫生。

许梧黯看了一眼窗外，太阳已经下山了，外面的天也变得昏暗。

想到了什么，沈栖开口："许梧黯。"

"嗯？"

"我想去外面走走。"

许梧黯闻言站起身："走吧。"

沈栖跟着许梧黯走出社区，天空已经被日落衬得满是红霞。宜安是山地，从许梧黯家去街道闹市还得下个坡，彼时，红霞铺满天空，那一片片矮小的老小区在红霞的映衬下平添几分虚幻。

她刚走了一个下坡路，不小心踩到石子摔倒叫疼，许梧黯赶紧上前查看情况，发现就擦破了点皮。

沈栖摸了摸鼻子："背我嘛。"

似是怕许梧黯拒绝，沈栖顿时指了指自己擦破皮的膝盖："我腿上有伤，很疼的！"

终是拗不过沈栖，许梧黯叹了一口气，蹲在沈栖面前。

沈栖如愿以偿地趴在许梧黯的背上。

许梧黯背着她，一步一步没有目的地往前走着。

这时，有背着小孩的阿姨路过，小孩见到沈栖，忍不住一直回头看她，然后问："妈妈，那个大姐姐为什么也要别人背着？"

孩子的妈妈被这个问题问愣住了，她回头尴尬地跟沈栖对视一眼，含糊地跟孩子说了几句便匆匆离开了。

沈栖收回视线，低头对许梧黯说："阿姨会不会觉得我们是兄妹？"

许梧黯沉吟片刻："不知道。"

沈栖突然在他背后叹了一口气："不过也不是不行。"

许梧黯沉默，显然没懂沈栖的意思。

沈栖突然趴到他的耳边小声说："虽然我不想做你的妹妹，不过我比你小，我就勉为其难当你妹妹吧……"

许梧黯心里燃起一股火苗，在黑暗里跃跃欲试。这一刻，他居然有些期待。

他能猜到沈栖下一句会说什么，也在期待沈栖下一句说什么。

"哥哥。"沈栖甜甜的嗓音从背后传来。

考虑到要吃晚饭，沈栖和许梧黯没打算在外面闲逛太长时间。

他们刚准备回去时，身后突然有一个人喊住了两人。

许梧黯回过头，看清那人的脸时愣住了。

那人惊喜地问："你是许梧黯吧？之前在三中的。"

沈栖扯了扯他的衣袖："你认识吗？"

许梧黯沉默了一会儿，继而缓慢地点点头。

这是他初中时候的班主任。

距离许梧黯转学到一中已经有四年多的时间了，而且他当时只在三中读了初一，时间过得这么快，正常来说老师都应该已经不认识自己四年前的学生了。

不过当时的许梧黯太特殊了，他自己本身学习成绩极为优异，长得又好看，再加上当时被席林宇和江望针对，事情闹得很大，以至于过去四年了班主任还是记得他。

老师走上前："我是你当时的班主任。怎么，不认识我了？"

"认识的。李老师好。"

老师看向沈栖："这是？"

许梧黯想到刚刚沈栖喊他的称呼，突然来了一句："这是我妹妹。"

沈栖："……"

她站旁边都傻眼了。她喊一声"哥哥"，他还真把她当妹妹了？

老师笑了下："这样啊。当年你读了一年就转学走了，我记得你是去了俞峡那边吧？现在是在读高三吗？"

许梧黯："嗯。"

"那快高考了，加油，争取考名校。"

老师跟许梧黯聊了一些近况，就先走了。

等老师一走，沈栖顿时抬手按住许梧黯的肩膀往下压，开始算起刚刚他说自己是他"妹妹"的账："谁是你妹妹？你说清楚。"

许梧黯被冷不防地一拽，身子往下倾了倾："某人刚刚自己喊的。"

"我那不是为了让你高兴喊你一声哥哥吗？你这人怎么得了便宜还卖乖呢？"

"好的，那下次不卖乖了。"

"还是卖吧！"

沈栖就这么一路跟他闹着回了他的外婆家。

外婆见两人的关系这么好，在一旁笑着看着他们。

晚上，沈栖和许梧黯吃完饭就坐在客厅里看电视，外婆坐在沙发上，将水果和点心一样样打包，往篮子里丢。

沈栖有些好奇："外婆，你这是要干什么啊？"

许梧黯闻言看了外婆一眼，目光沉了沉。

"明天去山上的寺庙祈福，顺便把这些摆上去。"

沈栖点点头，她不知道明天是什么日子，以为就是许梧黯的外婆单纯想去山上祈福。

"七七，我热水给你烧好了，你先去洗澡吧。"

"谢谢外婆！"

沈栖刚走没多久，许梧黯的外婆就放下手中的东西道："小五啊。"

许梧黯低着头，没有抬头回应外婆，但老人家知道他在听。

"明天是江家那小姑娘的忌日。"

此话一出，正好被打算去房间找睡衣的沈栖听见。

她顿时止住脚步，没有再往前。

原来明天是江盼的忌日，怪不得许梧黯的外婆要去备那些水果点心。

听到外婆的话，许梧黯稍稍愣了一下，然后轻轻点了一下头。

"这么多年你都没有回宜安来，外婆知道你心里对这个地方是有芥蒂的。当年怪我，明明知道小五你是清白的还逼你道歉。我架不住那群人撒泼打滚，想着人家失去了一个孩子，你能多让着点就让着点。没想到因为我的愚善，害得你一直受委屈，后面还患上抑郁症，不愿意再回宜安。小五，这么多年了，你是恨外婆的吧？"

许梧黯轻声道："没有。"

他知道外婆是局外人，而且她也一直跟着自己承担着所有的惩罚，在宜安饱受别人的闲言碎语。

外婆轻轻地抚摸了一下许梧黯的额头："当年的事情已经过去了，如果宜安对你来说是一个有着不好记忆的地方，以后就不要回来了。"

许梧黯抬起头，目光直直地盯着外婆。

"之前你妈妈跟我提过，带我去俞峡那边住。我对你有愧疚，就一直留在了这边。这么多年我也想清楚那件事了，外婆当年不应该委屈你，让你去跟他们道歉的，你没错就不应该道歉。发生那些事情以后，我本来应该保护好你的，但我不仅没有保护好你，还让你生病了，是我的错啊，都是我的错。"

得到了外婆的道歉，许梧黯却没有感到一丝高兴。他不怪外婆，他会过好之后的每一天，就算是对过去的自己一个最大的补偿。

就像沈栖说的，这些事情早就成为他心中挥之不去的存在。如果忘不了、过不去，就坦然地将它接受。

许梧黯想到和沈栖在小巷里的初遇。

如果不是沈栖，他可能根本活不到这一天，也等不到向前看的这一天。

许梧黯回到房间，洗完澡躺在床上刚准备入睡，突然门被人悄悄打开了。来人没有发出一点声音，小心翼翼地走到他的床边然后蹲下。

许梧黯侧过头，看到了蹲在床边的沈栖。

"你还没睡啊？"知道许梧黯还没睡，沈栖的心也放了下来。

许梧黯问："你呢？"

沈栖双手叠放在一起，撑住下巴："可能是来到新的环境，有点认床，睡不着。"

许梧黯翻了个身，直面天花板："闭上眼睛就睡着了。"

沈栖闻言哼了一声，然后陷入了沉默。

不知道过了多久，沈栖突然开口："其实在楼下的时候，我听到了外婆跟你说的话。"

许梧黯并不意外，轻轻地"嗯"了一声。

"小五，"沈栖突然道，"明天我陪你一块儿去看看她吧。"

沈栖接着说："其实你跟江盼之间没有谁对谁错，两个人都很好。错的是那一群不了解情况的局外人。你已经向前看了，不会再被那些事情困在一个牢笼中走不出来。就当这是最后一次以同学的身份去看看她，跟过去那些不美好的日子说再见吧。"

那段过去的确是一段很不美好的回忆，每一件事都压在许梧黯身上，让他喘不过来气。

四年多的时间很长，但长不过许梧黯接下来要过的日子。

当年的事情他本无过错，其实早就该走出来好好面对崭新的生活。

"好。"他轻声说。

隔天，许梧黯的外婆在房间里收拾东西，她说晚点要去山上。

许梧黯和沈栖两人收拾好，准备先去东郊陵园——埋葬沈栖弟弟的墓园。

听到这个地址，许梧黯的外婆突然道了一句："江家那小姑娘也葬在那边。"

外婆说完话才反应过来，连忙挥挥手说："都过去了，过去了。"

走出院子大门以后，沈栖回去拿东西。许梧黯不疑有他，在门口等沈栖再次出来才一同坐上去陵园的公交车。

公交车上，沈栖从口袋里摸出一张字条递给许梧黯："喏。"

许梧黯垂眸接过，打开字条看上面的内容。

沈栖说："刚刚找外婆要了江盼墓碑的地址，我们看完弟弟就去看看她。"

洁白的字条上寥寥写了几个字。许梧黯神色如常，但愣神的眼睛和泛青的指尖反映出了他波涛般的情绪。

进陵园那条路之前，沈栖说要去买个蛋糕，许梧黯去旁边的花店买了一束向日葵。

向日葵的花语是太阳，它是围绕着太阳生长的花朵。送向日葵是希望在另一个世界她也可以像向日葵一样一直明朗快乐。

他瞥见沈栖手里拎着的蛋糕，问道："买蛋糕给你弟弟吗？"

沈栖举了举蛋糕："小孩嘛，送点甜食让他高兴高兴。"

许梧黯看了一眼沈栖，他知道，沈栖其实很在乎她的弟弟。

到了陵园，沈栖没和许梧黯一块儿去江盼那边，她想给许梧黯留一点空间，自己则是跑去了弟弟那边。

许梧黯根据外婆给的地址找到了江盼的墓，墓碑很新，前面还摆着很多束花和女孩喜欢的玩意儿。看得出来，这么多年了，还是有很多人很想她。

他目光向上移，瞥到了墓碑上的照片——照片中江盼露着笑，脸上有两个酒窝。即使是黑白照片也难掩女孩的明媚灿烂。

耳边突然吹来一阵风，有一只蝴蝶在风中挥舞着翅膀飞来，最后停在江盼的墓碑上方，也不飞走，就停留在那儿，似乎在端详许梧黯。

许梧黯的脑海中突然浮现出了江盼的身影，她趴在他桌子前看他写作业的身影，她喊他"书呆子"的身影，以及她出院的那一天，隔着人海，他看到江盼回过头朝他微微一笑的样子。

他恨江盼吗？如果不是因为她跟在他身后出了车祸，他的生活就不会陷入一片黑暗。

答案是不会，就跟江盼不会恨他一样。

他不想在江盼墓前说一些矫情的话。

他缓缓放下手中的那一束向日葵，轻声说了一句："江盼，好久不见。"

许梧黯从陵园出来时沈栖已经等在门口了。

她蹲在门口的花坛边，有一只浑身脏兮兮的流浪狗趴在她的腿边吃着东西，而她抱着膝盖看着。

见到许梧黯出来，沈栖才站起身拍了拍身上的尘土。

"好了吗？"

许梧黯点点头："嗯，你看完弟弟了？"

沈栖和许梧黯并肩往路口走去，她应了一声。

回想起刚刚的场景，沈栖心里有些难受。

沈康去世的时候还是一个没有长开的小孩，墓碑上的照片也是小孩的照片。

她将小蛋糕拆了出来，放在沈康的墓碑前："康康，姐姐来看你啦！"

就算家里人对弟弟更加偏爱，但是如果他平安长大的话，她和弟弟的关系也一定会很亲密的。

她轻轻地抚摸着沈康的照片，嘴里呢喃道："康康，你不要怪姐姐好吗？姐姐其实一直都很喜欢你……你如果能健康长大……那该多好……"

陪着沈康说了许久的话，沈栖抹干眼泪放下东西，起身回去。

在陵园门口，她看到一只流浪狗站在花坛边眼巴巴地看着她。

沈栖想起背包里还有一根香肠，便将香肠拿出来放在了小狗面前。

小狗似乎感受到了沈栖没有恶意，便乖顺地蹲在她的脚边吃起香肠来。沈栖也蹲在它的面前等许梧黯。

两人会合后打算回家。沈栖觉得有些口渴，看到车站旁边有家超市便进去买水，许梧黯等在门口。

突然，他耳边传来一声惊呼声——

"你……"

听到这个声音，许梧黯瞬间抬起头，身子本能地向后退了一步。

江望快步走了过来，脸上满是惊讶，他语气不善地问："你什么时候回来的？不是不敢回来了吗？"

许梧黯目光有些沉，紧抿着唇不说话。

江望是江盼的哥哥，跟席林宇一样，是他以前的噩梦。

不过许梧黯已经很久没有见到江望了。他搬到俞峡后，最开始江望会和席林宇一起来找他麻烦。到后面，席林宇身边已经没有了江望的身影，再后来，席林宇也不亲自来找他了。

江望警惕地看了他一眼，然后看了看周围："你来这里干什么？"

他似乎想到了什么，音量突然拔高："你不会是来看我妹妹的吧？"

"我……"

江望刚走到许梧黯面前，想离他近点，前面突然跑出来一个人影挡在许梧黯面前。

许梧黯低头，看到沈栖护着他往后退了两步，一脸警惕地问江望："你干什么？"

沈栖刚从超市出来，就看到一个来者不善的男生在和许梧黯说话。

许梧黯在宜安没有朋友，沈栖当下就猜测他是曾经针对过许梧黯的人。

江望看清来人是一个女生以后，愣住了。

沈栖转身抓住许梧黯查看："你没事吧？"

许梧黯低下头，轻声道："没事。"

看到这一场景，江望顿时反应了过来："这是你朋友？"

许梧黯抬起头看向江望，还来不及说话就被沈栖抢先一步："是又怎么样？关你什么事？"

江望："……"

他不知道这女生对自己的恶意从哪儿来，仔细一想，只可能是许梧黯跟她说过关于自己的坏话。

245

江望顿时有些不爽："许梧黯，你就让一个女生当你的靠山？"

沈栖怒不可遏地转身瞪着江望："靠山怎么了？你还没有呢！"

江望一噎。

许梧黯原本面对江望时生出的那股窒息感和压迫感瞬时消失。现在有个人一直护着自己，虽然是个小姑娘，但他还是觉得很有安全感。

许梧黯走上前，把沈栖拉到身后，冷声道："江望，我不欠你们的。"

江望一愣，随之而来的是冷嘲热讽："怎么不欠了？如果不是你，盼盼怎么会——"

"抱歉。"许梧黯忽然道了声歉。

江望被他这行为弄得有些愣神。

许梧黯哑声道："这是我给你们的最后一声道歉，不为当年的事情，只为了今天我出现在这里去看了江盼，从而影响到你们的情绪。"

"你——"

"江望，这件事当年就已经有结果了。这么多年我一直在忍受你们的欺辱，不管是在宜安还是在俞峡，我对你们，从未反抗。

"我觉得这已经足够抵消当年你们对我的怒气，哪怕我并没有做对不起你们的事情。以后我不会再这样了。你们都开始了自己的生活，为什么只让我一个人留在原地？

"你是江盼的哥哥。在江盼出事前，你和江盼在班级里帮我的事情我还记得。这么多年，我一直以这些理由来劝自己忍下去。江盼当时跟着的是我，我就该承担这些，这是我之前想的，所以我一直觉得自己有错。"

许梧黯突然笑了几声，似在嘲讽江望，又好像在嘲讽自己："但我是不是该承受这么多的恶意，你比我还要清楚。当年江盼醒来以后说的第一句话，你们没人愿意接受，也没人相信。"

当年江盼醒来，对病床前的江望说的第一句话就是："哥哥，我在昏迷中好像听到你们在骂许梧黯……可这件事跟许梧黯没有关系，是我……一意孤行地跟着他。"

但当时江望他们并没有接受江盼的这句话。江盼轻生前五分钟抱着江望痛哭："哥哥，我再也不能跳舞了，我再也不能跳舞了，我讨厌那个司机，我讨厌他。"

江望安抚了一下江盼的情绪，去给她倒水的工夫，她就选择结束了自己年轻的生命。

他情绪崩溃，理所当然地认为江盼死前的最后一句话。那个"他"说的是许梧黯。后来他不是没想明白过，他知道江盼说的不是许梧黯，只是他一直不愿意接受，也不愿意相信。

失去妹妹的痛楚，他需要一个宣泄口。于是他将那个口子对准了江盼出事时站在她不远处的许梧黯。

许梧黯："我以后不会再过之前那样的生活了。"

此话一出，江望像是浑身被卸了力气，往后退了两步，身子无力地靠在了墙上。

许梧黯看了一眼江望，低头对沈栖说："走吧。"

彻底跟江望说清楚，许梧黯也不再愿意深陷在当年的牢笼里了，他要走出那一步。

江望看着前方逐渐走远的身影，重重地叹了一口气。他打开手机拨打了一个电话："席林宇，见个面吧。"

便利店门口，江望问赶来的席林宇："你现在还有去找许梧黯麻烦吗？"

江望初中毕业以后就直接跟着父母去了临安，在那边上了高中，每年也就过年和江盼祭日的时候回宜安。

席林宇读的是技校，在家附近找了个技工的活干着，吃穿用度全靠爸妈。

江望上一次跟席林宇见面还是过年的时候。

今天碰到了许梧黯，他突然想问一下席林宇这些年还有没有去找过许梧黯麻烦。

江盼走后他成了家中唯一的孩子。想着未来，他开始好好学习，后来去了临安上了私立高中，更是无暇管许梧黯；后面随着年龄的增长，他冷静了许多，或许他早该听妹妹的。

当时因为他不想再缠着许梧黯了，席林宇对此怒极，临走时还丢下"你不在乎盼盼了没有关系，我会替她一直记着是谁害死她的"这句话。

席林宇闻言，开汽水的动作一顿，随后点点头："找了，怎么了？"

"还没放弃？"

席林宇无所谓地笑了下："是啊，我只不过找俞峡当地的一些朋友去会一会他而已。本来我已经打算放过他了，但前段时间我从他们口中听到风声，说许梧黯身边又跟了一个活蹦乱跳的女孩。凭什么？！盼盼因为他走了，为什么他还可以这么安然无恙地换个地方继续快乐地生活？"

江望想到早上站在许梧黯身边的女孩，如果没有猜错的话，那个可能就是席林宇口中的女孩，怪不得她对自己的敌意那么大。

"林宇，"江望身子蓦地往后一倾，重重地靠在椅背上，"前段时间我梦到盼盼了，她说起我们以前的事情，她指责我们不听她的话，还将错怪到了许梧黯身上。"

喝饮料的动作一顿，席林宇缓缓放下汽水瓶。

"从那之后，我每次想起当年对许梧黯做的事情，都感觉完全是一个失去妹妹的哥哥无理由地朝一个无辜的人撒气。

"盼盼来梦里找我说这件事，是不是她一直在看着我们，知道我们这么不听她说的话？盼盼她……一定很难受。"

席林宇："就算当年的事跟许梧黯无关又怎么样？如果不是许梧黯，如果不是许梧黯，盼盼就……"席林宇突然止住话头，似乎也意识到了自己说这话是在无理取闹。

江望："盼盼那么骄傲的一个小女孩，如果真的跟许梧黯有关，她对许梧黯的恨不会比我们少。而她醒来后的第一件事是选择澄清。"

只是时间过去了这么久，一直到再梦见江盼，江望才面对现实。

许梧黯在被他们一口一个"杀人凶手"辱骂的时候，从没有还过一次嘴。他只是坦然地接受这个现实，不去和任何人辩解，因为他知道不管自己怎么解释都是无用的。

江望闭了闭眼："我们是做错了。放手吧。"

席林宇低下头，眼睛湿润，本来握紧的拳头渐渐松开了。

秋意正浓，街边开始落下一片片枯叶。

距离上次许梧黯和沈栖回宜安已经过了十来天了，两人返回俞峡后状态都不是很好。特别是许梧黯，把自己关在房间里整整两天。最后还是沈栖捧着小蛋糕把门敲开的，她要和他一起迎接新阶段的开始。

陈淑礼在外婆家养病，沈栖还是一个人住在家里，沈振则不加班的时候经常会来看看沈栖。

此时沈栖坐在书桌前已经有一个多小时了，她手里捏着笔，面前摊着一张数学试卷。她刚做完选择题和计算题。

把整张试卷做完以后，沈栖决定休息一会儿，身体往后倒在了床上，拿起了手机。

许梧黯前半个小时刚给她拍了张图。

沈栖手指摁着照片放大，是一中针对高三学生出的高考志愿调查表。

五：决定去哪所学校了吗？

七：还没有。你想跟我上同一所大学吗？

五：我就不做梦啦，你能上的大学，我肯定去不了。

七：我可以跟你一起。

许梧黯的信息让沈栖吓了一跳，她秒回：不行！

五：以你的成绩，跟我上同一所学校太屈才了。而且你的爸妈也会对你失望的。你也要对自己的未来负责。

手机那头的许梧黯看到这条信息的时候神色有些复杂。想了想，他还是决定给沈栖打个电话，电话一接通，他就立马安抚道："你现在才上高一。而且我们考去同一个城市也可以。"

言外之意，她还有两年多的时间可以好好学习。

沈栖："和你考同一个城市的学校早就是我的目标了，我会努力的。"

"江大怎么样？"许梧黯突然说。

"江大？"

江海大学在江海市，是全国名校，排行前列，有几个专业更是全国第一。

"江大很好！我考不进江大的话，那就在江海市就近选一所学校。"

"嗯……"

只要能离沈栖近一点就好，他重拾希望的念头是沈栖给的，他早已把她纳入了自己的未来。

"许梧黯，我们一言为定，江海见。"

沈栖的声音很轻，落在他的心里却像是重重的一击。许梧黯的心跟着紧了紧。

"不骗你，江海见。"

秋末，天气越来越冷，逐渐有了入冬的趋势。

陈淑礼回来住了。沈栖还记得她搬回来的当天，一脸冷静地对自己说"妈妈没事了，我们好好的"。

但是沈栖看着她过分平静的脸，心中还是感觉有些奇怪。

今天是十一月十号，是许梧黯的生日。

沈栖为了这一天可是做足了准备。

她想给许梧黯办一个难忘的生日，便提前跟自己的朋友们打好招呼，到时候要他们过来帮忙当"群演"。

在朋友家，乔瞧一边骂着沈栖偏心眼，说自己跟她这么多年的朋友，沈栖都没有对她的生日这么上心过，一边帮沈栖系着围裙。

沈栖兴冲冲地撸起袖子："这是我认识他后过的第一个生日呢，我一定要给他一个最难忘的生日回忆。"

沈栖没时间做蛋糕，想着许梧黯下课的时间很晚了，应该会很饿。思来想去，最后她决定包一个包子。

听到这个想法的时候，乔瞧还嘲笑她："你这什么逻辑啊？人家生日你给他做包子？"

沈栖翻了个白眼，认为自己的想法很完美："包子代表蒸蒸日上！而且刚下完课他肯定很饿，这时我给他送上一个热腾腾的包子，就如同雪中送炭一般。"

反正不管旁人怎么嘲笑，沈栖这个包子是做定了。

她也提前买好了蛋糕，准备等许梧黯吃完包子后，再让"群演"们在一个十分温馨的时刻送上蛋糕。

她弄得自己一手的面粉，粘得袖子上都是，她也不在乎，对包包子这件事情乐在其中。

乔瞧和朋友们抱胸站在旁边盯着她。

朋友问乔瞧："她有为你做过这些吗？"

乔瞧冷着一张脸："没有。"

朋友叹了一口气。

沈栖："……"

她抓起桌上的面粉撒了过去："你俩站着说话不腰疼？"

朋友："别管我俩，我俩就是嫉妒。"

沈栖扯着嘴角"呵呵"笑了两声。

朋友退而求其次，扯着嗓子问了句："七姐啊，那你能不能给我也捏一个包子？我要一个小的就行。"

沈栖脸上挂着笑："当然可以。"

虽然她答应了，但怎么朋友瞅着她的笑容有那么一点不怀好意呢？

在许梧黯下课的最后几分钟，沈栖的包子终于蒸好了。

她手忙脚乱地把包子装进餐盒，然后带上餐盒赶去一中。

最后到一中时，已经放学十多分钟了，学校门口已经没什么人了。

沈栖下了车，一眼就看到了站在侧门口看着她的许梧黯。

没有走，沈栖松了一口气。

她慢吞吞地朝许梧黯的方向走，还掏出手机看了一眼群里的消息，见朋友们已经把各种需要的东西都布置好了，才快步朝许梧黯走了过去："等很久了吗？"

许梧黯从兜里抽出手来："没。"

沈栖从袋子里拿出餐盒，小心翼翼地将盖子打开，餐盒里顿时蒸腾起白色的热气。

她将餐盒递了过去："夜宵。"

许梧黯接过餐盒以后，沈栖抬了抬下巴，一脸骄傲地说："我亲手做的，就是为了赶在你放学时给你送上热腾腾的夜宵。"

许梧黯有些动容。

沈栖问："你不夸夸我吗？"

小姑娘撇着嘴，满是期盼地看着他。

许梧黯笑着说："神厨小七。"随后，他从餐盒中拿出包子咬了一口。咬下去的一瞬间，他忽然愣住了。

这个包子……

察觉到许梧黯的神色不对，沈栖小心翼翼地问："是包子不好吃吗？"

许梧黯对上小姑娘的视线，忽然不忍说出实情。

他沉默了一下，那一口哽在喉咙里的包子皮和一团吃着像是面粉的不明物体被他强吞了下去。

"好吃。"他说。

沈栖半信半疑，接过他手里的包子也咬了一口。入口刚过几秒，她"呸"的一下将包子吐掉了。

这是什么玩意儿啊？里头还有面粉。

沈栖想了一会儿，想到装餐时的场景，心下暗叫不好。

她把给朋友的包子和给许梧黯的搞混了，包子里夹面粉馅是为了整蛊朋友，结果她拿错了。

沈栖把剩下的半个包子一把扔进餐盒然后盖上："这么难吃，亏你违心说好吃。"

许梧黯住了嘴，生怕自己多说一句会被沈栖骂。

这虽然失败了，但想到接下来还有别的惊喜，沈栖重拾信心，跟许梧黯一起往北苑一城走去。

夜晚，街道上亮起了五颜六色的霓虹灯。时间很晚了，路上的行人少了大半。

突然，有一个手里拿着一朵玫瑰花的小女孩从拐角处跑了出来，迈着两条小短腿径直朝许梧黯跑来。她举起手，将手中的玫瑰花递给许梧黯："送给你。"

许梧黯一愣，没有伸手去接。

小女孩甜甜地笑着："哥哥好看，送给哥哥。哥哥要天天开心。"

许梧黯不擅长应对这种情形，之前遇到类似的情况他都是直接转身离开的。

沈栖撞了撞许梧黯的胳膊："小姑娘给你花呢，你快接着。"

许梧黯瞥了她一眼，而后缓缓蹲下身平视小姑娘。

他抬手捏了一下玫瑰花的花茎，却没有拿走，很快就松了手。他垂着眼眸，柔声道："送给我旁边的姐姐吧，姐姐更好看。"

沈栖顿时愣住了。

小姑娘犹豫地朝拐角处看了一眼，只一眼就快速地收回了视线。她反应很快，立马举起那一朵玫瑰花递给沈栖："送给姐姐。"

沈栖呆呆地从小姑娘手中接过玫瑰花，来不及说一声谢谢，小姑娘就已经拎着裙子跑开了。

她垂眸看着手中的那一朵鲜艳的玫瑰花，想到刚刚许梧黯说的话，心里突然有一股暖流涌现。

许梧黯站起身，手掌轻轻地在沈栖的肩膀上拍了一下："走吧。"

沈栖"哦"了一声，跟上了许梧黯的步子。

好吧，虽然结果不太一样，但她接受了。

"往这边走。"沈栖扯了扯许梧黯的袖子，示意他走小路。

许梧黯往里面看了一眼，这条路是社区里的小路，四面都是巷子，很暗。

"这条路不安全。"

沈栖缠着他："哎呀，我想快点走回去嘛，你就陪我一起走这条路吧。"

被沈栖缠得没办法，许梧黯最后还是点头答应了下来。

走上小道时，许梧黯看了一眼走在身边的沈栖，小姑娘脸上带着笑容，动作也很轻快，走起路来一跳一跳的，似乎是有什么高兴的事情。

走着走着，许梧黯觉得有些不对劲。

他总感觉有人在看着他们，担心出事，他拉起沈栖的手腕越走越快。

沈栖一下没有跟上他的步子，踉跄了两步："哎呀！"

许梧黯回过神，停下脚步，懊恼地低声道歉："对不起，怪我。"

"怎么了啊，怎么突然走这么快？"

许梧黯重新拉起沈栖的手往出口走去："这里的感觉不太对，我怕有危险，我们走快点。"

拉着沈栖走过一个拐角，许梧黯视线里突然出现五颜六色的小灯。眼前的场景让他震惊。

一栋小洋楼门前的两棵树上挂满了小灯，两棵树布置得十分好看，树的中间还挂着一个很长的灯牌，上面用白色小灯摆出的七个大字在黑暗中十分显眼。

"灯牌上有写字！看看写了什么。"沈栖念出灯牌上的字，"许——梧——黯——生——日——快——乐。"

许梧黯感觉自己的呼吸突然停止了。

他缓缓低下头，正好对上沈栖看向他的视线。

小姑娘弯着眉眼，嘴角上扬，声音中透着愉悦："生日快乐，许梧黯。"

轰——

周围响起生日快乐歌，一群人从小洋楼的院子里拥了出来，嘴里欢快地呼喊着"许梧黯，生日快乐"。有人手里捧着礼花筒，冲着许梧黯上方喷射出了礼花。五颜六色的彩带顿时飘在空中，在空中摇曳了几下，如花一般落了下来。

许梧黯环顾周围，来了很多沈栖的朋友，也有很多学校里的同学，高一的、高三的，都在祝他生日快乐。

他低下头去看沈栖。

沈栖仰着头，眼睛里亮晶晶的："这是我为你准备的惊喜，喜欢吗？"

许梧黯眼睑轻颤了下："喜欢。"

他其实还是不习惯这么热闹的氛围，但因为这是沈栖给他准备的，他的心还是为之颤动，在这带着冷意的晚秋流露出满腔的暖意。

"还有蛋糕呢。"沈栖补充道。

"蛋糕来啦！"一个声音从人群中传了过来，许梧黯循声看去，一个男生捧着一个蓝色的蛋糕冲了过来，蛋糕上面还插着两根蜡烛，上面写着"1""8"。

今天是他的十八岁生日，他的眼里有了些许波澜。

就在这时，那个男生因为走得太快，腿一绊直接往前扑去，速度快到周围人都没有反应过来。许梧黯微微抬手挡了一下，将原本要打到沈栖的蛋糕挡下来。

顷刻间，人摔倒了，蛋糕也掉在了地上，周围顿时变得一片安静，然后大家瞬间又笑了起来。

男生被笑得满脸通红，朝着沈栖和许梧黯说了一声"不好意思"。

许梧黯点点头，轻声道了一句："没事。"

乔瞧招呼大家一起去吃夜宵，一群人很给面子，有说有笑地往巷子口走去。

乔瞧先一步跟着大家走，走前还十分友善地提醒沈栖："我们先走了，你们等会儿快点跟上来。"

乔瞧走后，许梧黯见沈栖安安静静地站在那儿皱着一张脸，双手无措地在前面拢着，一声不吭。

他不知道沈栖在想什么，以为她是因为蛋糕摔了不高兴。

"蛋糕摔了就摔了吧。"

沈栖难受地撇撇嘴："不要。"

许梧黯弯下腰，一下拉近了和沈栖之间的距离，与她平视。他柔声道："你的生日祝福我已经收到了。"

沈栖一愣，抬起眼看向许梧黯。

许梧黯的脸近在咫尺，因为她身后还闪烁着小霓虹灯，他的脸在黑暗中忽隐忽现。

人的感知在黑暗中会变得尤为强大，沈栖听到了许梧黯鼻息间不轻不重的呼吸声。

沈栖慌忙低下头，结结巴巴地道："可是今天什么事情都弄得很糟糕，我给你做的包子也没弄好，让人给你送的玫瑰花你也没收，就连最后的生日蛋糕也被摔了。我让他们给你庆祝生日，你好像不是很高兴的样子。"

许梧黯一愣。

沈栖轻声解释："我知道你其实不习惯这么多人一起，也可能对这些惊喜不感兴趣，但我今天做这一切，都是想让你感受到被美好和善意包围的感觉。许梧黯，你感受到了吗？"

沈栖拿出了自己的小金库，再加上前段时间月考考进了前三百名，沈振则给了她一笔零花钱作为奖励，所以现在她手上是有点钱的。她又策划了许久，从学校门口到小洋楼这里，一路上都有关于许梧黯生日的布置：小孩直奔他而来，给他送玫瑰花；小洋楼前的霓虹灯牌上写着"生日快乐"。

这些都是为他而准备的。

沈栖只想在这一天让许梧黯感受到，今天晚上的世界是为他而转的。

许梧黯的喉结上下滚了滚，沉默片刻，他哑声道："感受到了。"

他知道今天是他的生日，今天早上出门的时候妈妈还给他做了一碗长寿面，说晚上等他回去吃夜宵。十八岁是大生日，但在俞峡这边不同，俞峡这边取整，一般会在许梧黯十九周岁二十虚岁，也就是明年的时候才会大办酒席，今年也就相对敷衍一点。

他原本以为沈栖不记得他的生日，反正他也不在意这些。

放学走在路上的时候，走过街道，看到生日灯牌，他想，附近有人跟他同一天生日啊，他觉得还挺好的。

虽然没必要兴师动众地过生日，但有人惦记的感觉总是不错的。

最后他才发现，那些全部都是为了他准备的，被惦记的那个人，是他。

他怎么可能感受不到呢？

沈栖做了这么多事情，他怎么可能心里一点触动都没有呢？

其实被不被其他人祝福和惦记都无所谓，沈栖一人的祝福就胜过了全部。

沈栖却跟他的想法不同，觉得今天糟糕透了，没有一件事是完完全全按照她的预期办下来的。

想着想着，沈栖突然有些难受，泪水瞬间蓄满了眼眶。她带着哭腔说："可是我今天什么都没弄好，都弄糟了。"

许梧黯温柔地替她将眼泪拭去："都挺好的。"

"一点都不好，你今天都没笑。"

许梧黯手上的动作顿了下。沈栖是怎么想的？他的笑只不过没那么明显而已。

许梧黯想了想，突然站直身体："流程结束了吗？"

沈栖愣了下，顶着通红的眼睛抬起头："还没有，我的礼物还在小姑那里，还没送你。"

"太慢了。"许梧黯说。

沈栖不明所以。

突然，她的手臂被人一抓，然后蓦地被一股力向前拉去。沈栖一下没有反应过来，等她反应过来时，许梧黯已经将她拉到身侧，举起手机，咔嚓一声拍了一张照片。

她听到许梧黯的声音落在耳畔，不轻不重，含着笑意——

"我现在收到了最好的礼物。"

黑暗中，沈栖的感知变得十分敏锐。

话音一落，她的呼吸逐渐加重，双手愣愣地放在两侧，忘记了下一步该做什么动作。

许梧黯的声音落在她的心底，语调上扬，不难听出里头的笑意。

最好的礼物吗？

许梧黯收起手机，轻声道："走吧。"

沈栖点点头："好。"

吃过夜宵以后，沈栖跟许梧黯一起回了小区。

"你今天回家吗？"许梧黯问。

沈栖知点头："回去。"

许梧黯移开视线："我送你。"

这是很平常的一句话，也是两个人这半个学期以来一直保持的相处模式。

沈栖"嗯"了一声，没有异议。

沈栖先回了沈文锦那儿，把吉他拿了下来。临走时，沈文锦还没睡，天色已晚，她想让沈栖留下来："别回去了，这么晚了回去不安全。"

沈栖摇了摇头："我妈回来了，我不回去她会闹的。"

陈淑礼前段时间就回家住了，但沈栖因为上学，跟她凑到一起的时间倒是不多。

说罢，沈栖站在门口替沈文锦将门合上，说了一句："小姑，你把门锁了吧，我先走了。"

沈文锦顿时急道："注意安全。"

沈栖下了楼，看到原本应该站在单元楼门口等她的许梧黯不见了踪影。她正奇怪着，刚想给许梧黯打电话，就听见不远处传来跑步声。

她抬起头，看到许梧黯背着一个什么东西跑了过来。没多想，她将自己怀中抱着的吉他递了过去："给你，礼物。"

许梧黯没急着接，而是将他身后的吉他卸了下来，手臂一伸递了过去："拿着。"

两人交换了吉他，沈栖一脸狐疑："你给我这个干什么？"

许梧黯垂着眼，视线落在沈栖给他的吉他上，指腹一下又一下地抚摸着吉他盒子的边缘："送你的礼物。"

这吉他是许梧黯前段时间用存了很久的零花钱给沈栖买的。沈栖和他一起在沈文锦那里学吉他也有一段时间了，他前段时间路过乐器店，一眼就相中了这把吉他，觉得送给沈栖很合适。但他一直没有找到合适的时机送，今天正好是他的生日，沈栖说要送他礼物时他才想到，他可以趁着今天将吉他送给她。

许梧黯瞥了她一眼："送礼物还要挑时间吗？"

沈栖持不同的意见："当然啦，每一份礼物在特殊的时间送才会被赋予不同的意义。"

许梧黯沉默了。

就在沈栖以为自己说服了他的时候，她听到许梧黯说道："那你不要当礼物了，当回礼吧。"

沈栖："……"

两人先回了许梧黯家的单元楼。

等许梧黯把吉他放进他家的地下室仓库里，两人才一同坐夜间公交车回了春湾水岸。

沈栖回到家，刚打开屋子的门就被里面亮堂的环境刺得眼睛一闭。

她看到屋子里的灯都亮着，就猜到了里面是什么情况。

果不其然，视线往客厅一转，她看到了站在落地窗前的陈淑礼。

沈栖换好鞋走了进去，轻声喊了一句"妈"。

陈淑礼并不搭理她，沈栖无声地叹了一口气。

从上次陈淑礼从外婆家回来以后，她便会经常像今天晚上这样站着或是坐在某处发呆，很少搭理身边的人或事。沈栖和她生活在同一个屋檐下，但她基本上不会搭理沈栖。

沈栖似是习惯了，准备转身离开回房间。

忽然，耳边传来两声脚步声。

沈栖的动作一顿，视线朝陈淑礼看去。

陈淑礼不知道什么时候从台阶上走了下来，死死地盯着沈栖身后的吉他包。

沈栖被她的眼神吓了一跳："妈，你这么看着我干什么？"

陈淑礼快步走了过来，伸手去扯吉他包的带子："你还真想好好过日子了？你过得好舒坦啊！谁让你玩吉他的？你要跟你那个一天到晚不务正业的小姑一样是吗？你存心气我对不对？"

陈淑礼一直不喜欢沈文锦身上的一些习性，或是说她嫉妒沈文锦。陈淑礼从前也是乐队的成员，后来嫁给沈振则生下沈栖后，就因为沈栖奶奶说的话离开了乐队。

沈栖的奶奶不喜欢乐队，觉得这就是不务正业。沈文锦在这些事情上很有主见，不会听从沈栖奶奶的话。不过后来考虑到沈栖奶奶的身体，她还是离开了乐团，回家听从家里人的话当上了老师。但毕竟弹吉他是她的爱好，她舍弃不了，离开乐团是她能做到的最大的让步。后来她还是会趁着休息日的时候去跟着一些朋友在一些场合玩音乐，释放压力。

沈文锦从小就叛逆，沈栖奶奶说不了什么，但陈淑礼不敢，毕竟是面对自己的婆婆，她还是不敢像沈文锦一样。生下沈栖以后她就不再碰乐器了，生怕自己做得不好惹沈栖的奶奶生气。

陈淑礼从小都很乖巧，习惯了听别人的话，很少为了自己而活，所以一旦看到沈文锦就会羡慕，时间长了她就开始嫉妒。为什么有的人就可以活成自己？

后来陈淑礼精神有问题之后，行为便开始放肆，她不愿意再听其他人的话，跟从前的她简直是两个样子。

沈栖拽着吉他带子不让她拿走："不是的，这是……"

陈淑礼见沈栖还敢跟她反抗，情绪顿时崩溃了："你现在怎么变成了这个样子？沈栖，你以前明明很听话的！"

说着话，她的语气里已经带了哭腔，眼泪大颗大颗地从眼角流了出来。

沈栖心一颤，手渐渐松了下来。

陈淑礼一把夺过吉他，把吉他从包里拿了出来。

沈栖这时才看清楚这把吉他的模样，它的边缘是淡粉色的，虽然不是以粉色为主，但吉他边缘这么一点粉却让人眼前一亮。

许梧黯正是觉得这把吉他适合沈栖才买来送给她的。

沈栖伸出手想要拦下陈淑礼，但被陈淑礼躲开了，沈栖一下扑了空，跪坐在地上。她伸出手，声音已经带着颤音，哀声乞求道："妈妈，不要，不要……"

但陈淑礼充耳不闻，将吉他狠狠地往地上一砸，力度虽大，但吉他并没有被摔坏。

陈淑礼不甘心，胡乱抄起桌上的东西就往地上的吉他上砸，一副势必要将它毁掉的模样。

沈栖跪在旁边，死死地咬着嘴唇隐忍，眼眶里一滴眼泪也没有流出来。她就这么看着，亲眼看着自己的礼物被妈妈一下又一下地砸着。

沈振则来的时候，陈淑礼的情绪已经好转了很多。她撇下沈栖和客厅里的狼藉，自顾自回了房间休息。客厅里，唯有沈栖还跪趴在那一把断了弦的吉他旁边。

因为陈淑礼砸吉他的动静闹得太大，惹得楼下的住户不满，有人在这栋楼的业主群里投诉。沈振则也在这个业主群里，看到消息的第一时间他就从家里赶了过来。一入门，他就看到了满室的狼藉。

沈振则颤着手，想要将沈栖扶起来。

沈栖却躲开了他的手，扶着旁边的椅子缓慢爬了起来。

沈振则很愧疚，声音中带着一丝小心："七七。"

沈栖没有应他，自顾自地将地上那把被毁得七七八八的吉他捡了起来，经过沈振则身边时，她轻声道："我没事，你早点回去休息吧。"

沈振则心里很不是滋味："这吉他，爸爸再买一把给你。"

沈栖忽然觉得有些讽刺。

好像所有人都觉得，毁掉一个东西并不重要，反正可以重新再买一个。

她微微摇头："不用了，没必要。"

说完，她头也没回地抱着吉他回了房间。

她将房间门合上，落了锁，像是与外界隔绝了一般。

沈栖终于忍不住了，顺着门沿坐了下来，怀里抱着那一把坏掉的吉他，眼泪夺眶而出。

不舍、心疼、委屈，种种情绪涌上她的心头。

第十一章
坏掉的吉他

　　"走啊，沈栖，放学去大吃一顿。"一放学，乔瞧就收拾好东西走到沈栖座位旁边催促她。

　　沈栖拎上书包，跟乔瞧一同走出教室。

　　刚走到室外，两个人就被迎面而来的冷风吹得打了一个寒战。

　　因为晚上还要上晚自习，两人也没走远，就在学校附近找了一家火锅店坐下。

　　店里有暖气，两人刚刚在外面受了冻的身体回了一些温度。

　　乔瞧甚至还点了一杯冰可乐。沈栖没点冰的，就要了一杯温开水。

　　她看向窗户外面，寒冷天气下，路上的行人少得可怜。偶尔有几个路过的行人，大多数都是一中出来觅食的学生。

　　自从上个月陈淑礼把沈栖的吉他砸了以后，沈振则一直在小心翼翼地跟沈栖联络着，说要买一把吉他给她。

　　但沈栖不愿，事情不是沈振则做错的，没必要让他来承担后果。

　　她轻呼出一口气，透明的玻璃上顿时起了雾气。

　　"哎，今天是平安夜。"

　　沈栖收回视线，朝乔瞧看去。

乔瞧举起手机："刚刷到朋友圈，大家都在秀朋友送的平安果呢。"

学生之间最喜欢搞这种小乐趣，给身边的人在这一天送两个平安果，代表着祝福他下一年平平安安。

乔瞧问："要不我送给你一个？"

"我又不爱吃苹果。"沈栖抿了一口温水。

乔瞧闻言翻个白眼，嘴里骂她不解风趣："怎么是买给你吃的？送个祝福不行啊？"

沈栖看着她，红唇轻启："我不信这个。"

一个小时后，沈栖抱着三个平安果从水果店里走了出来。

刚刚还说不相信吃平安果可以平安的人，在经过水果店时听到门口的销售员一忽悠，顿时就买了三个。

乔瞧十分鄙视她的做法，简直就是言行不一。

沈栖丢了一个平安果给乔瞧："多吃，少说话。"

她买了三个平安果，打算给乔瞧一个，给许梧黯一个，还有一个打算晚上去林江月的学校让她出来拿。

晚自习下课后，沈栖跟乔瞧打了一声招呼，直奔高三的教学楼。

高三这边还没放学，静悄悄的，和高一高二的教学楼形成了强烈的反差。

沈栖小跑到许梧黯的教室，趴在后门处寻找许梧黯的身影。

已经开学近四个月了，班上的座位早就换了一圈，许梧黯现在坐在正中间的最后一排。

沈栖小声喊了一声许梧黯的名字。

尽管她已经压低了声音，但在这寂静的环境当中，后排还是有不少人听到了动静，纷纷朝她看来。

好在许梧黯也听到了，在看到沈栖的下一秒他就放下笔走了出来。

"怎么了？"

"你看！"沈栖像是献宝一般将那个包装精美的平安果举了起来，"小五，平安夜快乐。"

许梧黯拿过苹果左右看了看，笑了下："平安夜快乐。"

沈栖道："今天平安夜，早点回去？"

许梧黯点点头："反正写得差不多了。"然后他进去跟老师打了招呼，拿了书包就跟沈栖走了。

回家路上，许梧黯开口问沈栖："平安果你吃了吗？"

"我不爱吃苹果。"

沈栖冷不防的一句话弄得许梧黯一愣，他垂下眼眸看她："你没吃平安果？"

沈栖毫不在意地挥挥手："我不喜欢吃啊！乔瞧想要送给我一个，被我给挡了回去。"

话音一落，许梧黯突然扯着她往另外一个方向走。

"哎，去哪儿？"

沈栖被带进一家水果店，直到看到许梧黯也拿了一个平安果去收银台结账她才反应过来——许梧黯是来给她买平安果了。

出来时，许梧黯把平安果递给她。

沈栖心里虽然乐呵呵的，但面上还是一副无所谓的样子，她接过平安果："哎呀，都跟你说了我不喜欢吃苹果。"

两人并肩走在去公交车站的路上，许梧黯个子高，替沈栖挡了不少寒风。

听到沈栖的话，许梧黯轻声应道："这不一样。"

沈栖没听清，愣愣地"啊"了一声。

许梧黯忽然转过头，伸过手，自然地从沈栖怀中抽走书包，替她拎着。

他收回视线，说："别人都在这一天收到平安果了，你也应该收到，你不只要惦记着别人，也要多惦记着自己。"

沈栖微微挑眉。

"虽然吃平安果可以平安并没什么科学依据，而且你也不喜欢吃……"许梧黯俯下身，凑到沈栖耳边说了一句，"但讨个祝福也挺好。"

他心道，讨个祝福，希望你岁岁平安。

两人沿着街边散步。

冬天的风刺骨寒冷，沈栖很怕冷，往常的她肯定要缠着许梧黯，故意将手伸到许梧黯的口袋里取暖。但今天，她分外安静。

许梧黯也察觉到了她情绪不对劲，轻轻皱了皱眉，随后从书包里拿出一个暖宝宝，撕开包装放进沈栖的口袋。

"很冷。"说完，他抓住沈栖的手，将她的手塞进她自己的口袋。

沈栖一愣，随即鼻子一酸："许梧黯，谢谢你还愿意温暖我。"

许梧黯不明所以。

今天的沈栖真的很不一样，换作平时的她，她只会笑嘻嘻地调侃他两句。但今天，她的情绪似乎有点低沉。

许梧黯垂眸，轻声说："因为你很好。"

沈栖鼻子泛酸得更厉害，眼睛轻轻一眨，眼泪就落了下来。

许梧黯见状，慌忙从口袋里拿出纸巾让沈栖擦去眼泪："怎么突然哭了？"

他们站在路灯下，沈栖的头顶顶着光，她抬头的一瞬间，脸颊上的泪痕在路灯的照射下更明显了。许梧黯道："你是不是遇到什么事情了？"

沈栖迟疑片刻，还是点了点头。

"跟我有关吗？"

沈栖点头。

许梧黯松了口气："既然跟我有关，有什么不好跟我说的？"

"我怕你会生气。"

许梧黯失笑："我什么时候生过你的气？"

沈栖犹豫片刻，还是将上个月吉他被砸的事情说了出来："许梧黯，你送我的那把吉他我没保护好，它被我妈妈砸掉了。"

许梧黯哂笑："我还以为什么事情。我不会生气的，坏掉就坏掉吧，我下次给你买一把新的怎么样？别哭了。"

"你刚送我的，我还没摸热乎就因为我被砸了。这可是你送我的第一个礼物。"沈栖嘴一撇，眼泪差点又要夺眶而出。

许梧黯沉吟片刻，道："那你拿来给我吧，我帮你修好怎么样？"

沈栖半信半疑："还能修吗？"

那把吉他被她妈妈在地上砸了好几下，她抢回来的时候琴弦已经断了，也有好几个零件从上面掉了下来，琴身上还有好几道擦痕，她怎么擦都抹不去。

"不试试怎么知道？"许梧黯抬起手，手掌在她头顶上方顿了一下，还是落了下来，"别难受了。要是修不好，我送你个更好看的怎么样？"

沈栖顿时泄了气："算了吧，万一修好了就放在你那里。你也别送我了，再送我我也保护不好它。"

沈栖说完话，自顾自往前走了两步。见身旁的人迟迟没跟上来，她才回头去看，发现许梧黯还站在刚刚的地方，眼睛一动不动地盯着她。

她呼吸一滞，不明所以："怎么了？"

许梧黯叹了口气，三两步走上前，随即，他的声音里带着无奈，轻轻地落在了沈栖的耳畔——

"那我就再修，一直修。"

吉他被沈栖带去学校给了许梧黯。

许梧黯只打开看了一眼，说："可以修。"

沈栖松了口气，还能修就好。这是许梧黯送给她的第一个礼物。

晚上，因为顺道去吃了夜宵，两人就没绕路去坐公交车，而是直接打车回去。

送沈栖回去的出租车上，许梧黯接到了许母打过来的电话，说是她有个同学现在在 B 大担任教授，两个人今天聊天时提到了许梧黯，问等一下能不能和许梧黯视频通话聊一聊。

许梧黯听到这个消息的时候微微皱了一下眉头。

B 大是国内数一数二的学府，但他不打算往那边考了，他跟沈栖约定过，准备考江海市的江大。

沈栖心里五味杂陈。他们的确约好了一起考去江海，但现在有 B 大的教授想跟许梧黯聊聊，不管出于什么原因，对许梧黯多少是有帮助的。

她让许梧黯先回去。

许梧黯摇了摇头："我不去 B 大。"

这一句话给沈栖忐忑的内心打了一剂强心针，但她还是笑了下："不，你值得最好的一切。"

经过沈栖的一番劝说，许梧黯答应了下来，他叮嘱沈栖回到家就给他发信息，在路上不要停留。

沈栖笑了下："不用担心我。"

许梧黯闻言点点头，但在下出租车之前又叮嘱了一次沈栖到家记得发消息。

车子穿过高架桥，沈栖看了一眼时间，刚过晚上九点，不算晚。

突然，车子一个急刹停下了，沈栖的身子控制不住地往前扑了一下。

司机抱歉地转过身："不好意思啊同学，车子开得快了一点。"

沈栖摆摆手："没事。"

她看了一眼窗外："还没到地方怎么停下来了？"

"前面修路，准备绕个弯换条路走。"

沈栖见状道："算了，我在这里下好了。"

从这里下车，超个近道就到小区了。

她付完钱，下了出租车后就拐进了一条小道。

这是一条小路，穿过小路尽头就是小区的东门，东门进去没两步就到她家楼下了。

小路上没有路灯，仅是居民楼里有一点微弱的光，四周暗得人发慌。

这条小路被春湾水岸的居民当作是一个停车场，小路的两边停着汽车。因为车子停得太多，道路变得很狭隘，很少有人会驾车走这一条路。沈栖走到路中间，愣是看不到路上有一个人。

不知道是因为环境太暗还是她心思过于敏感，她总感觉暗处有一个人在看着自己。

她心里有些发怵，开始后悔自己为了走近道选择了这条路。

心里胡思乱想着，突然她听到身后传来细细的脚步声。

沈栖吓得一抖。

那人的脚步声一下轻一下重，细碎的声音在昏暗的环境里显得尤为清楚。

脚步声越来越近，沈栖心下一慌，觉得那人就是冲着自己来的。付完车费下车时，手机又没电关机了，她刚准备跑，身后的人立马抓住了她的手腕。

她一惊，挣脱口而出："救——"

只是话还没有说完，她就被一只手捂住了嘴巴。

那人压着沈栖走到围墙边车子和车子中间的夹缝里，这个位置极为隐蔽，从居民楼那边看是看不到这里的，学校那边的建筑太矮，也看不到围墙这边发生了什么。

在微弱的灯光下，沈栖看清楚了那人的脸，顿时震惊了。

他是陈淑礼的前男友，叫高凯，沈栖忘记了他们两个人是什么时候谈的，但已经分手很长一段时间了。在两人如胶似漆的时候，陈淑礼带沈栖见过他，三人一起吃过一顿饭。

那时候高凯送她们回家，眼神却总是粘在沈栖的身上，看得沈栖很不舒服，但她只当是自己多想了。

现在她终于知道了，高凯的眼神就是不对劲。

他笑着喊了一声沈栖的名字："真巧啊，我刚从你家出来就遇到你了。刚刚要不是在车上往后视镜看了一眼，我差点就走了呢。栖栖，你还认识叔叔吗？"

高凯的确是窥探沈栖很久了，他看到沈栖长得好看，年纪又小，顿时就起了歹心。

后来陈淑礼和他分手了，他也没再见过沈栖，但沈栖那一张脸他怎么也忘不掉。

最近他和陈淑礼有复合的趋势，但也不知道这段时间陈淑礼经历了什么，脑子变得不太正常，脾气也差得很。他今天晚上把陈淑礼送回家，碰了一鼻子的灰，一股气正没处发时就看到了沈栖，顿时起了邪念。

沈栖听他的话恶心得快要反胃了，身体不断地挣扎着，想让高凯放开他。

但一个女生的力气怎么比得过成年男子？她的身体被高凯死死

地控制着，挣不脱一分一毫。

"别动呀，免得伤害到你自己。"他弯着唇笑了下。

高凯一下拉开沈栖的拉链，将校服外套扒了下来扔在地上。

没了外面一层挡风保暖的衣服，沈栖顿时冷得一激灵。

除了冷，更多的是害怕。她的脑海中不禁想到了童年时候遇到的事情。

想到这里，沈栖顿时抖成了筛子。

高凯："你听话一点，我带你去车里，车里暖和。"

沈栖盯着他，嘴巴被他的手捂住，声音细细碎碎地从手掌间发了出来："这是犯罪，你就不怕坐牢吗？"

高凯笑了下："你不怕吗？你被我毁了，身败名裂，学也上不了，还要被街坊邻居嘲笑。到时候没人要你，你还不是只能等我来找你？"

他柔声安抚道："栖栖，你听话，乖女孩才会有人喜欢。你也不想这件事被别人知道吧？你才多大？这件事要是被人知道了，你这辈子就完了。"

语罢，他开始拽着沈栖去车里。

沈栖挣扎得越发激烈。

高凯见她不服从，脸色也冷了下来，拽着她的肩膀往墙上压去。身子猛地撞上墙，疼得沈栖眼里冒出眼泪。

"既然你不听话，那我就直接在这里收拾你。"

高凯控制着沈栖，一手捂住她的嘴，另一只手开始撕扯沈栖身上的衣服。

沈栖的挣扎根本没有一点用处，她的心情落入谷底。

突然这时，她听到不远处传来细碎的脚步声。

沈栖顿时重新拾起信心，开始奋力反抗。她的头左右摆动，想要挣开高凯按在自己脸上的手。

"救——"

但话没说完，她的嘴巴又被高凯慌张地捂住了。

好在刚刚一点细碎的声音在这寂静的环境中十分明显，她的声音被人听到了。

来人加快脚步朝她这边走来："你好，有人吗？"

熟悉的声音让沈栖瞬间拾起希望，她抓着高凯的手咬了下去，失声喊："许梧黯，我在这儿，许梧黯！"

高凯见事情败露，放开了沈栖。

沈栖瞬间想跑，却被高凯一把拽住手腕："去哪里？"

这时许梧黯出现在沈栖的视野范围内，见此情形，他瞬间冲上前按住高凯的肩膀往后推搡，同时抓住沈栖的手腕往自己身后带。他怒声喊道："你干什么？！"

沈栖躲在他身后，抓着他的衣摆，带着哭腔语无伦次地说："许梧黯，报警，快报警，他想强迫我。"

高凯赶紧道："别听她乱说，我就是拉了一下。"

许梧黯双目通红，将沈栖往外拉了拉，自己则是冲上前拽着高凯的衣领挥了一拳头。高凯被打得连连后退，许梧黯那一拳的力道大，他身子一踉跄就往后面的墙上撞去，发出一声闷哼。

许梧黯还想上前，却被人从身后抱住了："许梧黯，别打了，我们去报警。"

沈栖的身子抖得厉害，许梧黯被她从身后抱住，也感受到她身上传来的颤抖。他放下拳头，侧身揽住沈栖往外走："走，我们去外面。"

高凯见两人退开，慌不择路地从地上爬起来，从车子的缝隙中跑走。

许梧黯冷眼往他逃跑的方向看了一眼，想要追，但念及身侧的沈栖，最终还是留在原地。

他把沈栖带到一侧的花坛，本想报警，但发现手机落在了出租车上。他只能侧过身，轻轻抱住沈栖，手掌在她后背一下又一下地拍着："没事了，没事。"

沈栖抓着他衣服的前襟，脸埋在里面，情绪没崩住一下痛哭出声。

她不敢想，万一许梧黯没有来，她是不是就会被那人玷污了？

沈栖的哭声一阵又一阵，身体止不住地颤抖。许梧黯的心脏像是被一只无形的手揪住，他看着眼前的沈栖，不只是她，连他也怕得身体发抖。

如果不是他一直没有收到沈栖报平安的消息而选择打车回来确认沈栖的安全，沈栖就要受到伤害了。

在他到沈栖家楼下却没有看到沈栖家亮灯的时候，他就意识到不对了，于是沿着小路四处着急地寻找沈栖，幸好他及时找到了。

许梧黯准备带沈栖去警察局报警。他们直接从小区中心穿过去，就在两人走到一栋单元楼楼下的时候，沈栖的步子突然僵住，拉着他袖子的手也跟着放下。

许梧黯回过头，刚想问一句"怎么了"，就见沈栖愣愣地盯着前面的某一处。

他循着沈栖的视线望去，看到不远处站着一个男人和一个女人，女人的身影他觉得有些熟悉，就在他思考这个人是谁的时候，沈栖从他身侧走过，径直朝那一对男女走去。

那两个身影，是沈振则和一个陌生女人。

看到这一幕，沈栖原本以为自己还可以像以前一样保持冷静，不在意父母和谁在一起，但她还是高估了自己。

刚刚经历的事情重新在她的脑海中浮现，一直以来，她都是一个没人想要的累赘。

沈栖的脑海中似乎有什么东西炸裂了，一瞬间，她所有的理智全都消失了。

她快步走上前，伸手直接将沈振则推到了一边："为什么你也要这么对我？"

沈振则被突然出现的沈栖吓得一蒙，回过神赶紧道："七七，你怎么也在这里？"

他注意到沈栖身上很凌乱，下意识地觉得她出了什么事情，猜想她是不是被陈淑礼打了："怎么回事？遇到什么事情了？是妈妈干的吗？"

沈栖眼眶发涩，嘴唇不停地颤抖，手指指向沈振则身旁的女人："她是谁？你为什么跟她在一起？"

沈振则来不及说话，沈栖的情绪瞬间崩溃，她尖叫了一声，双手狠狠地抓了一把自己的头发，朝沈振则怒吼："为什么你们都要抛弃我？我就这么招你们嫌弃吗？所有人都不想要我，不想要我这个拖油瓶！我已经很听话了，为什么你们还不满意？"

沈振则抬起手，想要去触碰沈栖，却被沈栖一把推开。

"为什么沈康轻而易举地能得到你们的喜欢、你们的宠爱，我却不行？都是爸爸妈妈生的，为什么只有我要被人讨厌？"

她歇斯底里的呐喊中有着数不尽的绝望。

沈栖蹲下身，捂着自己的脸哭了起来，嘴里呜咽着："我，真的很努力了。我也不想自己长成这个样子，我也不想被别人当成害死自己亲弟弟的克星。为什么别人要说我，我的爸爸妈妈也不爱我？"

她真的已经很努力了，努力让自己去适应别人对自己的冷眼，去适应家庭里面的不公平。她无限地去宽容自己的母亲。

她羡慕沈康，羡慕一个两岁的孩童拥有所有人的宠爱，甚至他在死后还被人一直惦念着不忘。当年她被找回来时，又有几个人对她嘘寒问暖呢？大家都在关心着身体羸弱、住院治疗的弟弟。连沈栖配合派出所做完笔录出来的时候，都只有沈文锦来接她。她的爸爸和妈妈忙着在医院陪她的弟弟。

沈振则慌忙蹲下身，抱住浑身颤抖的沈栖："七七，你为什么这么想？爸爸从来都没有怪过你啊。"

他的声音颤抖，脸上带着恐慌和紧张的神色。

许梧黯快步走上前，也没去注意刚刚那个有些熟悉的女人，他现在全副注意力都放在沈栖身上。他蹲下身子，小心翼翼地握住沈栖的手指，颤着声喊了句："沈栖……"

沈栖的手捂着自己的眼睛，手心上全是泪水。她声音颤抖，或许是因为刚刚遇到的那个男人，她说出了当年的事情："我当年也差点被人侵犯，就在我走失的那段时间。"

许梧黯呼吸一滞。

沈振也愣住了，眼里充满了难以置信。

他不敢相信这件事，因为沈栖从来没有跟他说过。但如今沈栖的每一句话都直击他的心脏，似乎在告诉他，他做父亲有多么失败。

"我本来想跟你说的，因为那个男人碰我的时候，我哭着说，如果我爸爸知道了一定会收拾他的，"沈栖忽然扯着唇笑了下，笑容充满了苦涩，"然而最后找到我的却是姑姑。派出所做完笔录后，我打电话让爸妈来接我回家，但等来的是一句'你已经没事了，但弟弟还有事，我们在医院陪你弟弟'。那时候我就知道了，我是一个没人爱的小孩。"

沈振则或许真的也爱沈栖，不然也不会在沈栖奶奶提出送走沈栖的时候说要把她留下来，也不会后来使劲地弥补沈栖，对她百般顺从。但按照当时的情况，在沈栖和沈康之间，他的心是更偏向沈康的。

因为这边的动静，以及沈栖刚刚的尖叫声，周围居民楼里不少的居民都探出头来，朝他们这个方向看了过来。

沈栖的眼泪顺着眼角滑落，嘴里喃喃道："可是为什么只有我一直被抛弃？"

说完这句话，她眼一翻，在沈振则怀中昏了过去。

沈振则慌了，慌忙拿出手机拨打了急救电话。

救护车来得很快，沈振则准备陪着沈栖一起去医院。许梧黯忽然想到另一件事，拦住沈振则，跟他说起刚刚的事情。

他想趁现在时间还来得及，让沈振则先去派出所报警做笔录。早一点报警就可以早一点抓到那个男人。等陪沈振则报完警，他就赶紧赶去医院去找沈栖。

沈振则这才知道沈栖是真的出事了。

但沈栖那边也需要人陪伴。就在他犹豫之间，刚刚站在他身侧的女人站了出来。

"我陪七七去医院吧。"

许梧黯循声看去，视线在触及对方时登时愣住。

对方在看到许梧黯以后神色也是一僵，她试探性开口："许梧黯？"

第十二章
迎着太阳奔跑
ZHUOZHU
TAIYANG

沈栖从床上醒来时，许梧黯正坐在她的病床前。

"许梧黯……"

许梧黯站起身，刚要触碰沈栖，手却突然僵住。

指尖开始发颤，他慢慢地垂下手，红着眼眶嘶哑着声音跟沈栖道歉："对不起，沈栖。"

沈栖嗓子哭得有些哑，说话也带着鼻音："为什么要跟我道歉？"

"我不该让你一个人回家的。"许梧黯眼睛一眨，眼角有眼泪渗了出来。

沈栖摇了摇头："跟你没关系。"

许梧黯刚要说话，病房的门被人从外面推开。

沈振则和刚刚那个女人站在那儿，见到沈栖醒来，沈振则一喜，快步走上前询问："七七你醒了，感觉怎么样？"

沈栖现在也缓过来了，面对沈振则的询问只闷闷地应了两句。

沈振则知道她现在情绪不稳定，便没再追问，而是转头询问许梧黯："同学，今天晚上辛苦你帮我了。现在很晚了，刚刚你爸妈给我打了电话，我先送你回去吧？"

许梧黯知道自己这么晚没回去母亲肯定着急了，说不定还会找到沈栖这里来。

沈栖也催他赶紧回去。

许梧黯见状，跟她道了别："那我回去拿到手机就给你发信息。我明天再来。"

沈栖点头。

许梧黯跟着沈振则走出病房，一时间病房里只剩下沈栖和刚刚那个女人。

女人直直地盯着他们两人离去的背影。一直等到身后传来沈栖拿东西的声音，女人才回过神，走到沈栖旁边，帮着递了一杯水过去。

等沈栖拿稳水杯以后，女人才道："你是叫沈栖吧？"

沈栖喝水的动作一顿，随后闷闷地应了一声。

"我经常听沈先生说起你。哦，对了，还没有自我介绍。"女人换了个坐姿，"我跟你爸爸是朋友，我先生是你爸爸公司的合作方，你叫我曲阿姨就好了。"

沈栖愣了下，讪讪地道："你不是我爸爸的女朋友吗？"

女人笑了下："你误会了，我跟沈先生就是刚好在这边的一个商会上碰到，商会结束我准备回临安，因为沈先生也要去临安出差，我先生就托沈先生带我一程。刚刚沈先生回来拿个东西，刚走到楼下就被你碰见了。你也没听沈先生跟你解释。"

知道是一场乌龙事件后，沈栖的脸瞬间变得通红。

女人道："沈先生还是很爱你的，他每次到临安出差跟我们吃饭的时候都会聊到你，问我女孩喜欢什么，想给你带礼物。"

沈栖有些愣神。爸爸真的还会做这些吗？

"刚刚你晕倒了，沈先生不知道有多担心你。父亲肯定是爱女儿的，只是不知道怎么表达。"女人的脸色突然变得落寞起来，"我也有一个女儿，如果没发生那件事的话，也该像你现在这么大了。"

见对方情绪变得低落，沈栖一时也不知道说些什么好。

见她没说话，女人小心翼翼地询问："刚刚走的那个男生，是你的同学吗？"

沈栖点头。

女人刚要说话，突然，一阵手机铃声响起打断了女人的话，她抹了抹眼角，对沈栖笑了下，走到一旁去接起电话。

沈栖没注意听女人在讲什么，脑子里想的都是她误会了自己的爸爸。

她叹了一口气。

"来，上车吧，同学。"

许梧黯拉开副驾驶座的车门，弯腰坐了进去。

车子开出医院的地下车库，待开上路，沈振则侧头看了一眼许梧黯："同学，你跟我们家七七，是朋友吗？"

许梧黯颔首。

"挺好，她交新朋友也没跟我说过。"沈振则笑了声。

许梧黯沉默着，视线重新落在车窗外。

此时车子正因红灯亮起而停住了，他的视线穿过车流，看到了不远处的人行道上走着两个穿着校服的男女。

他忽然想起平安夜的晚上，因为吉他的事情，沈栖哭着说怕他生气。

还有那个站在沈栖爸爸身边的女人，她勾起了他的回忆。

那是江望和江盼的妈妈。

许梧黯原本以为再见到他们他的情绪会失控，他会害怕，会因为当初的事情去逃避。但今天见到江盼的妈妈，他突然发现，除了一开始的震惊，他再无其他的情绪。

从前心里的畏惧，在被沈栖开导以后就慢慢消失了。

他再度想起那一把坏掉的吉他，犹豫再三还是开口道："叔叔。"

沈振则打着方向盘，抽空回头看了他一眼："怎么了？"

"沈栖那把吉他是我送给她的。"

沈振则一愣，脑海中立马浮现出那晚沈栖抱着那把吉他坐在地上痛哭的场景。

他有些心虚，只能附和着说："是吗？沈栖也很喜欢那把吉他。"

"她是很喜欢，"许梧黯轻声说，"但如果不改变她的现状，她永远不能拥有自己喜欢的东西。那把吉他是，以后任何一样东西都是。"

沈振则哑然。

许梧黯说这话的意思，就是他已经知道了那把吉他被陈淑礼砸了。

从许梧黯的这句话中他也能猜到，沈栖跟许梧黯说了她自己的事情。

沈振则回过头："你是叫许梧黯吧？"

许梧黯应了一声。

沈振则点点头："许梧黯，我知道你是小七的朋友，应该听小七说了一些她的事情。但我们家的情况你不了解，我现在已经在努力弥补小七了。"

许梧黯打断他的话：

"叔叔，沈栖其实很害怕孤单。

"晚自习下课的时间很晚，哪怕有路灯有些路段还是很黑，她会害怕。沈栖不喜欢一个人走，她很少打车，都是坐公交车，因为公交车上人多。

"她是女孩。以前她住在姑姑家，从一中到姑姑家只用走十分钟，而且一道都是一起下晚自习回去的一中学生，她一路上都有人陪着。但后来你们让她搬回了春湾水岸，如果不是和我一起走，她就变成了一个人走，每天下晚自习都要多赶半个小时的车程走夜路回家。"

许梧黯垂眼："回那一个空荡荡的家。"

沈振则的心被狠狠一揪，他之前从未考虑过的问题，今天却被一个比自己女儿大不了多少的人说穿。

气氛瞬间安静下来。

一直到车停在北苑门口，许梧黯解开安全带，突然道："叔叔，沈栖经历得太多，也希望你们像爱沈康一样爱沈栖。"

说完，他推开车门下车，礼貌地跟沈振则道别："叔叔再见。"

砰的一声，车门被关上。

沈振则握着方向盘，神色凝重。除去刚刚许梧黯的话，再想起今日发生的事情，他突然意识到自己这么多年错得有多离谱。

今天晚上沈栖遇上那样的的事情他也有责任，他应该去接沈栖放学的。本来就是为了方便照顾沈栖和陈淑礼他才会搬到春湾水岸来的，结果搬到这边后他愣是一点都没照顾到自己的女儿，真是惭愧。

再看到沈栖朝他发泄情绪的样子，听到她说的那些话，他真的心如刀割。

如果不是遇到了那个同学，自己的女儿怕是真的要被人侵犯了。

沈栖一直在承受着不该她这个年纪承受的事情。

这时，沈振则的手机铃声突然响起，他从口袋里拿出手机一看，是陈淑礼打来的。

他没有一刻犹豫，按下了接听键："喂。"

"沈栖是不是去你那里了？怎么十二点多了还不回家？你们父女俩到底想怎样？是想把我逼死吗？我告诉你，你们一个都别想快活！"

沈振则闭了闭眼，呼吸像是停滞了。

这么多年他一直心有愧疚，可他好像弄错了对象。

他轻声道："她在医院。"

隔天，沈栖没有去上学，出院以后也是直接被接回了沈振则那边。

一天下来她都在床上躺着。她感觉自己的身体很累。她不想吃饭，一吃饭就犯恶心，她只想躺在床上安安稳稳地睡觉。

其间陈淑礼来过几次，但自那晚发生了那样的事情以后，她心里对陈淑礼产生了极大的抵触，不愿意见自己的母亲。

陈淑礼见沈栖不见她，一直在门外砸门，沈振则一直拦着她。

透过门，有细碎的声音传了进来。

沈振则说："她刚出院，发生了那样的事情，你能不能让她休息一会儿？她现在不想见你，你能不能别逼她了？"

陈淑礼骂道："她是不是翅膀硬了？想离开我？"

"你少说点不行吗？如果不是你带七七见那个男的，会把她害成这个样子吗？你跟什么样的男人交往我都没有意见，但你能不能看看那人的底细？对方是什么样的人你能不能搞清楚？这样对七七好，对你自己也好。"

"我又不知道高凯是这样的人！你怎么不说是沈栖长得太招人？"

"你真是无药可救！"

…………

门外的争吵声不断，沈栖不想听父母争吵，用枕头捂住自己的耳朵，整个人蜷缩在床上。

她闭着眼，强迫自己不去听门外的动静。

但陈淑礼歇斯底里的质问声，以及沈振则一遍又一遍的指责声，不断透过门缝传了过来。

她感觉自己的头开始剧烈地疼，心脏也像是被人揪住一样。沈栖躺在床上喘着气，像一条濒死的鱼。

这时，她放在床上的手机忽然响了起来。

熟悉的铃声瞬间充斥了整个房间，声音大到将门外的争吵声都压了下去。

这是她专门为许梧黯设置的来电铃声。

他是来拯救她的。

沈栖摸到手机，接听以后放到了耳边，轻轻地"喂"了一声。

"你现在还在医院吗？我想来找你。白天给你打电话你也没接，是不是身体不舒服？"

听到许梧黯声音的那一瞬间，沈栖的眼泪就从眼眶里流了出来。

她轻声道："我在我爸家，我一直在睡觉，感觉身体很累。许梧黯，你什么时候能来看看我？就来陪陪我，我真的……"

她的眼角滑过一颗泪珠："真的很想见到你。"

听到这句话，那头的许梧黯感觉自己的心脏被狠狠一击。

他眼角发涩，道："我现在就来找你。"

沈栖笑了下，打开手机看了一眼时间："你现在不是还在上自习吗？上完自习再过来吧。"

许梧黯："试卷我都做完了，你不用担心。"

他的声音回荡在沈栖的心里，久久不能消散。

许久，听着门外没完没了的争吵声，她道："那来吧，许梧黯，你来找我吧。"

和许梧黯通完电话，沈栖拖着无力的身体下了床。

她打开了房间门，门外的争吵声随着开门的动静戛然而止。

门外的两人都愣了一秒。

最后还是沈振则先反应过来，搓着手干巴巴地问："七七，你醒了啊？是不是吵到你了？"

沈栖垂着眼，不去搭理沈振则，而是问陈淑礼："妈妈，你见我，想说什么？"

这时的陈淑礼也没有了声音。

刚刚还吵着闹着要见沈栖，真到见了面，她却不知道该说什么。

沈栖没有理她，径直走到沙发上坐下。

陈淑礼跟着走过来坐在沈栖身边，两只手拉住沈栖的胳膊："七七，你现在还不舒服吗？"

沈栖闭了闭眼，强忍着想要抽回手的动作，"嗯"了一声。

她最终还是没有办法对陈淑礼狠下心来，她还是会选择事事顺从。

陈淑礼说："我不知道高凯是那样的人。他之前有对你做过什么事情吗？"

高凯已经被警察抓住了，沈振则请了很好的律师，一定要将高凯绳之以法。

沈栖摇了摇头："没有。"

听到这儿，陈淑礼和沈振则都松了一口气。沈振则小心地问："七七啊，你之前说的，就是在七岁时候遇到的事情，你怎么没有跟爸爸说详细情况？"

时间过去太久，当年的事情早就调查不清楚了，也很难有实质性的证据。

沈栖垂着眼："早就过去了。"

见沈栖不肯说，沈振则便不再勉强，想着一下子问太多事情也像是在逼迫沈栖，不如等以后沈栖的情绪稳定下来之后再说。

三人坐在沙发上，一时间竟然说不出一句话。

沈振则在想，原来三个人的关系生疏到这个样子了。

陈淑礼在沈栖出来之前嚷嚷得厉害，说今天一定要见到沈栖，但沈栖真的出来以后，她却是一句话也问不出口。

她坐了没一会儿，或许是受不了这安静的气氛，站起身就说要回去了。

沈振则担心陈淑礼的精神状态，跟沈栖说了一声就送她回去了。

父母走后，房间里顿时一片寂静。

许梧黯来的时候家里只有沈栖一个人。

因为要给他开门，沈栖便直接在电梯口等着了。

电梯门一打开，两个人四目相对。

看到许梧黯愣在那儿一声不吭，沈栖率先抬起手打了个招呼："下午好啊，小——"

忽然，许梧黯的手放在她的头上，沈栖只愣了一秒，感受到许梧黯带来的温暖后，她的眼眶蓦地一红，眼泪在眼眶里打转。

她抬手拽住许梧黯的衣服，再也憋不住了，大声哭了出来。

"许梧黯，我真的好想见你。没有人……没有人要我，我总是……总是一个人……"

沈栖哭得上气不接下气，一声声的啜泣声像是一拳一拳地打在了许梧黯的心脏上。

他脑袋微垂，轻声叹了一口气，似在隐忍，又像是如释重负。他道："我来了，我来陪你了。"

许梧黯的出现就像是给沈栖打了一剂强心针，她原本对所有人充满防备，此刻也敢在许梧黯这里释放出自己最脆弱的一面了。

沈栖跟许梧黯一起坐在床边的地毯上，身子靠在床沿上。

这里也算是沈栖的房间，不过她是第一次在这里住。

沈栖垂下眼，轻声跟许梧黯道歉："是我不好，让你担心了。"

"没有，"许梧黯没有回头，目光直直地盯着面前的落地窗，"你没有错。"

沈栖放在膝盖上的手轻轻蜷缩了一下，她皱着眉头，似乎想说什么话。

许梧黯注意到了她挣扎的情绪，缓声说："如果说出来让你觉

281

得很累的话，我们可以不说。"

话音一落，沈栖的眼眶瞬间红了。

那一瞬间，她突然就释怀了。她原先还害怕许梧黯知道这件事以后会不想和她做朋友，但是仔细想想，他不会这样对她。

她松开了紧咬着的嘴唇："其实除了昨天的意外，我之前也遇到过一次。"

许梧黯坐起身子，侧过身问："之前有受到伤害吗？"

沈栖咬着嘴唇摇了摇头，一脸难以启齿的模样。

她脑子里乱成一片，虽然她知道许梧黯的为人，但她还是会担心，担心许梧黯会介意。

他直直地盯着她，脸上露出难得的笑容："你没受伤，就是万幸。"

沈栖感觉鼻子一酸，但还是极力克制住自己的眼泪。

她今天已经哭过太多次了，她不想哭了。

往事慢慢在脑海中浮现，一段段记忆碎片汇聚在一起，像是放电影一般在她脑海当中播放。沈栖深吸一口气，抬起眼直直地看向许梧黯的眼睛："我小时候经历过一些事……"

沈栖把自己走失后被陌生男人骚扰的经历说了出来，但说到后面，她有点哽咽。

沈栖仰起头，尽管极力控制了，但眼泪还是抑制不住顺着眼角流了下来："我那时候年纪小，不懂他的行为代表了什么，只知道他的触摸让我觉得很反胃很恶心。后来上了学，了解了这一方面的知识，我才知道他这是在对我进行猥亵。"

许梧黯听到这句话的时候已经有点忍不住了，他声音颤抖，乞求着沈栖："我知道你回忆起来很痛苦，不要说了，沈栖，别说了。"

沈栖的眼泪哗哗往下流着，流到了她的唇瓣上。她尝到了味道，是咸的，很咸很咸。

"许梧黯，要是那天姑姑再晚一点过来，我无法想象。"

沈栖感觉许梧黯的身体也在颤抖，仔细听，他的声音里也带着鼻音。

不知道是哪一点触及了她心里最后的防线，她又哭了起来。她没有再憋着自己的眼泪，不会再觉得哭多了会招人嫌弃，在许梧黯这里，她想哭就可以哭。

"沈栖，都过去了，以后我会尽我所能地保护你。"许梧黯抬起头，用深邃的目光盯着沈栖，"你对我说过的所有承诺在我这里都可以反过来。我也会陪你很久很久。"

他不会放弃她，就跟她也不会放弃他一样。

就像是两个处在深渊里的人，靠着对方对自己的鼓励和温暖往上爬，最终携手爬上深渊，迎接最亮眼的太阳。

沈文锦来家里看望沈栖的时候带着乔瞧，乔瞧一来就抓着沈栖的肩膀上下打量着。

见沈栖身上没有什么伤，她才放松下来："吓死我了，我实在担心你。"

沈文锦也关切地问道："七七，你现在没有什么不舒服吧？"

沈栖摇摇头："我没事。"

"你没事就好。你爸什么也没说，就说你遇到了点事情，我都快担心死了，忙完就赶过来了。"

沈文锦话音刚落，许梧黯就端着一杯药从厨房里走了出来，正好和沈文锦四目相对。

沈文锦顿时瞪大眼睛，惊呼一声："许梧黯？"

许梧黯动作一顿，继而恢复正常，朝沈文锦点了下头："沈老师。"

"你怎么会在这里？你不是应该在上自习吗？"

面对沈文锦的质问，许梧黯顿时抿着唇不吭声了。

"什么时候来的啊？"

许梧黯诚实地道："下午四点的时候。"

"……"

沈振则回来以后就被沈文锦拉去了卧室讲话。

许梧黯因为家里有事情先走了，只剩下沈栖和乔瞧两姐妹在房间里说悄悄话。

沈栖对乔瞧很少有隐瞒的事情，她将前天晚上发生的事情告诉了乔瞧。

乔瞧听完以后气愤不已，一直嚷嚷着要去替沈栖报仇。

沈栖见状道："别了吧，他都被抓起来了。"

乔瞧顿时气消了不少，骂了两声"活该"。

沈栖仰着头喊了一声乔瞧的名字："许梧黯生日的时候，我送了他一把吉他作为生日礼物。许梧黯也回送了一把吉他给我，但是在我手上没撑过一个晚上，晚上拿回家的时候就被我妈砸了，她不喜欢吉他。"

房间里安静了一会儿，乔瞧突然道："七七啊。"

沈栖"嗯"了一声。

"你有没有想过去另外一个地方生活？"

沈栖抬起眼，直直地对上乔瞧的眼睛。

乔瞧认真地道："你不要再迁就你妈妈了。来之前小姑跟我说让我劝劝你，她想跟你爸好好说，让他带你离开俞峡，去别的地方生活。你就跟你爸爸一块儿去吧，离开俞峡。"

沈振则最近的工作重心在临安那边的分公司，不然也不会三天两头去那边出差。如果不是因为沈栖和陈淑礼，他最近两年都将定居在那边。

沈文锦想借着这个机会让沈振则带着沈栖一起搬过去，离开俞峡，离开陈淑礼。

外人都看得出来，给沈栖带来最大伤害的就是陈淑礼。沈栖不可能一辈子都耗在这里，被精神失常的母亲拉扯，承担一切压力。

如果沈振则能狠下心带沈栖离开，送陈淑礼去精神病医院长期治疗，这对两个人来说都是最好的解决办法。

乔瞧是跟着沈文锦一块儿走的，沈振则送她们的时候，脑子里一直回想着刚刚沈文锦跟他说的话——

"哥，如果你想让沈栖在一个健康的环境中成长，就带着她离开俞峡吧。"

沈振则舍不得送陈淑礼去精神病医院，狠不下心对她说重话，沈文锦一直都看在眼里。

既然从陈淑礼这一块切入不了，那只能选择其他的办法。沈栖是沈振则的女儿，他当然不想毁了沈栖的一辈子。

回到家，见沈栖坐在吧台上吃着药，沈振则沉默良久，终于将那一句话说出口——

"七七，爸爸带你去临安吧。"

沈栖握着水杯的手一僵，她低下头，小声说道："可这里还有我的朋友。"

沈栖一连请了好多天的假，沈振则现在对她也是小心翼翼的，她要请假，他也依着她。

五点半，一中放学了。

乔瞧直接跑到高三教学楼楼下等着，直到看到许梧黯从楼梯上下来，她才挥了挥手："许梧黯，这里。"

许梧黯穿着冬季校服，为了挡风，他将领子立了起来。

今天中午的时候乔瞧发信息约他这时候见面。

"边走边聊吧。"

"嗯。"许梧黯微微颔首。

他猜不到乔瞧找他有什么事情，但觉得和沈栖有关。

果不其然，乔瞧开口道："有件关于沈栖的事，我想找你帮个忙。"

许梧黯侧过头看向乔瞧。

乔瞧："你劝一下沈栖，让她跟着她爸爸一起去临安吧。"

许梧黯顿时愣住。

他没懂乔瞧的意思。让沈栖和她爸爸去临安？那是让她离开俞峡的意思吗？

"我也不跟你藏着掖着了。沈栖家里的事情你应该都知道了吧？"

沈栖是因为许梧黯才不想走的，那她只能从许梧黯这里进行切入。

许梧黯缓缓点了点头："知道。"

乔瞧直接进入正题："沈老师和沈栖的爸爸商量过了，目前这个情况，送她离开俞峡，离开她妈妈，去一个新环境生活对她是最好的，但是就沈栖自己那边的情况比较……怎么说呢？"

乔瞧一时不知道怎么组织语言。

"你需要我做什么？"许梧黯突然开口。

乔瞧一愣，很快反应过来："你有没有什么办法劝劝沈栖，让她跟她爸爸去临安？"

许梧黯沉默了一会儿，继而摇了摇头："我不会逼沈栖的。"

乔瞧一听顿时急了："我们这不是逼沈栖去临安，是为了她好。"

"为了她好就应该尊重她的选择。"

乔瞧瞬间沉默了。

许梧黯垂着眼，轻声道："你想说，沈栖是因为我才不想去临安的是吗？如果沈栖不想去，她留在这里应该也没什么问题的。我会照顾沈栖的。"

"但沈栖遇到那么多事情，谁能帮她走出来呢？"

许梧黯其实想说他可以，他会一直陪着沈栖，只要沈栖需要他，他可以一直开导沈栖。

乔瞧盯着许梧黯的眼睛："许梧黯，你说你知道沈栖家里的事情对吗？你知道沈栖的妈妈一直把她弟弟的死怪在她身上吗？"

许梧黯抿着唇没说话。

"我不知道沈栖跟你说过多少她的事，但我想跟你说的是，沈栖得有自己的未来、自己的生活。

"沈栖一直以来过得都不算好。她家里人把她弟弟的死怪在她的身上，觉得是她造成的。她妈妈就是因为她弟弟的死才精神有些不正常，常年对沈栖使用冷暴力。你应该知道沈栖的妈妈之前把她带回乡下去了吧？你知道为什么她会无缘无故被带回去吗？沈栖只要做事情不顺着她妈妈的意思，她妈就会把她送回乡下去，不让她出门，等同于软禁她。

"她从来不会反抗她的妈妈，因为她潜意识里就觉得自己是活在她弟弟阴影下的人，她背负着她弟弟的命，所以她才会一直对自己的妈妈无限纵容，不管她妈妈对她做什么过分的事情她都不会发脾气。她的亲人基本上都以她妈妈是个病人为理由，更多地照顾她妈妈的情绪，很少会有人顾及她的情绪。

"她爸爸就是这样，因为心软，一直纵容着她的妈妈。

"其实说这些往事没什么意思，但我想告诉你的是，沈栖得有自己的生活。她一直强迫自己去照顾自己的妈妈，她生活在这个环境下其实是不快乐的。跟住在哪里无关，她妈妈只要在她身边就一定会影响到她的情绪。俞峡这个城市对她来说就是有很多不好的回忆。与其一直让她在这里慢慢去接受，等着有人带着她走出来，不如让她去别的地方开始新的生活。

"你愿意在这里一直陪着沈栖当然很好，愿意照顾她也很好，但她妈妈的事情，得让她独自想明白。

"有的人每天在外人面前一直都是一副开心的模样，像是一个随时能照亮别人的'小太阳'，但她是很脆弱敏感的。沈栖承受了太多，目前又发生了这种意外，她这一段时间都会被阴影笼罩，但她家人一时间能不能改变还未可知。我们也不想让她再承担未知的后果。

"让她换一种生活吧，让她自己去想明白一些事情。

"她其实……也不想留在这里了……"

被高凯差点侵犯的那晚，乔瞧安慰完沈栖以后，沈栖还是抱着膝盖一直痛哭。

这是乔瞧第一次看到沈栖哭得这么凶。

沈栖说她真的很想走，从遇到高凯的那个晚上之后，她就一直在做噩梦。她觉得自己很不干净，那时候因为警察调查，多少有点风声透出去了。

沈振则买的房子在二楼。有一天傍晚，她听到窗户外有居民在讨论这件事，声音不大，但还是被她听到了一些字眼——"男的""学生""侵犯"，虽然听不清全部内容，但关键的部分都被她听到了。

不知道为什么，沈栖觉得那群人就是在讨论她。

其实早在报警之后她就有想过，世界上没有不透风的墙，这些流言蜚语迟早要来的。

但是她忽略了自己是否可以承受这些流言蜚语的问题。她原以为自己从小承担了克死弟弟的名头，所以对这件事也可以做到毫不在意，但她高估了自己，她还是在意别人嘴里的话。

她切切实实听见了别人的讨论，才知道自己有多难受，她根本承受不了。她不想别人看向自己的眼光里带着异样。

但她想到了许梧黯，她想留在这儿陪着许梧黯。她答应过他的。

她想走，又不想走。

其实再过半年，等许梧黯高考结束以后，两人一起离开也是可以的，但这就意味着沈栖这半年还是得面对街坊邻居的流言蜚语，还是得被妈妈牵制着情绪。

　　对她来说，当然是越早开始新生活越好。

　　早点去临安，沈栖还有时间过渡一下，早点投入学习中，接下来的时间好好准备高考的事情。这是沈文锦考虑过的最好的方法。

　　沈栖握着手机发呆，不知道为什么，许梧黯已经很久没有联系她了。

　　她给他发出去的信息全都石沉大海，她不禁担心许梧黯是不是遇到什么事情了。

　　一想到这儿沈栖也坐不住了，披了一件羽绒服就从家里跑了出来。

　　一出单元楼，面对周围的环境，她顿时生出一种排斥感。

　　她这么多天没有下楼，一直在家里待着，害怕的就是听到别人议论她以及看到他们异样的眼光。

　　她突然庆幸现在是晚上，小区里的行人不多，也没人看得清她的脸。

　　她直接跑到小区门口拦下一辆出租车，拉开车门坐了进去："师傅，去北苑一城三号门。"

　　沈栖也不知道自己为什么要这么着急，只是心里萌生出一股不好的预感。

　　晚上十点，车子稳稳地停在了北苑一城大门口。

　　沈栖下了车，直奔许梧黯家楼下。

　　她没有提前约他，但现在这个点正好是许梧黯下课回来的时间，她蹲在许梧黯家门口一定能等到许梧黯的。

　　事实证明沈栖的想法是对的，她站在单元楼门口没等几分钟，就看到不远处有一个熟悉的身影朝这个方向走来。

　　她一下定住了脚步，那个身影离她越来越近，直至路灯照下来的光打在他的脸上，那一张熟悉的脸清晰地出现在她的视野当中。

　　许梧黯也看到了她，原本前进的步子瞬时停了下来。

夜里起了风，冬夜里的寒风吹得沈栖浑身发僵，眼睛被风吹得发涩，好像下一秒就会有眼泪从眼眶里流出来似的。

她张了张嘴："许梧黯。"

许梧黯像是这一秒才回过神，想快步走上前，却又生生地止住了动作，站在原地一声不吭。

沈栖被他的反应弄得愣住了，不知道为什么，几天没见，她觉得许梧黯变得陌生了。

她眨了眨发涩的眼睛，哑着声道："你不走过来一点吗？"

许梧黯直直地盯着她，但脚下还是没有一点动作。

沈栖开始挪动自己的身子，慢吞吞地朝许梧黯走去。走到他的跟前时，她仰着头看他，语气里满是委屈："你今天怎么了？"

许梧黯一顿，眼睑轻轻颤了一下，他似乎在隐忍着什么。

他垂下眼，声音中带着些疏离意味："有事吗？"

沈栖的心蓦地沉入谷底。

她不知道没见许梧黯的这几天他怎么变成了这副样子，刻意地跟她保持着距离。

心里发酸，鼻子也带着酸意，但她还是忍着情绪问："是我问你，为什么这几天我给你发信息你都不回我了？"

"我们还是保持距离吧。最近我的成绩开始往下掉了，我觉得这是不好的开头，很影响我。"许梧黯移开眼，喉结上下滚了滚，"我高三了，不应该被不相干的人打扰。"

少年的声音清冷，说出的话像是无形的拳头打在沈栖的心上，一拳又一拳，疼得她眼泪瞬间从眼眶里涌出。

这是许梧黯能说出的最狠的话了。最开始，他本来想说的不是"不相干的人"，想说的是"不好的人"，但他根本没法对沈栖说出这句话。

这几天他想了很久。在听到沈栖家楼下那些闲言碎语后，他只能一个一个反驳，每天在沈栖家楼下晃悠，一旦有人提及这件事他就要上去解释。他很蠢，明明知道人的好奇心不会改变，自己这么讲根本不会有任何效果，但他只能这么做。

事实证明，大家不会听他讲话，他们对他的话只会一笑而过，

289

转而继续谈论这件事，甚至有个中年男人因为这件事开起了有色玩笑。

许梧黯没忍住，上前拽着男人的衣领打了男人一拳，却因为对方人高马大的，他一个学生力气比不过，被人推搡到了地上。要不是沈文锦正好来到这边，拦下了许梧黯，他今天估计要跟那个中年男人打进警察局。

也是这两天的事情，许梧黯意识到乔瞧是对的。而能让沈栖离开俞峡的办法就是自己推她走。如果是自己主动推沈栖走，沈栖一定会走的。

乔瞧说得对，两个人分开承受的痛苦远没有沈栖的未来更重要。他伤了沈栖的心，可以以后再去弥补，但现在最重要的事情是拉着沈栖走出深渊。

许梧黯知道这些话说出来很伤沈栖的心，但他不知道该怎么做了。

起码这样沈栖不会受到别的伤害，只会讨厌他一个人而已。

他轻轻眨了眨眼，撇开沈栖往前走去。

"许梧黯。"

沈栖突然出声，他立马停住脚步。

两个人背对着彼此，都没有回头。

沈栖扯着唇笑了一声，其实一点都不好笑，但是他的演技太拙劣了。

她眨了眨酸涩的眼睛，缓声说："你想好好学习是吗？小五……"

沈栖喊了一声他的名字，声音已经开始颤抖："你的演技太差了，谎言也太拙劣了，以后不要撒谎了，你不会。"

许梧黯放在身侧的手突然颤了一下："高考以后再说吧，我现在不想想其他事。沈栖，迎着太阳往前跑，不要回头，一直往前跑。"

"我知道了。"沈栖笑了声。

话音一落，许梧黯听到身后传来奔跑的声音。他知道身后的人已经走了，是沈栖跑开了。

两个人在对方面前永远撒不了谎，演不来戏。他们对彼此没有秘密，也永远知道对方的想法，不会产生误会。

许梧黯抬手按压了一下眼角，放下手，动身朝单元楼里走去。

他的指腹上湿漉漉的，沾着泪水。

沈栖回到家后跟沈振则说了自己想去临安的想法。

沈振则对此自然是支持的，他办事很迅速，又有沈文锦的帮忙，转学手续很快就办好了。在挑选临安那边的学校时，沈振则询问沈栖的意见："你想去哪一所学校？一所是六中，一所是三中，两个都是比较好的学校，六中相对于三中会更轻松一些。"

去哪一所学校对沈栖来说都没有区别，不过她想好好学习，她和许梧黯还有一个没有完成的约定。

那天许梧黯说的话确实让她一时没有反应过来，但当她对上许梧黯的视线时，她发现他平时波澜不惊的眼眸中带着难以言喻的情绪。

沈栖瞬间反应了过来。

特别是在许梧黯说完最后一句话时，她明白了他的用意，也发现了这一个很不明显的约定。

她能猜到，肯定是许梧黯听乔瞧和沈文锦说了什么，他想给她演一场戏，让她离开俞峡，去过一场属于自己的生活。

她听进去了，只有他的话她听得进去。她不想辜负他。

她说："去三中吧。"

再见，俞峡。

再见，许梧黯。

"沈栖，作业本。"江望站在沈栖身侧的窗户外，丢了一本作业本过来。

沈栖头也没抬，将桌上的作业本收好后继续看书。

世界真的很小，她怎么也想不到，那个晚上被她误会跟自己爸爸是情侣关系的曲阿姨居然是江望的妈妈。

江望一家在江望初中毕业以后就搬到了临安，现在在这边生意做得很大，沈栖爸爸的很多生意都是江望的爸爸在照顾着。就连她来临安这边上学和找住处都是江望一家帮的忙。而她来到三中以后，她正好和留了两级的江望相隔一间教室。

两个班因为隔得近，大部分老师都是同一个，所以江望有时去办公室的时候会顺带帮沈栖他们班把作业本一起搬回来。

他当时留级的原因是什么沈栖并不关心。因为许梧黯，她做不到对曾经针对过许梧黯的人友好相待。

有时候两家人聚在一起吃饭，沈栖总是会坐得离江望远远的，在学校也绝不多和江望说一句话。

江望问她："许梧黯那件事过去多少年了？而且那件事跟你也没关系啊，你没必要这么仇视我吧？"

沈栖只说："我原谅不了对许梧黯造成过伤害的人。"

她刚来这里没到一个月的时间，也没认识几个朋友，但她并不介意。

沈栖刚来这边的时候跟之前在俞峡时简直判若两人，班上的人也都不太敢接触她。不过她也并不在意这些，她来这里只为了学习，为了完成跟许梧黯的那个约定。

她记得走之前许梧黯说的那一句话——"迎着太阳往前跑，不要回头，一直往前跑"。

她在学习上面费了很大的功夫。

沈栖一开始跟不上学校的进度，但她只要定了目标就格外执着。她让沈振则给她请了私教，在课堂上也不再走神了，整个人一直沉浸在学习之中。

沈振则对她突如其来的改变惊喜不已。

那年许梧黯参加完高考，沈栖心里十分笃定许梧黯会遵守两人当时的约定，也知道他肯定会正常发挥，考得很好。

所以在接到乔瞧发来的那一条"许梧黯是今年的理科状元，一中的老师校长都高兴坏了，学校几年没出过状元了，今年出了一个"的消息时，沈栖并没有过多惊讶。

她一直都知道，许梧黯一定可以的。

沈栖的高中三年在无穷无尽的题海当中度过。

每次在她想要放弃的时候，心里又会突然冒出最开始学习的目的，又只能低下头继续握着笔做题。她有时候会想，许梧黯写题的时候会跟她一样感到厌倦吗？但他还是一直坚持下去了，那她也能。

高考结束的那一天，沈栖感觉身心一下放松了不少。

沈振则张罗着要带她去国外旅游，说要给她大办宴席，都被她拒绝了。这个暑假，她只想安安稳稳地在家里躺着休息。

班上举办同学会的时候她没去，因为只顾着学习，她跟班上的人都没有太多交流。

查成绩那一天，沈栖并不怎么紧张，反观一旁的沈振则都快紧张死了，握着电脑鼠标的手都在颤抖。最后还是沈栖自己看的成绩。

567 分，过了她想考的江海那所大学的分数线。

那一刻，沈栖感觉这两年多的拼命都是有回报的，她完成和许梧黯的那个约定了。

这一天，她发现许梧黯罕见地发了一条朋友圈。

这条动态没有任何文案，只有一张江海市标志性建筑的照片。

明明两年半没有联系了，但沈栖觉得那一条朋友圈就是给自己看的。

她点进许梧黯的朋友圈，看到他的朋友圈背景已经换了一张照片——是一张考试完"喊楼"时的照片，漫天都是白纸试卷，占据了照片的中间位置。

沈栖觉得眼熟，这个地方好像是三中。

突然，她在照片的左下角看到了一只扶在栏杆上的手，那一只手的手腕上戴着一条细小的红色绳子。

沈栖一愣，迅速低头看了一眼自己手上的那一根红绳，这是过年的时候沈振则去给她求平安时求来的，上面有一个很小的玉珠作为装饰。

她确定许梧黯背景图上拍到的那一只手就是她的，可是许梧黯是以什么方式拍下这张照片的呢？那时候在场的只有三中的学生。

乔瞧那时候问过她一个问题："你和许梧黯都两年多没有联系了，你怎么确定他一直在等你，还记得你们的约定？"

沈栖记得自己只是笑了下，说："你不够了解他。"

这就是一种莫名的信任感，只存于她和许梧黯之间。

两个人之间不谋而合的想法和态度，决定了他们一定会照着对方的想法去做。

一天，吃完饭，沈栖和同学一同回了家，准备在沈栖家一块儿看电视剧。

恰逢这时，沈栖的录取通知书送来了。

同学比她还激动，一直在她耳边嚷嚷着"快拆开"。

看到录取通知书的那一刻，同学突然感慨道："你终于考上自己想去的学校了。"

沈栖笑了下，将录取通知书收好。

同学说："最开始我不明白你为什么这么想去江海的这所学校，从高二开始你的目标就没有改变过，但你说有人在那边等你，我就觉得，有目标并且能实现真的是一件很棒的事情。你马上就可以见到那个你想见的人啦。"

窗外的蝉鸣声不断，沈栖的脑海中浮现出了一帧帧的画面，全是在俞峡时发生的事情。最后一帧画面，是一个手里拿着吉他的少年。

她发出一声轻笑，喃喃道："是啊，很快就能见到了。"

去江海报到之前，她特意回了一趟俞峡。

回俞峡了，她决定去看一下陈淑礼。听外婆说，陈淑礼现在住在医院里。

沈栖没有跟任何人联系，独自一个人去了陈淑礼所在的二院。其实这么多年，沈振则一直在帮着她从过去走出来，她自己也想走出来，但偶尔她听到沈振则在跟俞峡的外婆打电话时，还是会忍不住躲在墙边偷听。

沈栖来到二院，不知道陈淑礼在哪一栋楼，也不知道她的房间号。她想随便碰碰运气，当然，她也没想过要跟陈淑礼见面。

二院的环境很不错，毕竟是省内治疗精神疾病最好的医院。沈栖沿着花园的过道慢慢地走，身旁偶尔也会路过几个穿着病号服的病人。

这里的病人身上没有消毒水的味道，反而有股很好闻的花香味。

沈栖就这么慢慢地走，当快走到一棵槐树下时，她忽然停住了步子。

她的眼睛一动不动地盯着某一处，眼睑轻轻发颤。

不远处槐树下的长椅上，坐着一个穿着病号服、披散着头发的女人。现在的她不似从前化着妆那样艳丽，卸去浓妆，嘴唇只有淡淡的粉色，看着反而多了几分娴静。

她微仰着头，目光定定地看着远处，也不知道在瞧什么。身边偶有人走过也不会惊扰她一分，她沉浸在自己的世界里。

沈栖也不知道此时的她在想什么在看什么，但沈栖想，如果她真的沉浸在她自己的世界里，她的身边肯定是已经去世很久了的沈康。

见到了自己想见的人，沈栖也没久留，最后往陈淑礼那边看了一眼，便转身沿着刚刚走来的路离开了。

沈栖回了俞峡，约了乔瞧准备一块儿去吃个晚饭。

虽然她高一时转学去了其他地方，而乔瞧还留在俞峡，但两人相聚的时间并不少。高三她们都要学习，高二那一年乔瞧时不时会跑到临安来找她，乔瞧没让她回俞峡过，全都是自己跑过来找她。

这次听到沈栖回了俞峡，乔瞧还有些震惊，但还是没说什么，只告诉她自己现在还在一中办点事情，晚点弄好了去找她。

沈栖想与其等乔瞧来找自己，不如自己去一中那边等乔瞧算了。

想想她也好久没去过一中了。

二院离一中并不远，沈栖就准备逛着过去。其间她路过了一条熟悉的地方——高井社区。

鬼使神差地，沈栖迈开步子走了进去。

高井社区很长，从这儿能穿过一个老小区走到一中的校门口。从第一次遇见许梧黯，再到后来她来这边找到了遍体鳞伤的许梧黯，这个巷子承载了太多有关许梧黯的回忆。

这里的路还是跟之前一样崎岖不平，下雨天就会积起很大的水洼，电动车或者自行车骑过这里都会抖成筛子。

沈栖走到曾经两人第一次相遇的那个地方时，目光扫过一寸一寸墙面，最后停留在一处不起眼的角落。

那里被人用粉笔写了一行字，是她这两年半来，每天都想见到

295

的字迹。

她的眼眸微微转动，思绪被扯回临行当天。她独自一个人跑到这个巷子，在墙面上刻下了三个字——"江海见"。

而现在，在她刻的"江海见"那里有新的字迹——"江海见，我等你"。

去江海市报到的那一天，她没有选择让沈振则送她，而是自行前往。因为行李已经提前收拾好寄到了学校，她手上只拿了一个小行李箱。

或许是想保持神秘感，她在暑假期间也没有和许梧黯联系。上高铁前，她举着自己的车票和录取通知书发了一条朋友圈，文案是"我来了"，仅一人可见。

临安和江海市离得并不远，坐高铁只需要一个半小时，往来两个城市的列车班次也不多。

沿路的风景怎么样她没有心思关注，只因心里藏了不为人知的情绪。

下了高铁，沈栖跟着人流走出车站。

她不停地张望，在周围寻找着那个熟悉又有些陌生的身影。

忽然，她的目光定住了。

少年穿着白衬衫站在出口的栅栏外面，嘴角弯着，眼里含着笑意。

他缓缓抬起手朝她挥了挥。

她没赌错，她和许梧黯永远不会错过。

其实在来之前沈栖有和乔瞧聊过天。乔瞧问起她和许梧黯的事情："那你一到江海就去找他吗？"

沈栖一脸不解："不能是他来找我吗？"

乔瞧："你俩可是两年半没见面了。万一他不主动找你怎么办？"

沈栖自信一笑："我觉得他会的。我跟你打个赌吧？"

乔瞧不相信："你偶像剧看多了吧？还真幻想小说男女主角在机场破镜重圆的剧情出现在你身上？哪里有那么巧合的事情？"

沈栖相信的从来不是别的，而是许梧黯这个人。

许梧黯肯定也一直关注着她的动态，所以她发了一条仅他可见

俯身在沈栖的耳边道："宝宝，别生气了。"

　　沈栖的学校和江大隔得不算远，两人晃晃悠悠地一路走到了江大校门口才停下来。

　　"怎么到这里来了？"

　　许梧黯手上拿着手机在发信息，身子微微侧着，不动声色地给她挡了挡太阳："萧宴让我们等他。"

　　沈栖撇了撇嘴："又是萧宴！我吃醋了。"

　　萧宴是许梧黯的室友，从本科升到研究生两人都在一块儿。萧宴算是许梧黯除沈栖之外第一个交心的朋友了。

　　说来他们俩这段情谊全靠萧宴厚脸皮凑上来才促成的。

　　萧宴是一个逍遥自在的公子哥。

　　他身上的臭毛病很多，交朋友也很挑剔，用萧宴的话来说，他讲究眼缘。

　　萧宴第一次见到许梧黯，就以一副居高临下的态度送了他一台游戏机当作见面礼。哪承想许梧黯根本不感冒，理都没有理他一下径直走开了。萧宴的内心受到了极大的伤害，和许梧黯的梁子也结下了。

　　但他单方面的冷战最后在一次专业课考试时结束了，因为他需要许梧黯给他整理课题的重点。从那以后，萧宴就单方面成了许梧黯的兄弟，一天到晚跟他勾肩搭背地走在一块儿。

　　其实许梧黯能交到朋友沈栖是很开心的，特别是有萧宴这么一个活泼的朋友，对许梧黯来说是一件很好的事情。人总是缺失哪一部分就特别需要补上哪一块。

　　等到萧宴后，三人一起到了现场，来参加婚礼的人差不多都到齐了。见着许梧黯和萧宴，也有几个相熟的人上前来打了招呼。

　　沈栖看了一眼四周，这算是一个小型的婚礼现场，场地布置在花园的草坪上，也有鲜花和拱门。中心位置搭起了一个台子，上面放了一个大屏，屏幕上还没有影像。

　　婚礼还没有进入高潮，大家现在都在和认识的人聊天，沈栖光在这里站着有点无聊。

许梧黯正想说些什么的时候，前方突然传来了一个男声："学长！"

许梧黯点点头，从口袋里拿出一个红包递了过去："新婚快乐。"

吃完宴席，沈栖和萧宴与其他两名宾客打麻将。偏偏沈栖属于越不行越爱打，眼见着就要把身上带的现金全输了，最后只能请许梧黯上场。

让许梧黯上场，萧宴第一个拒绝："你让许梧黯上场，那我们别赢了！他就是个算牌王啊。"

沈栖笑嘻嘻的："不管，我家属发挥作用的时候到了。"她全然不顾萧宴的拒绝，硬生生地把在不远处休息的许梧黯拉到了麻将桌上来。

许梧黯凭借着算牌技巧，最后又把钱赢了回来，只留下拍桌的萧宴不停哀号。

快到晚餐时间，沈栖提出想去外面走走，告别了学弟和萧宴后和许梧黯一起沿着街道散步。

彼时天已经暗了下来，天边只泛着一点微弱的光，街上的行人多了起来，大多是刚下班的人和刚放学的学生。

许梧黯带着沈栖拐过一个街道，这里的行人没有刚刚那一块人多。街边已经亮起了路灯。他忽然提起今天的婚礼，问沈栖觉得怎么样。

"很好呀，他们都好幸福。

"不过以后我们的婚礼要办得更招摇、更盛大！我想让所有人都来见证我们的幸福。"

许梧黯笑着揉了揉沈栖的脑袋，沈栖反抱住他。

在天边最后一丝光落下时，沈栖突然感觉到他放在自己腰侧的手蓦地收紧，他的声音不轻不重地落在了她的耳边——

"毕业以后，我们就结婚吧。"

番外二
结婚吗，小太阳？

许梧黯是在毕业三年以后才跟沈栖求的婚。

他不善言辞，对于跟沈栖求婚这件事一直都没有什么把握。他知道，其实沈栖一直都在等他说出"结婚"这两个字。

萧宴一毕业就结婚了，结婚以后整个人都被他的妻子管得服服帖帖的。

这次跟许梧黯见面，两人约在了他家附近的餐馆。

萧宴说："都三年了，你现在什么情况都已经稳定下来了，直接跟沈栖提出结婚不就好了？"

许梧黯和沈栖的感情的确不用过多修饰，但许梧黯不想敷衍沈栖，只是潦草地求个婚。

饭后，萧宴的司机来接他，见许梧黯喝酒了，他提出送许梧黯回去。

许梧黯坐在后座，见状微微抬了抬眼："去乔瞧家里，沈栖在那边玩。"

萧宴挑了挑眉："你真是做什么事情都忘不了沈栖。"

他转身吩咐司机往乔瞧家开去。

车子行驶在道路上，车内放着舒缓的音乐，萧宴坐在后面眼睛都快眯上了。

突然，许梧黯睁开眼，嘴里喊道："萧宴。"

萧宴被他吓了一跳，瞌睡虫瞬间跑散了。他拍了拍自己的心脏："怎么了？"

"你说得对，"许梧黯喃喃自语道，"这种事情还是趁早决定好。"

他拿出了手机，开始打电话。

许梧黯带着萧宴又去乔瞧家里和沈栖玩了一会儿纸牌，等玩够了，许梧黯提议先回家。

他和沈栖出来的时候时间刚过十二点。

沈栖侧过头问："你开车了吗？"

许梧黯摇了摇头："跟萧宴喝了点酒，车子停在餐厅那边了。"

沈栖撇撇嘴："好吧，那我们只能走路回去了。"

许梧黯弯着唇笑了下："不急，先去看烟花吧。今天是跨年夜，江边那一块有放烟花。"

沈栖的眼睛顿时变亮了："真的吗？那我们快去。"

二人打车到了江边，那里已经聚集了一堆等着跨年的人。

人潮拥挤，许梧黯把沈栖护在自己的跟前，防止她被人潮冲散。他们没有选择走到最前面，就站在人潮的中间等着烟花绽放。

临近零点，周围响起人们的倒数声。

沈栖也乐在其中，将手做成喇叭状，跟着人群一起倒数："三、二、一。"

砰砰砰——

面前瞬间闪出一束束烟花在夜幕中绽放。烟花一朵接着一朵在空中绽开，黑夜被衬得犹如白昼。烟花绚丽的光映照在人们脸上，照得他们忽明忽暗。

结束以后，周围的人开始纷纷议论起刚刚的烟花盛宴，感叹它的盛大和美丽。

就在大家以为这一场烟花盛宴结束了的时候，忽然，空中开始亮起了几点光，他们的视线又被吸引了回去。

那一点点光在空中慢慢拼接成一个太阳的图案。

沈栖激动得刚要侧过身和许梧黯说话，她放在身侧的手突然触碰到了一个冰冰凉凉的东西。有东西穿过她的中指，戴在了她的手上。

沈栖屏住呼吸，她清楚地感知到了这是什么东西。

她感觉身后的人突然抱住了她的腰，人也慢慢地朝她靠近。最后，她的耳畔落下了一人的呼吸与声音——

"结婚吗，小太阳？"

她意识到了，这是一场求婚典礼。

她侧过身刚要说话，许梧黯突然侧过头，嘴唇不偏不倚地贴上她的唇角。只是轻轻地触碰，从唇角到整个唇瓣，一下又一下，像是蜻蜓点水一般。

她的感官无限放大，心脏跳得飞快。

她放在他胸前的双手叠在一起，她触碰到了自己中指上的那一枚戒指，心情反而慢慢趋于平静。

许梧黯退开，拉开了两人之间的距离，但还是弯着腰和她平视。

他一动不动地盯着她，像是在等她的答案。

沈栖弯着唇笑了下，再一次吻上了许梧黯。

这一次，她将自己的双手绕过许梧黯的脖颈，轻轻地揽住他。

"当然。"

番外三
他的女孩

沈栖和许梧黯的婚礼是回俞峡办的，毕竟两人的家都在那边。

许梧黯的母亲在高中的时候对沈栖有些意见，不过随着时间的流逝，她对沈栖的那一点意见早就泯灭了。再加上沈栖的性格，她想不喜欢沈栖都难。

许梧黯的爸爸倒是希望许梧黯能娶一个跟他学历相当的人，他没有多喜欢沈栖，对这门婚事也不太满意。

但家里的人除了他都同意了这门婚事，许梧黯的外婆更是把家里的积蓄全部拿出来给了许梧黯，许梧黯的父亲只能同意。

而沈栖这边，沈振则对沈栖一直心存愧疚，做什么事情都是随着沈栖的心意。沈栖要结婚，他觉得许梧黯没什么可以挑剔的地方，也就同意了。

沈栖最牵挂的是陈淑礼。从她去了临安以后，陈淑礼就被送到医院里去接受治疗了。这么多年过去了，她的精神状态已经好很多了，也放下了在沈康身上的执念，现在在沈栖外婆家里平静地生活。

想到陈淑礼，沈栖现在比从前看开了很多，也不再因为当年的事情耿耿于怀。与其恨别人让自己累，不如放宽心，不去在意不去恨。

对沈栖来说，现在已经没有家庭的矛盾了。婚礼结束以后她会和许梧黯去江海市定居，因为两人的工作都在那边。

沈栖是在婚后第二年怀孕的。

那段时间许梧黯加班加得多，而沈栖辞去工作以后就安安稳稳当起了音乐餐厅的老板娘。

那家音乐餐厅最开始是萧宴一时兴起开的，取的名字也是许梧黯一直在用的网名——7457，他说他觉得用这个数字做店名很酷。

但后来萧宴慢慢地对开餐厅有些厌倦了，许梧黯本就投了一些钱进去，萧宴素性就把这家音乐餐厅交给了许梧黯。后来许梧黯慢慢赚了钱，家里那边也给他投资了一点，他就将萧宴投资的钱还了，将音乐餐厅整顿好，送给了沈栖。

这几天也不知道怎么的，沈栖感觉自己的身体一直不是很舒服，一天到晚除了睡觉就是吃，站也站不住，就想躺着。

傍晚，沈栖在沙发上躺着睡着后，一直到许梧黯回家将她抱回床上她才醒来。躺到床上后，她十分娇气地拽着许梧黯的衣领不让他走。

许梧黯察觉到她的不对劲，坐在床边问："你最近是不是不舒服？感觉你每天都睡不醒。"

沈栖懒洋洋地打了个哈欠："最近我连店里都没怎么去，就想躺着不动。我饿了，你给我弄点吃的。"

许梧黯微微颔首："明天我带你去医院看一下。"

"我不想去医院。"

许梧黯将被子给她拢了拢，在她的额上落下轻轻一吻："听话，就去检查一下，你我都安心一点。"

许梧黯在弄吃的，沈栖正在跟乔瞧聊天，顺便将此事和乔瞧说了。

乔瞧有些惊讶：你会不会是怀孕了？

沈栖一愣。

怀孕？不可能吧？她跟许梧黯一直都有做措施，因为她觉得自己还是一个大孩子，不想结婚没两年就当妈妈。

乔瞧：可是听你这样说感觉是很像啊。

乔瞧：我之前怀孕的时候也是一直睡不够，每天都很饿。哦，对，我之前还会见一点红。你看看你有没有这个症状？

沈栖：……

说到见红，她确实有点，但她没有在意，以为是经期到了。

乔瞧：明天还是让许梧黯陪你去看一下吧，你可能真的怀了。

沈栖怎么也想不到，明明她跟许梧黯一直做着措施，为什么还会怀孕？她都已经很小心了。

突然，她想到一件事。

前段时间朋友之间聚餐，她和许梧黯玩得很开心，回来后那一次就没有做措施。

真的就这么准？

许梧黯端了一碗面进屋，见沈栖靠在床头冷着一张脸，还以为是自己做面太慢惹她生气了。

他将面放在床头柜上，轻声询问："怎么了？是不是我在外面弄的时间太长了？"

沈栖摇了摇头。

许梧黯又以为她在担心明天去医院的事情："那……是去医院的事情吗？就例行检查一下，不会有事的。"

沈栖突然往前一坐，瞪大眼："怎么不会有事？会有大事。"

许梧黯被她的话弄得一愣。

沈栖板着一张脸，嘴角耷拉着："我可能怀孕了。"

许梧黯："……"

他垂眸看了一眼沈栖的肚子，神色不明。

"是乔瞧提醒我的，说我这都是怀孕初期的症状。"沈栖的语气有些不开心，"肯定是上次聚会的那个晚上，你没做措施。"

许梧黯一噎。

他轻声道歉："对不起。"

沈栖现在心情很复杂，面也不想吃了，说了一句"我要睡觉了"就直接掀开被子躺了下去。

许梧黯见状也不好说什么，只能将面条端出去，然后洗完澡上床。

刚躺下没多久，他就听到黑暗中传来沈栖的声音："如果真怀了怎么办？许梧黯你才多大，就要当爹了？"

许梧黯难掩笑意："既然来了我们就得对她负责，而且，这么多年我当爹当得还少吗？"

沈栖没空去搭理许梧黯的话里有话，咬着唇想着事。

"你不急的对吧？"

许梧黯"嗯"了一声："我尊重你的意愿，这种事情我不急。"

怀孕虽然不是沈栖的本愿，但毕竟来都来了，这也是一条生命，也不能随意舍弃。

想到这儿，沈栖翻了个身，准备跟许梧黯说说自己的想法，忽然看到许梧黯那边亮着的手机屏幕瞬间熄灭。

沈栖的脑海中顿时敲响警钟："你在看什么？"

许梧黯淡声道："没什么。"

沈栖却不信。

许梧黯之前从来不会在她面前这么慌张地把手机屏幕熄屏，他一定是有什么事情在瞒着她。

想到这里沈栖的眼眶瞬间就红了，她厉声道："你把手机给我。"

她想不明白——怎么能这样？她刚怀孕，许梧黯就有事情瞒着她。

许梧黯听出她话里的不对劲，将手机递上的同时抱住了她："你脑子里又在想什么东西啊？好端端的怎么又哭了？"

沈栖瓮声瓮气地哼了一声，然后解锁打开手机。

映入眼帘的是购物平台的界面，这里清一色的都是婴儿用品。

沈栖的眼泪瞬间收了回去，她举着手机质问："你不是说你不急的吗？那你这么快就开始看这些了？"

许梧黯丝毫没有因为被拆穿心思而感到不好意思，从沈栖手中抽走手机，淡声说："早点准备。"

沈栖："……"

她怀疑许梧黯是故意的。

但不管前期怎么闹腾，最后小耳朵还是平安降生了。

小耳朵的出生不算很顺利，她出生的时候被查出来患有听力障碍，虽然后期可以治疗，但年龄小的时候她得戴着助听器。

沈栖很心疼女儿，所以给她取了个小名叫"小耳朵"。

许梧黯给她取名"许西尔"，"西"取自沈栖名字里的"栖"，西尔是从法文单词 Ciel 音译过来的，这个法文译为"天空"，和沈栖的"小太阳"相照应。这是他生命中最重要的两个人。

小耳朵性格娇柔，长得可爱，乔瞧的儿子一见到她就十分喜欢，对她也是保护有加。

但小耳朵毕竟听力有问题，戴着助听器，在幼儿园的时候受过一次欺负，争执间她的助听器被打掉了。

许梧黯发了大脾气。幼儿园的领导领着那个小孩和他的家长上门道歉，最后还是小耳朵自己做主原谅了人家。

许梧黯宠着沈栖和小耳朵，家里的两个女孩在他的呵护下一天又一天地长大。就算有了女儿，他也不想让沈栖感受到被忽视。

小耳朵五岁那年，他们一家去拍全家福，沈栖和许梧黯因为拍照的姿势问题产生了分歧。

沈栖说："你抱着小耳朵吧，我站在你身边。"

许梧黯一言不发。

等到摄影师快要拍了，他突然将小耳朵放到地上，转过身将沈栖揽入怀中。

沈栖错愕间听到许梧黯说："算了，我还是抱你吧。"

毕竟她是他的第一个女孩。

（全文完）